残酷な遊戯・花妖

坂口安吾作品集

坂口安吾 著
浅子逸男
七北数人 共編

春陽堂書店

坂口安吾
作品集

残酷な遊戯・花妖

目次

小さな部屋

「扨《さ》て一人の男が浜で死んだ。ところで同じ時刻には一人の男が街角を曲つてゐた」――といふ、これに似通つた流行唄の文句があるのだが、韮山《にらやま》痴川は、白昼現にあの街角この街角を曲つてゐるに相違ない薄気味の悪い奴を時々考へてみると厭な気がした。自分も街角を曲る奴にならねばならんと思つた。

韮山痴川は一種のディレッタントであつた。顔も胴体ももくもく脹《ふく》らんでゐて、一見土左衛門を彷彿させた。近頃は相変らず丸々とむくんだなりに、生臭い疲労の翳《かげ》がどことなく射しはじめたが、いはば疲れた土左衛門となつたのである。

「私に避け難い知り難い歎きがある。そのために私はお前に溺れてゐるが、お前に由《よ》つて救はれるとは思ひもよらぬ。苦痛を苦痛で紛らすやうに私はお前に縋《すが》るのだが、それも結局、お前と私の造り出す地獄の騒音によつて、古沼のやうな沈澱の底を探りたい念願に他ならぬ」

――

痴川はいつたい愚痴つぽいたちの男である。性来憂鬱を好み、日頃煩悶を口癖にして倦《う》むことを知らない。前記の言葉はその一例であるが、これは浅間麻油の聞き飽いた（莫迦《ばか》の）一つ文句であつた。この言葉によれば、痴川はまるで麻油にとつて厳たる支配者の形に見えるのだが、事実は麻油に軽蔑されきつてゐた。麻油は痴川の情人でない。情人でないこともないが、麻油は出鱈目《でたらめ》な女詩人で、痴川のほかに、その友人の伊豆ならびに小笠原とも公然関係を結んでゐた。

痴川に麻油を独専する意欲はなかつた。併《しか》し女に軽蔑されることを嫌つた。惚れられてゐたかつたのだ。かういふ所に女に軽蔑された根拠もあつたのだし、それを避けやうとして殊更に泣き言めいて悩み悩みと言ひ慣はした理由もある。地獄の騒音の底で古沼の沈澱を探りたいなぞと勿体ぶつた言ひ草もくだらない独りよがりで、見掛倒しの痴川は始終古沼の底で足掻《あが》きのとれない憂鬱を舐《な》めてゐた。探りたい段でなく、探りすぎて悩まされ通してゐた。

痴川は憂鬱な内攻に堪へ難くなると、病身で鼠のやうに気の弱い伊豆のもとへ驀地《まっしぐら》に躍り込み、おつ被《かぶ》せるやうにして、「むむ、ああ、もう俺はあのけつたいな女詩人を見るのも厭になつた」痴川は顔を大形《おおぎょう》に顰《しか》めて、いきなり大がかりに胡坐《あぐら》を組み、さも苦しげに吐息を落すのであつた。「お前はあの女と結婚するのが丁度いいぜ。俺が一肌ぬぐが、お前はあの女に惚れ込んでゐるし……」

「俺は惚れてなんかゐないよ」と、伊豆は不興げに病弱な蒼白い顔を伏せた。痴川は急にわなわなと顫《ふる》へだして頬の贅肉をひきつらせ、ちんちくりんな拳で伊豆の胸倉をこづいて、「お前といふ奴は、まるで、こん畜生め！　友達の心のこれつぱかしも分らねえ奴で……」それから後は唐突な慟哭になる。慣れてはゐるし呆気にとられるわけでもないが、どうすることも出来ないので、伊豆は薄い唇を兎《と》も角《かく》微笑めく顫ひに紛らして、ねちねちした愚痴を一々頷くよりほかに仕方もなかつた。

麻油は女詩人だといふが、詩の才能と縁のない呑気な女であつた。深刻な顔付をしたがらないたちで、時々放心に耽《ふけ》ると肉付のいい丸顔が白痴のものに見えた。内省とか羞恥とか、いはば道徳的観念とでも呼ばれるものに余程標準の狂つたところがあつて、突拍子もない表出には莫迦だか悧口だか一見見当もつかなかつた。ある時、これも内攻に草臥《くたび》れた痴川が孤独からの野獣の狂躁で脱出してきて、麻油を誘ひ伊豆を誘ひ小笠原を誘ひ、とある山底の湯宿へ遁走した。男達は複雑な心理錯綜と宿酔《ふつかよい》に腐蝕して日増に暗澹たる憂鬱を深めたのに、麻油一人は微塵も同化せずに至極のんびりしてゐた。男は連日早朝に目を覚ました。男は重苦しい宿酔に圧《お》し潰される思ひで一時《いっとき》も早く部屋を脱けると冷酷な山間を葬列のやうに黙りこくつて彷徨《さまよ》ふのであるが、所在がなくてほろ苦くて、先登《せんとう》が不意に枯枝を殴り落すと、後の二人も真青な顔で無心に枯枝を叩き折つてゐた。ひろびろと見晴らしのいい曲路へ出ると急に自分の心を拾ひ上げたやうになるものだが、余りの広さに極度に視線を狼狽させた男達は、慌ただしく渺々《びょうびょう》たる山波を仰いで大いなる壮快を繕ひ乍《なが》ら、何ものとも知らぬものへちらめく呪ひを感じたり、谷底へ奇怪な戦慄を覚えたり、喚きたくなつたりした。

漸《ようや》く此の刻限となり男が山へ出払つてのち、毎朝麻油は誰よりも遅れて目を覚ました。部屋に陰鬱な乱雑がねくたれてゐて悪どい空気がじつとり湧いてゐる中だのに、麻油は悠々と煙草をつけ、厚ぼつたい空気の澱みへ耳朶《みみたぶ》を押しつけるやうにしてうつらうつらと頬杖を突いてゐるのだが、まるで蒼空の下の壮快を味ふてゐる快適な姿であつた。男が山を降りてくると、麻油は急に唱《うた》ふやうな楽しさで秘密つぽく一人々々を摑まへ、「あたし、あんたが好き……」男は一人づつ怒つたやうな顔付をした。それには全然とりあはずに、ふいと麻油は顔の表情を失ふと横へそらして重たげな冬空を眺め、「あたしはあの空が好きだ」といふやうなポカンとした白痴の相に変つてしまふ。麻油は長々と湯につかり、まるでまるまると張りきつてゆく快い発育の音を感じるやうに、独りぽつちの広い湯槽《ゆぶね》に凭《もた》れて口をあんぐりあけ、鼻へ快適な小皺を寄せて動かずにゐる。

男達が何かしらの一座の気配で遣り切れない憂鬱にはまり込んだとき、麻油も血の気ない興ざめた顔でゐるので、矢張り此女でもさうかと思ふてゐると、それは一座とまるで違つた軌道でさうなつてゐるのであつて、急に顔をもたげて気がついて男の顔を一つづつ新発見のやうに見廻しはじめたりするので、男達は愕然として咄嗟《とっさ》にめくるめく狼狽のさなかで故里《ふるさと》を思ひ出したりするのであつた。

麻油は二十二歳まで（男達は三十がらまりであつた）女王の気持でゐることが出来た。或日一行に伴はれて孤踏夫人なる女人のもとへ行つた。これは痴川の女であつて閨秀画家であるが、三十五で二十四五に受取れる神経質な美貌であつた。男達の憂鬱と同量の狂躁を帯びた華やかさで孤踏夫人は上品に話したり笑つたりした。その部屋の空気には霧雨のやうな花粉が流れてゐて、麻油にはそれが眼や足の裏に沁《し》みて仕様がなかつた。麻油はむつつりして黙り込んでゐたのである。

それから数日して痴川が麻油に会ふと、麻油は変な顔をして俯向き乍ら、「孤踏夫人て、あんた好き?……」又沈黙して今度は一層際立つた顔をしながら、「あんた、あの人と一緒に死ぬ気?……」痴川が呆れてゐると麻油は照れ隠しに青白く笑つたが又真面目になつて、「ああいふお上品な悧口な人が好き? なら仕方がないけど、でも、あんた、あたし嫌ひ? あたしを可愛がつて下さる? あたしだけ可愛がつて、ね……」さうして悄《しお》らしく首をあげたが、やがて痴川の眼を見入つて実に嫣然《えんぜん》と笑つた。痴川は確かに呆れた。確かに見当がつかなくなつたのである。

伊豆が痴川を殺す気持になつたのは今に初まつたことでない。痴川は伊豆にとつては毒に満ちた靄であつた。いつたい痴川といふ人は見掛倒しの人ではあるが、見掛けは甚だ仰山な、その現れるや陰惨な翳によつて四囲を忽《たちま》ち黄昏の中へ暗まし、その毒々しい体臭によつて相手の気持を仮借なく圧倒する底《てい》の我無者羅な人物であつた。身心共に疲れ果てた伊豆にとつては是程神経に絡みつく負担はないのであつて、初めは一種の畏怖と親しみであつたものが、逆に嵩《こう》じて、茫漠と眼界に拡ごり満ちる痴川の生存そのものを忌み呪ふ気持が伊豆の憔悴《しょうすい》した孤独を饒舌なものにした。

伊豆はうつかり痴川に手紙を書きだしてしまつたのである。初めは何の気もなく近況を書き送るつもりで、「私は君の生活力に圧倒されて、斯《こ》うして独りでゐると尚のこと君を怖れ、怖れと共に限りなく憎みたくなるのであるが」——といふやうな書出しのものであつたが、書きだしてみると次第に鬱積したものが昂ぶつてきて混乱に陥り、結論だけが妙に歴々と一面にはびこつてきてもはや激情を抑へる術もなくなつたので、改めて次の意味を率直に、いきみ立つ胸を殺して書きだした。

「私は君を殺す。君が私に殺される幻想を恍惚として飽くなく貪るのがここ数年の私の生き甲斐であつた。君は地上の誰よりも狼狽して踠《もが》くであらう。現に私の幻想の中で君は最も醜い姿で七転八倒してゐる。私はそれをやがて実際に見ることにならう。呵々」

其れをぶらぶらと懐手《ふところで》に抱へ乍ら、変に落ちついた蒼白い足どりで投函に行つた。末枯《うらが》れた冬ではあつたが、慌ただしいどんよりした薄明の街であつた。その時彼は痴川殺害の事実に就ては実は殆んど考へてゐなかつた。ただ彼は此の手紙を受取つた痴川の狂暴な混乱を思ひ泛《うか》べるだけで満悦を感じてゐた。数日が流れた。無論返書は来なかつた。すると伊豆はふいに不安になりだした。手紙の効果に就てひどく疑ぐりだしたのである。若《も》しや、あれを読んだ痴川が忽ち伊豆の内幕を見すかしたやうな憫笑を刻み例の毒々しい物腰で苦もなく黙殺し去つた場合を想像するに、体内に激烈な顚倒を感じるやうな苛立ちを覚えた。一週間ばかり劇《はげ》しい不安と争つてゐたが、或る暮方何気ない足取でぶらりと出ると小笠原を訪れた。例の懐手をぶらぶらさせて、なんだか奇妙に落付き払つた風をし乍らもつそり突立つてゐて、小笠原の出てくるのを見ると、まづ真青な顔を出来るだけ豁達《かったつ》げに笑はせやうとしたのだが、

「僕はこんど痴川を殺すよ」と言つた。

「うん、その話は痴川からきいてゐたが――」

小笠原はまるで欠伸《あくび》でもするやうな物憂い様子でぶつぶつ呟くやうに言ひすてたが、暫く無心に余所見《よそみ》に耽つてから漸くのこと首をめぐらして、今度は一層遣り切れない物憂さで、「ゆふべも痴川と呑んだんだが、あいつは君を実に気の毒な心神消耗者だとさう言つてゐたつけな……」それから丈の高い腰から上をぐんなり椅子へ凭せ、頭をがくんと反り返らせて、それつきり固着したやうに天井を視凝《みつ》めてゐる。伊豆は自分の決意を全然黙殺しきつたやうな小笠原の態度にちらくらする反抗を覚えた。

「俺はあいつの踠く様子が手にとるやうに見える。俺はあいつの首を絞めるつもりだが、あいつは血を吹いて醜くじたばたして……」

伊豆はそこまで言ひかけると咄嗟に自分もじたばた格巧をつくつたが、希代な興奮に堪へ難くなつて迸しるやうに笑ひだした。その笑ひは徒《いたず》らにげたげたいふ地響《じひびき》に似た空虚な音だけで、伊豆はその一々の響毎《ひびきごと》に鳩尾《みぞおち》を圧しつけられる痛みを覚えたが、併《しか》しなほ恰《あたか》も已《すで》に復讐し終へたやうな愉悦に陶酔したのである。笑ひ止んでふと気がつくと、小笠原は相も変らず頭をがくんと椅子へ凭せて天井を視凝めたまま、凡《およ》そ退屈しきつた苦々しい顔付で人もなげに放心してゐた。

「どれ……」急に小笠原は甚だ無関心に立ち上り、伊豆なぞ眼中にない態度で長々と背延びをしたが、「どれ、ぽつぽつ痴川のところへ出掛けやうかな……」さう呟いて洋服に着代へて出てきた。「今夜も呑む約束なんだ」さう言ひすてて自分はさつさと沓脱《くつぬぎ》へ降りて行つた。伊豆は実に物足りない暗い惨めな気持で小笠原の後につづいたが、戸外へ出ると急にもやもやした胸苦しさを覚え、溝へ蹲《しゃが》んで白い苦い液体を吐き出した。数分間苦悶した。小笠原は無論介抱もしなかつた。第一振向きもせずに、憂鬱至極な顔付で茫漠と暮れかかる冬空を眺め耽つてゐた。軈《やが》て伊豆が漸くに立ち上る気配を察しると、なほ振向いて確かめやうともせずに長足を延して悠然と歩きだしたが、青ざめきつた顰面《しかめつら》で伊豆がやうやう追ひつくと、急にぽつんと零《こぼ》すやうな冷淡さで、「君も行くかね？」「いや」伊豆はがくんと首を振つた。「今日は胸が苦しくてとても呑めない」「さう」小笠原は蔑むやうに頷いたが、「さうかね。ぢや、さよなら」。其処《そこ》はまだ別れる場所ではなかつたが、伊豆は斯う言はれたので咄嗟に歩速を緩めた。遣る瀬ない空虚を感じた。伊豆は力の尽き果てた様子で小笠原の後姿をぼんやり見送つてゐたが、軈てのことに我に返つて、不思議に自分はあの冷酷な小笠原を寧《むし》ろ一種の親しみをもつて見送らうとしてゐるのに気付いた。いはば小笠原を親愛な一味徒党のやうに思ひ込まうとするのである。その理由に就てはなぜか伊豆自身深く追求することを避けたがる様子であつたが、つまりは小笠原も痴川の死を欲しており、且《かつ》又自分に痴川の殺害を実行させやうと企らんでゐる、といふ風に考へたかつたのであらう。だが、伊豆の推量は勿論当《あて》にならない。誰しも二人の敵を打つよりは一人味方に思ひ込む方が気が楽でゐられる。そして伊豆も現在自分の心底にこの傾向のあることを感じ、あまり諸事を掘り下げすぎて自分の馬脚を発見したくなかつたので、故意に全てを漠然の中に据ゑたまま、とにかく小笠原は自分の親愛な同志であるやうに感じた。伊豆は小笠原の暗示したところのものを万事深く呑み込んだといふ形に、ふむふむと大袈裟に頷き、快心の小皺を鼻に刻んで上機嫌に帰宅した。

小笠原は其の持ち前の物静かな足取で黄昏に泌《しみ》り乍ら歩いてゐたが、やがて、伊豆の心に起つた全ての心理を隈なく想像することができた。彼は自分が殆んど悪魔の底意地の悪るさで痴川伊豆の葛藤を血みどろの終局へ追ひやらうとしてゐる冷酷な潜在意識を読んだ。併し驚きも周章《あわ》てもしなかつた。永遠に塗りつぶされた唯一色の暗夜を独り行くやうな劇しい屈託を感じたのである。全て波瀾曲折も無限の薄明にとざされて見え、止み難い退屈を驚かす何物も予想することができなかつた。彼は冷静な心で、恐らく自分は悪魔であるかも知れないと肯定し、そして洋々たる倦怠を覚えずにゐられなかつた。

麻油は伊豆をかなり厭がつてゐた。その伊豆がとある白昼麻油の家へ上り込んできて、懐手をして無表情な顔付で突立つてゐたが急に手を抜き出して其れをふらふら振り乍ら麻油にねちねちと抱きついて来たので、何をするかと思ふてゐると、先《ま》づ麻油の頸《くび》から胸のあたりへ手をやりもそもそ手探りしてのち、漸く其の襟を握つて首を絞めはじめたのである。麻油は驚いた。が、非力な伊豆をいつぺんに跳ね返すと、あべこべに伊豆の首筋を執《と》へて有無を言はさず絞めつけた。伊豆はばたばた踠いて危く悶絶するところまでいつた。麻油が余りの呆気なさに呆れ乍ら手を離しても、暫くのうちは仰向けに倒れたまま尚も絞められてゐるやうに自分一人で踠いてゐたが、やうやう立ち上り、のろのろと向きを変へて、座敷の真ん中で四這ひになると、やがて白つぽい嘔吐《へど》を吐き下した。余程苦しいものと見え、数分の間犬の格巧をしたなりに身動きも出来ず、顔一面に泪《なみだ》を溢らせてゐた。

「なんだい、意気地なし。痴川が殺せないもんであたしを殺すことにしたの？　青瓢箪！」

麻油はさう叫んで冷笑した。

伊豆は返事をしなかつた。返事も出来ないほど苦しいらしく、尚も四這ひのまま首だけを擡《もた》げ、しよんぼりして噦《しやつく》りしてゐた。

「今にみんな殺してしまふ」

伊豆は斯う言ひ残すと歩くにも困難の様子で戸口の方へふらついて行つたが、今度は下駄が探せないらしく、数分間ごそごそして漸く帰つて行つた。翌朝気付いてみると、麻油の草履や靴を正確に片方づつ溝へ投げ棄てて帰つたことが分つた。

すると翌日の真昼間又伊豆がふらふらやつて来た。黙つて這入つてきてきよとんと麻油を視凝めてゐたが、今度は余所見を繕ひまるで何処かへ行つてしまふやうな風をし乍らふらふら近づいてきて、麻油の頸を手探りし、やうやつと襟を握つて絞めはじめた。さうして麻油の頬つぺたを舐めたのである。麻油は劇しく跳ね返した。麻油は怒つた。非力の伊豆を仰向けに返すと、又しても悶絶に近づくまで絞めつけた。伊豆は手足をじたばたさせて口中から白い泡を吹いてゐたが、麻油が手を離してからも暫くあつぷあつぷしてゐて、おもむろに四這ひになると、部屋の中央へ白い嘔吐《へど》を吐き下した。

その日は直ぐ帰らうとはしなかつた。彼は愈々《いよいよ》蒼白となつて、空気を舐めるやうな格巧をしながら胸苦しさを押へてゐるやうであつたが、やをら立ち上つて麻油の腰に縋りつくと、自分の方でずどんとぶつ倒れて、自分で麻油の下敷きになつた。そのくせ殆んど失心して身体《からだ》全体を痙攣させ、今にも死ぬ人のやうにただ縋りついてゐたのであるが、それでも時々拳でもつて麻油の鳩尾のあたりを夢心持《ゆめごこち》でこづいた。麻油は振り離して起き上つた。伊豆の奇妙な変態性欲が頷けたのである。麻油は失心したやうに目を閉ぢて動かない伊豆の姿を見下して、暫くの間ぢつと息を窺つてゐたが、やがて真白い肉付のいい二本の腕を忍ばすやうに静かに延すと、伊豆の頸を抑へて力強く絞めつけた。白い泡を吹いて、手足を殆んど力なげにじたばたさせて、併し懸命に踠いてゐる伊豆の醜状に息を殺して見入り乍ら、麻油はふくよかな胸一杯にぴちぴちする緊張を覚え、春のやうに上気した軽快な満足を感じた。

或日孤踏夫人は小笠原から伊豆と痴川の曲折をきき、たわいもなく談笑してゐたが、小笠原が帰るのを見送つてしまふと、急に肩の落ちるやうな、ほつとした眩暈《めまい》がした。夫人はむづかしい顔付をして、小波《さざなみ》のやうにちらめきはじめた混乱にぼんやりしながら部屋へ戻り、肘掛椅子に深く身を埋めたが、自分はいつたい今迄何事をそんなに緊張してゐたのかしらと思つた。さう言へば、自分は痴川の死を希《ねが》つてゐるのだと、分りすぎるほど分りきつたことをふと思ひ付いたやうな気がした。本当に、分りすぎるほど分りきつたといふ気がしたのである。成程、少くとも痴川との手切れを欲してゐる以上は死ほど決定的な解決はない筈だから痴川の死を希つてゐるのに相違ない。……そして、この恐ろしい考へがはつきり分つてきても、我ながら可笑しいほど夫人は狼狽しなかつた。寧ろ不思議な落付と安らかな憩ひを感じた。そして、まるで蒼空でも仰ぐやうに、小笠原の顔を眼蓋一杯に泛べたのである。夫人はその顔へ向つて、さう、あたしもさうよ、貴方と同じだわ、といふ風に媚るやうに微笑してみせたいやうだつた。あの人はあんなに落付いた風をして、何の表情も感情も表はさずに淡々と談笑して帰つたけれど、あたしには分る、やはり痴川の死を希つてゐるのだと、夫人は頭がくらくらした。さうとすれば、もしさうだとすると、あの方もあたしを愛してゐるに違ひない。――そして、なんだか寒いほど引き緊《しま》つた気持の中で、一斉に開かうとする花束のやうな、夥《おびただ》しい微笑がふくらみ、やがて静かな泪となつて溢れ出すのを感じた。

孤踏夫人の家を辞した小笠原は、彼も亦《また》一時にほつと全身の弛《ゆる》むやうな思ひがしたが、静かな足取で暫く歩いてゐるうちに、孤踏夫人が陥つたに相違ない前記の心理を眼に見るやうに思ひ泛べた。そして精巧な策略を仕遂げた詐欺師のやうな落付いた満足を覚えたが、ふと自分に返ると、苦りきつた気持で、頭の中の映像を大急ぎで一切合切掃除するやうにした。彼は急に自分が厭になつた。自分が邪魔でやりきれなくなつたのである。まるで煩《うるさ》い他人のやうに其処いらに煩い自分がふさがつてゐて、厭らしくてうんざりした。考へてみると、自分といふ奴は全く行き当りばつたりに思ひも寄らないことばかりして、伊豆に会へばそれとなく自分も痴川を憎んでゐるやうに暗示してしまつたり、孤踏夫人に会へば自分は夫人をさも思ひ込んでゐるやうに暗示したりしてしまふのであるが、現実の自分は、成程その思ひは幾分あるにしても、決してそれを一途《いちず》に思ひ込んでゐるわけでない。それどころか、一途に思ひ込んだものといへば、実は何一つ無いのであつて、考へてみるに、現在ばかりの話でなく過去の一生に於ても、嘗《かつ》て自分は一途に思ひ込んだといふことが何一つとしてない。求むるところにのみ人の生存の生存らしいところもあるとすれば、彼は手もなく無存在といふべきもので——別にさういふ理窟からではないが、とにかく小笠原は自分がないやうな捌りどころない困惑を感じた。そのくせ、靄のやうにとりとめもなく、それでゐて変に頑強な行為がそこにあつて、それが苛立たしいほど饒舌なものに感じられ、煩らはしくてならなかつた。とにかく酒でも呑もうと思つた。

痴川はなんだか小笠原に悪いやうな気がしだした。をかしな話で、憎む理由はあつても悪るがることはない筈であるが、併し痴川はなんだか小笠原に悪いやうな気がした。若しも小笠原に友情を絶たれてしまふと、このさき生きてゆく世界がないやうな、大袈裟な心配が真に迫つて湧いてきて、始終小笠原の顔を見てゐないと不安で心細くて今にも消滅しさうな思ひがした。そのくせ会ふのも怖いやうであり変なやうでもあり足が進まないのであつた。ある晩のこと小笠原を訪ねるつもりで歩きだしたが、途中で気がひけて、ふいに思ひもよらず、これは一層会ひたくもない孤踏夫人を訪ねてしまふと、これは生憎不在であつた。方々彷徨つたあげくに、このまま帰宅してはどうにも引込みのつかない落漠たる思ひがたかまり、愈々小笠原を訪ねる決心を堅めると、こんどは決心の重圧に苦しめられて無性にやるせない痼癪を覚え、走るやうに夜道を歩いた。小笠原の住居はひつそりした高台のアパートで、もう辺りの寝静まつた時刻であるから、その街角へ現れて街燈の下へ辿りつくと、まるで自分が潤んだ灯に縋りついた守宮《やもり》でもあるやうな頓狂な淋しさが湧いてきた。其処から仰ぐと三階の小笠原の部屋に明りが射してゐたので在宅と判じられたが、うつかりすると不在の孤踏夫人は此処《ここ》にゐるかも知れないと思はれたので、ひどく二人に悪いやうな気のひけた思ひが乱れ、ぼんやりして街燈の下に佇んでゐたが、光のあるところでは何かの拍子に顔を見付けられても困るやうな不安もしてきて、今度はとある暗がりの土塀へ近寄つた。闇の中にぼんやりして三階の窓から洩れる薄い光芒を眺めてゐたら、やにはに水のやうな静かなものが流れてきて人を懐しむひたむきな心が油然《ゆうぜん》と溢れてしまひ、なんだかわけが分らなくなつて二足三足するうちに、小つちやい門燈に寒々と照らし出された石の戸口をそつと押して身体が内側へ這入つてしまつた。石の廊下をコツコツ鳴らす跫音《あしおと》が際立たしく顳顬《こめかみ》へ飛び込んできて、その静かさがむやみに神経を刺戟したが、時々何処からとも知れない光が階段の途中あたりで顔に流れかかつてきて、だんだん気が遠くなるやうであつた。

部屋の扉をノックして、「ゐるかい?……」と言ふと、胸がめきめきするほど不安になりだしたくせに、中から返事もない瞬間にもう戸を押してしまつてゐた。間の悪い光が痴川の顔へ鈍く流れてきたが、眼を丸くして奥を見ると、机に向つて何かしてゐた小笠原が唯一人ぼんやりして振向いてゐた。

急に痴川はぼんやりした。ぼんやりして部屋へ這入つてゆくと、急に泪が溢れだした。それが途方もない塊のやうな泪で、喉がいつぺんに塞がつて、身体も折れ崩れるやうであつた。「俺はなんて愚かな人間だか、自分でも呆れるばかりだ……」痴川は喉が通じるやうになると、がつかりして歎息した。彼はだんだん落付いてきた。さうすると、泪となつて自分自身が流れ去つてしまつたやうに、透明な肉体を感じてきた。「俺には自分のやることがまるで分つてゐないのだし、時々、これが自分だと思ふものが急に見当らなくなつたりして、本当にたよりなく寂しい思ひがする……」

小笠原は静かに頷いて、憂鬱な顔をして俯向いてしまつたが、一度心もち眼を上げて痴川の顔をぽかんと見てから、又ぐつたり顔を伏せ、組み合した膝の上で手の指を物憂げに動かせてゐたが、ぶつぶつ呟くやうに、

「俺達の複雑な生活では、最も人工的なものが本能であつたりしてゐる。斯ういふ吾々のこんぐらがつた生活で、自分を批判するくらゐ貧困なものはないのであつて、百の内省も一行の行為の前では零に等しい。文化の進歩は人間の精神生活に対しては解き難い神秘を与へたに過ぎないのであつて、結局文化それ自らの敗北を教へたに過ぎない。畢竟《ひつきよう》するに人間なるものは、その生活に於て先づ動物的であることを脱れがたいのだ。だいたい文化に毒されたた吾々がデリケートな文化生活の中から自分を探し出さうとするのが已に間違つてゐるのであ

つて、吾々は動物的な野性から文化を批判し、文化を縦横に蹂躪しながら柄に合つたものだけを身につけて育つやうにしなければならなかつたのだ……」

小笠原は顔を伏せてみたり背けたりしながら、眠むたげな単調な語勢でそんなことをぶつぶつ喋つてゐたが、すると痴川もぼんやり俯向いて、わけもなく一々頷いたりしながら、変に神妙に聞いてゐる風をしてゐた。その実はひどく退屈してゐたのだが、併しとにかく小笠原と対座してゐることだけで平和な心を感じた。

小笠原は痴川を家まで送つてきて、例の感情を泛べない冷めたい顔付で、「君は今悪い時季なのだ。春がきて、それに健康が良くなると、もつと皆んなうまくゆくやうになるのだ。身体を呉々も大切にしたまへ」と言つて静かに帰つて行つた。痴川は又もやぼんやりして、子供のやうに小笠原の言葉を聞いてゐたが、自分の部屋へ這入つてきて、自分は今小笠原と平和な面会を終へてきたのだといふことが分ると、心安らかな空虚を覚えた。痴川は和やかな感傷に酔ひ乍ら、白々と鈍く光る深夜の部屋に長い間佇んでゐた。

一日痴川が麻油を訪ねてゆくと、麻油は大変好機嫌で、痴川を大歓迎するやうにしたが、

「小笠原さんて、ひどい人ね――」

「なぜだ……」痴川はどぎまぎした。

麻油はいきなり哄笑を痴川の頬へ叩きつけて、

「あんた、怒つてゐるの？　口惜《くや》しがつてゐるの？　あはゝゝゝ。小笠原さんと孤踏夫人て、

ずゐ分ひどい人達ね……」

　痴川はみるみる崩れるやうな、くしやくしやな泣き顔をしたが、急に物凄い見幕で怒りだして、

「莫迦野郎！　お前なんぞに男の気持がわかるものか。そんなことは男同志の間柄ぢや平気なことなんだ。生意気に水を差すやうなことをして、このお多福めえ、気に入らねえけつたいな女詩人だと言つたら……」

「ごめん〳〵」

　麻油はいきなり痴川の首つ玉へ噛《かじ》りついて顔一面に接吻して、

「ごめんなさいね。あたし、悪い気で言つたんぢやないの。かんにんしてね……」

　顔と顔を合せて痴川の眼を覗き込むやうにして、「坊や！……」麻油は嫣然と笑つて、痴川の胸へ顔を埋めた。

　翌日痴川と別れてから、麻油はしかつべらしい顔をして暫く火鉢に手をかざしてゐたが、やがて用箋を持ち出してきて、小笠原宛に次のやうな手紙を書いた。

「こんなに私を淋しがらせておいて、よく知つてゐるくせに、なぜ来て下さらないの。もう私のことなんか、思ひ出して下さらないの。も一度ルネの憂鬱な顔が見たいのだけれど、きつと来て下さるでせうね。こんなに私を苦しめて」

　麻油はにやにやしながら此の手紙を投函して、それからもひどく好機嫌で、日当りのいい

街を少々散歩して戻つた。

痴川は時々伊豆のことを思ひ出して、その都度無性に癇癪を起した。さういふ時には、まるで伊豆が目前にゐるやうな見境のない苛立ちやうで、頭の中で頻りに伊豆を言ひまくり遣込めやうとするのであるが、そのはがゆいことといつては話にならない。その伊豆がある朝突然久方振りに痴川を訪ねて来たので、痴川は吃驚《びつくり》する暇もなくみるみる相好《そうごう》を崩して喜んだ。慌てて飛び出して行つて、とにかく色々なことのあとであり変な具合ににやにやと照れ乍ら「ま、あがれ」と言ふと、伊豆は一向無表情で、まるで人違ひでもされた場合のやうに例の懐手をぶらつかせて黙つて立つてゐたが、急に振向いて、勿論挨拶もせず何一つ変つた表情も見せずに、空《から》の袖を振り乍ら戻りはぢめたのである。痴川は咄嗟に大憤慨して跣足《はだし》のままで玄関を飛び降りると、伊豆の襟首を摑まへて顔をねぢもどして、

「やい、どういふ料簡《りようけん》でやつてきたのだ。変な気取つた芝居は止せ。友達が懐かしかつたら正直に懐かしいと言ふがよし、友達に存在を認めて貰ひたかつたら、きざな芝居は止すがよからう。てめえくれえ、友達甲斐のねえ冷血動物もねえもんだぞ。スネークめ。俺を殺すといふのは、どうした――」

「今に殺してしまふ……」伊豆は落付きを装はうとして幾らか味気ない顔をしたが、「今は力がないから殺せない。今度友達の医者からストリキニーネを手に入れることが出来るから……」さう言ひかけて伊豆は笑はうとしたのだが、笑ひは掠れて単に空虚な響となり、それに

つれて痩せた肩を無気味にゆさぶつた。それから暫くして今度は冷笑を泛べると、

「お前だつて、小笠原を殺す力がないではないか」と言つた。

「おや！」と痴川は思つた。突然ぼんやりしてしまつた。それから急に河のやうな激怒が流れてくると、同時に泣き喚きたくなつたのであるが、その時伊豆の顔付からふと間の悪いやうな白らけた表情を読んだので、同病相憐れむといふやうな淋しさを受けた。思ひがけない静かな内省が何処《どこ》からともなく展《ひ》らけてくるやうな冷めたさを覚えて自分でも呆れるほど妙にしんみりしてしまつた。

「それは君の場合とは幾分違つてゐる。俺達は色々な余計なことを考へすぎるやうだ。俺は無論ある意味で小笠原を殺したいと思つてゐるし、もつと突きつめたところまで進めば今でも人を殺す力はある。併しただ「考へてゐる」といふだけのことは、本当の人間の生活では無と同じことなんだ。人を殺すか、自分で死ぬかするくらゐ本当のことは或ひは無いかも知れんけど、しかし……」

痴川は如何にも自分は真実を吐露すといはんばかりに、まるで何か怒るやうな突きつめた顔で吃《ども》りがちの早口で呟いてゐたが、急に言葉を切つた。ふいに喋るのが面倒臭くなつたのだし、それに簡単な解決法が頭に泛んだからである。そこで、言葉を切つたかと思ふと、痴川はいきなり伊豆に武者振りついた。そのはずみに子供のやうに泣きだしてゐた。痴川は伊豆を捩伏《ねじふ》せた。痴川は泣きじやくりながら甃《いしだたみ》へごしごし伊豆の頭を圧しつけ、口汚く罵つた

り殴つたりした。伊豆はねちねち笑ひながら殴られてゐたが、やはり痛いとみえて、時々ふうふう空気を吹くやうなことをした。痴川は今度は伊豆を笑はせまいとして一途に頬つぺたを捻つたりしてゐたが、漸く手を離して立ち上つて、尚厭《あ》き足らずに数回蹴飛ばしてから、自分の家へ戻らずに往来の方へ出て、人気ない街へ向つて一散に走り去つた。駈け乍らも頻りに伊豆を罵つてゐたが、街角を曲ると急にほつとして、腰が崩れるほど泪が溢れた。彼は漸く電信柱に縋りついて、「俺はどうしやう。どうしたらいいだらう。もう生きたくもない」と言つて、喉がつまつてきて一生懸命胸を叩いてゐるのであつた。

伊豆はどうやら起き上つて、暫く嘔吐を催して苦しんでゐたが、それから思ひ出したやうに歪んだ笑ひを泛べて、崩れた着物をつくろひもせずにいきなり懐手をして、ぶらりぶらり帰つていつた。

あの手紙から三日目の夕暮れに小笠原は麻油を訪ねてきた。翌日別れると、別れぎはにも次の日を約束したのだが、併し麻油は尚も早速用箋をとりあげて前と大同小異の手紙を書き、にやにやしながら投函に行つた。約束の日に小笠原は来た。こんなことを数回繰返した。憂鬱な顔をそれでも仕方なしに笑はせるやうにして近づいてくる小笠原を見ると、麻油はくすぐつたい思ひがしたが、誰にするよりも大袈裟な明るさではしやぎながら彼を迎へた。どういふものか、小笠原の物々しい屈託顔を前にして独りで笑つたりお喋りしてゐる最中に、麻油は急に悪戯《いたずら》つぽい顔をして舌でも出してみたいやうな気持になつてしまふのだが、別にそれを隠す気持にもならないので遂にさうしてしまふと、併し小笠原は別段気にかけずに矢張り憂鬱な顔をして、時々自分の方でも笑はうとしたり喋らうとしたり努力してゐる。そんな時、麻油はふいに孤踏夫人の神経質な顔を思ひ出したりした。小笠原の物々しい深刻面《づら》の真正面からぶつかつていつて、ほかに格巧がつかないので是も苛々しながら同じやうな物々しい顔を向け合せてゐるに相違ない孤踏夫人の様子は見ものだらうと思つた。麻油は時々ふきだしたくなつて小笠原に頰ずりした。

小笠原は急に東京を去つた。小笠原は親しさに倦み疲れた。親しさのもつ複雑な関心に腐敗した。親愛な人々を見暮らす根気が尽きて、限りなく懐しみ乍ら訣別を急がうとする広々とした傷心を抱き、それを慈しんで汽車に乗つた。知る友のない海浜の村落へ来て、海を眺めた時、ほつとした。何物にも慰まなかつた小さな心が、縹渺《ひょうびょう》とした海の単調へ溶けるやうに同化してしまふのを感じて、爽やかな眩暈を覚えた。長い疲れの底に密封されてきて、もう悪臭を放ちさうな澱み腐れた涙が、やうやくたらたらと頰に伝ふのを感じた。毎日磯に寝て、飽くなく貝殻を玩《もてあそ》んだり無心に砂を握つてゐたりして、甘い感傷に安らかな憩ひを覚えてゐた。

ある雨の昼、孤踏夫人へ海の便りを書いた。静かに雨の降る海のやうなひたすらな懐しさで、もし気が向いたら遊びに来てと書き、それを投函して、無論夫人は来るに違ひないことを知つた。又、長い疲れに似た、光の射し込まない部屋のやうな退屈が、雨の降る海からも洋々と溢れてきた。

　生きる気が無くなつたのではないのであるし、それに生きるとか、死ぬとか、差当つて其れを考へてみたわけでもないのに、その夜、催眠薬を多量にのんだ。自殺者は往々最も生きたい奴だと昔彼は考へたのだが、自分のやうな奴は殊に其の一人であつたらしいと思つた。薬をのんでから、彼は一時はひどく逆上してしまつてぼんやりするほど混雑したり、むやみに苦笑したり、時には泣き出したり、それに色々なことをめまぐるしく考へ出したのであるが、自殺者は別に勇気があるわけでさへない、無論、どう考へてみても是を気取れる筋合のものではないが、併し自殺者は必ずしも莫迦だとは結局思へなかつた。どつちみち、無駄な考へごとである。

　小笠原は微笑したいほどの遥かな愛情をもつて、沢山の麻油や孤踏夫人や又その愛撫を思ひ出しもしたのであるが、親愛なるものに訣別したがるかたくなな寂寥は、やはり其の時も有るには有つたらしい。とにかく、小笠原は死んだ。

　翌日、蒲団をはづれて、材木のやうに転がつてゐた。

　それから一月あまり過ぎたが、痴川は伊豆に逢ふことがなかつた。伊豆は死よりも冷酷な厭世家振つて、小笠原の自殺した現場へも告別式へも出なかつたので、誰に逢ふこともなかつたのである。痴川は伊豆を思ひ出す度に立腹したが、或る日急に思ひ立つて伊豆を訪ねた。伊豆に会つて、次のやうに言ふつもりであつた。

「俺達三人は皆んな莫迦者だ。広い生々した世界の中から狭苦しい五味屑のやうな自分の世界を区切つてきて後生大事に縋りついて、ちつぽけな檻の中で変に神経を鋭くして生きたくなつたり死にたくなつたり怒つたりしてみたところで仕様もない。まるで自分を牢獄へ打《ぶ》ち込んでゐるやうなものだ。ほかに世界は広々とひろがつてゐる。案ずるに君と俺は結局認めすぎるほど認め合ひ、頼りすぎるほど力にしあつているのが斯ういふ結果になつてゐるのだから、俺達は無意味に神経を絡ますことを止して単にざつくばらんに頼り合ひ、潑剌《はつらつ》とした世界でもつと健全に愉快に生きねばならん」――

痴川は道々斯う切り出す時の自分の勿体ぶつた様子を様々に想像することが出来たりして、ひどく意気込んでゐた。ところが伊豆の顔を見たとたんから、まるで思ひがけないことばかり思ひつくやうになつて、飛んでもない別のことをまくしたてた挙句に「お前のやうなスネークにはもう二度と会はん」と言つて、遂《つ》ひ又散々殴つたり蹴飛ばしたりして泣きほろめいて戻つてきた。

さて窶《やつ》れた土左衛門は麻油を攫《さら》ふやうにして山の湯宿へ走つた。湯へせかせかと飛び込んでみたり、宿の親父と碁を打つかと思ふうちにスキーを担いで雪原へ零《こぼ》れてみたり、とにかく気忙《きぜわ》しく苛々うろつきまはつたするゐには、夜がくるとガッカリして消えさうな様子で縮こまつたりしてゐる。麻油は痴川に一向おかまひなしに、まるで自分の一存で来たやうな落付きやうで、ほかに相客の一人もない静かな廊下を闊歩して行つて湯につかつたり、スキーを習つたりしてゐたが、痴川と顔の会ふときには大概にやにやして煙草をくゆらし乍ら、又その上にも面白さうに笑ひ出したりするのである。さういふ麻油に、痴川は何かといふと愚痴りかけたり怒つたりした。

ある夜のこと、麻油は鏡を覗き込んで化粧を直したり、それよりも自分の顔を余念もなく眺めたりしてゐたが、急ににやにやしてしよんぼりしてゐる痴川の方を振向いて、

「あたし、もう、小笠原さんの顔を本当に忘れちやつた。どうも思ひ出せない……」

と、朗らかな声でさう叫んで、とても爽快に大笑ひした。

痴川は俄《にわか》にぎよつと顔色を変へて、それから暫くして思ひ出したやうに上体をよろめかせたが、今度はいきみたつて憤慨して、お前くらゐ冷酷で薄情な奴はないと喚いたり愚痴つたりしたあげくには、麻油に縋りついて到頭めそめそ泣き出してしまつて、

「俺だけは忘れないやうにしてくれ。俺はもう自分のれつきとした身体さへ、手で触れてみても実在するやうには呑み込めない頼りない人間だ。この気の毒な可哀さうな俺だけは忘れないやうに、頼む、お願ひだ……」

と悲しい声を張りあげて、断末魔のやうに身体を顫はせて搔口説《かきくど》いてゐた。その痴川を麻油は母親のやうに抱いてやつて、けたたましく笑ひ出したが、

「いいの〱。大丈夫よ。貴方の顔は忘れつこないわ。だつて、とても風変りなんだもの……」

麻油は又一頻り哄笑して、もう文句も言へずに麻油の腕の中でふんふん頷いてばかりゐる痴川を一層強く抱きしめ、優しく頰ずりして、汚い泪を拭いてやつた。

山麓

あの頃私は疲れてゐた。遠い山麓の信夫の家で疲れた古い手を眺めてゐた、あの頃。

山麓の一人の女、信夫の奥さんと顔をあはせる。さうすると、ひつそりした山麓の空気が私の鼻先の部分だけ小さくびる〳〵と震え、そこに出来た小つちやな真空の中へ冷めたい花粉が溢れてきて、空気の隙間をとほり、私の耳の周りをもや〳〵して、こまつちやくれた秋風となつて、私の額へ癇癪と考へ深い皺を刻み消え失せていつてしまふ。私は自分の疲れを掌へ載せてみて、当惑した顔を顰《しか》め、重さのない爽やかな日が再び私にあるのかと思ひつゞけた。

信夫には健康とアイヌ族の鼻髭があつた。

信夫は毎日狩猟に行く。鉛色の鈍い重たい空。エアデルをつれて終日ひえびえとした白樺の林を通り、時折はしばたゝく時雨に濡れて、信夫は終日ひそひそと濡れた空気の隙間を歩いてくるらしい。荒涼たる白樺の林を濡れた鼻髭が静かに通つてゐるらしい。信夫は獲物をとつてきた例がなかつた。

信夫は留守、さうして物憂い白昼、私は時々どこかしら一つの部屋に、唐紙の隙間をもり廊下を漂ひ壁と空気の間に沿ふてひそ〳〵と流れてく奥さんの気配を感じた。まれに、遠い冬空の底から、幽かな鉄砲の音が響くのである。部屋の暗がりに、猟犬のやうに聞耳たてる一人の女。鉛色の鈍く重たい空の下で、濡れた青色にぶす〳〵光る二連銃の銃身を思ふ一人の女。さうして私は、ひつそりした白樺の林を静かに通る濡れた鼻髭を思ひ鼻髭の中に勝れた一人の「男」を感じ、自分の疲れをきな臭い悪臭の底に見つけてしまふ。おんなよ。もう、雪が近い。

ある暗澹とした黄昏、信夫は白樺の林を通り、裏門から築山を通つて帰つてきて、玄関へ廻らずに裏座敷の縁側へ来て、私や、出迎への女の顔を代る代る眺めながら黙つて笑ふてゐるのである、かはるがはる顔をながめ、長い間、黙つて笑ふてゐた。

漸《やうや》く女が笑ひ出したとき、信夫は更に声をたてゝ哄笑し、漸く私がその意味を悟つたとき、笑ふ男は今まで後手《うしろで》に隠しておいた大きな獲物を現して縁側の上へ静かに置き、さうして、まるみのある柔かい音が縁側の上に残されたとき、笑ふ男は首をあげて二人を眺め、更に高らかに笑ふた、柔かい、重みのある柔かな音、ほんとうに、まるみのある柔かな音がしたのであつた。

曽《かつ》て私の知らなかつた、不思議に生き生きと豊かな色彩を含んだ新鮮さ、そして新鮮な力を、私はその柔かな音の中に感じた。

私は朦朧とした薄明の中へ騒ぎ立つ狼狽の瞳を紛らせて、私の胸を、私の窶《やつ》れた頬肉を斯《こ》んなにも冷え〳〵とあふり、斯うまで鋭く痛めつけた重い柔かな音の名ごりを思ひうかべて、さむざむと夕靄を眺め、私も、どんよりした黄昏の中で静かにそして爽やかに笑つた。灰色の夕暮に哄笑する三人の人たち。

私に新らしい一つの秘密が分りかけた。背中から取り出されたまるみのある柔かい音、そして哄笑するアイヌ族の鼻髭。

女は雉《きじ》を膝へ載せ、奇麗な鳥ね、これ、雉ねと言ひ雉だわと呟やいて、塵紙を出して掌についた血をぬぐひ、わりに血の出ないものね、これつぱちかしらと呟やいた。そして鳥を持上げて傷口を調べ、ほんとうにこれつぱちか出ないんだわと、また膝へ載せて、奇麗な鳥だわ、それにちつとも怖くないのねと男の顔を媚るやうに見上げた。

「怖いものか。生きてゐるより、よつぽど無邪気に見えるぢやないか」

「ほんとうに、さうね……」

女は、満足した溜息のやうな微笑を浮かべて、深い黄昏の奥を眺めた。

私はその日が暮れ落ちて大きな夜が迫つてから、変に乾いた感じのする紙屑のやうな映像が顳顬《こめかみ》にこびりついてしやうがなかつた。男の背中から取り出されたまるみのある柔かい音、そして、生きてゐるより無邪気ぢやないかといふ黄昏の中の鼻髭、私はその言葉の中に異様なそして身にせまる同感を味はひ、侘びしすぎる同感の底で死んだ鳥の多彩な羽毛を目に泛《うか》べてそれを綺麗だと思つた。そして指のまたの凝血を拭ふ女の花車《きやしや》な指つきを感じた。

その夜、私は、いつか健康を取戻した日、私も二連銃を肩にかけて、荒涼とした山麓をひそやかに通りたいと思ひつゞけた。

麓

1

「ごらんなさい。あの男ですよ」

村役場の楼上で老村長と対談中の鮫島校長は早口に叫んで荒涼とした高原を指さした。なだらかに傾斜する見果てない衰微。白樺の葉は落ちて白い木肌のみ冷めたい高原の中を、朽葉を踏み、紆《めぐ》るやうに彷徨《さまよ》ふ人影が見えた。

「毎日ああして放課後の一二時間も枯枝のなかをぶら〳〵してゐるのですよ。椿といふ、あれが先刻お話した赤い疑ひのある訓導です。間違ひの起きないうちに、出来れば二学期の終りに転任させたいものですがね。うまく欠員のある学校がみつかるといいのだが……」

「はつきりした左傾の証拠はあるかね？」

老村長はぶつきらぼうに訊いた。

「必ずしも。はつきりしたことは言へませんが。この間違ひに限つて一度おきたら取返しのつかない怖ろしいことになりますからね。学校も。村も」

校長は分別くさい顔付をして、その顔付をでつぷりした上体ごと村長の前へ突き延した。老村長は顔をそむける。その分別くさい顔付は見たくもないと言ふやうに。そして茫漠と夕靄のおりそめてきた高原の奥を眺めふける。

窓硝子《ガラス》に迫まる重苦しい冬空。冬空の涯《はて》は遠景の奥で夕靄につづき、そして地上へ茫漠と垂れ落ちてゐた。そこでは大いなる山塊も古い記憶の薄さとなり、靄の底へ消え沈もうとしてゐた。流れ寄る黄昏にせばめられた荒涼。なほ大股にうねる人影が隠見した。

「はつきりしない嫌疑であの男を転任させるのは儂《わし》は好まない。左傾する者はどこへ行つても左傾する。そして一人の校長先生が迷惑する。一人の校長先生がな。同じことではないか」と呟いた。

「今夜儂の家へあの男をよこしたまへ。儂はあの男と話してみやう。万事はそれからで遅くない」

老村長はたどたどしい足どりで帰つていつた。

猪首の校長もぶり〱しながら学校へ戻る。外へ出ると興奮してゐる。なんて物好きな、わけの分らない老耄《おいぼれ》なんだ、あいつは！


老村長は氷川馬耳といつた。五十五だが六十五にも七十にも見え、老衰が静かな哀歌となつてゐる。彼の顳顬《こめかみ》の奥では、彼自身の像が希望と覇気を失ふて永遠に孤独の路を帰へらうとする無言の旅人に変つてゐる。

馬耳老人は家へ帰つた。村の旧家であるが貧困のために極度の節約をしてゐたので、がらんどうの大廈《たいか》には火気と人の気配が感じられなかつた。

弟の妻、三十になる都会の女。爽やかな美貌の女が出迎へにでて、帽子と外套をとる。

「今夜は来客がありますからね。闘犬のやうな荒々しい若者がくる筈だから……」

馬耳は病妻の寝室へ行つた。病妻は挨拶のために数分も費して僅《わず》かに頭の位置をうごかす。

その部屋の縁側へ出て、いつものやうに馬耳は籐椅子に腰をおろした。

妻が病んでもう三年。彼が此の椅子に腰を下して遠い山脈と遥かの空を無心に仰ぎだしてから、もはや三年すぎてゐる。

病妻もやがて死ぬだらう。そして、妻は死んだといふ言葉となり、一つの概念となることによつて彼を悲しますかも知れない。今、生きてゐても死のやうな病妻。言葉も動作も、そして存在すらも已《すで》に失つてゐるかのやうな妻。已に現実の中で彼女は死滅し、彼女は已に無のやうであるが、やがて、彼女は死んだといふ言葉となり、一片の言葉となることによつて現実のなかへ彼女は寧《むし》ろ蘇生する。さうして、馬耳を悲しますに違ひない。

弟の妻、三十になる都会の女が縁側の籐椅子へお茶を運んできた。そして、病妻の寝室の隣り部屋、彼女の部屋へ帰つていつた。馬耳は彼女に、今夜は来客がありますよ、闘犬のやうな荒々しい若者がな、と言つたのである。そして、白樺の高原を踏む荒い単調な跫音《あしおと》に就て考へた。

籐椅子に凭《もた》れずに、尠《すこ》し上体を前こごみにすると、隣の部屋に編み物をする弟の妻、ことし三十になる女の半身が見えるのである。もう二尺籐椅子を前へ動かすと、こごまずにも女の全身が見えるであらう。併《しか》し馬耳にはその勇気がない。この三年、それは長い習慣によつて定められ、庭の立木や妻の寝姿への角度を通して然《しか》あるべきやうに慣れてしまつた古い場所で、もし椅子を二尺動かしたなら、恥と叱責に満ちた傷口のやうな真空が二尺の場所へ発生して、寒い冬空へ混乱を、そして馬耳へ混乱を与へるに違ひない。

馬耳は籐椅子に身をもたせ、女の姿が見えない位置に身を置いたとき、安心して隣室の方をながく眺め、編み物をする白い手頸《てくび》を想像した。さうして、前こごみとなり、隣室のなかが見える時には庭の黄昏を眺め、高原を踏む荒い跫音を考へた。

「今宵、荒々しい闘牛士の訪れ」

馬耳は考へる。自分はなぜ椿と呼ぶ若い教師に会ふ気持になつたのだらう。何を話し、何を尋ねるつもりなのだ。

恐らく——彼は思つた。

——若い生き生きした世界に興味を感じてゐるのだ……

左傾。彼はそれを憎む気持になれなかつた。理論は問題にならないのだ。迫害のなかにも自分の情熱を守らうとする白熱した生活力が、彼には不思議な驚きに見え、讃歎に見えた。馬耳は自分に失はれた若い生き生きした世界に就て考へてみる。

もう二尺籐椅子を前へ動かしたら、女の姿が見えるのである。

女の夫は毎日二連銃を肩にして猟にゆく。女の夫は前文部参与官であつた。内閣が変り閑地について彼は実家へ遊びに来てゐた。そして、自慢のエアデルを従へ、濡れた冬空の下では鈍い灰色にぶす〳〵と光る銃身を提げて毎日高原を歩き黄昏に帰つてきた。前参与官は龍夫と呼んだ。龍夫には肥つた腹と、よく刈り込まれた鼻髭があつた。鼻髭は濡れた白樺の林を歩き潤んだ朽葉をひそ〳〵と踏んで、冬空の隙間を通つてゐるに相違ない。ときどき高原の奥から鉄砲の音がきこえてくるのである。

もう二尺前へ動けば女の姿が見える。女は編み物をしてゐる。ときどき雑誌を読んでゐることもあるが、今は毎日猟に行く龍夫のために温いセエターを急いでゐるので、終日白い手頸を動かしてゐる。ときどき手を休めて、左手の拇指《おやゆび》を帯にはさめ、充血して表情を忘れた顔をまつすぐに挙げて、冷めたい庭先を見てゐることがあるかも知れない。そしてその時鉄砲の音がきこえたなら、女は大理石の彫像となつて幽《かす》かな微笑を泛《うか》べるに違ひない。

きりつめた生活ではまだ炬燵《こたつ》をかけるにやや早い初冬なので、馬耳は弟夫妻のためにも小さな火鉢で我慢してもらつてゐるが、それだけの乏しい火気では少し膝を崩しても寒さが身にしむに相違なく、部屋の空気が僅かにちり〳〵と揺れてさへ痛むやうに冷めたいだらう。女はさういふ環境のため、殊更堅く、つめたく、寒々と端坐してゐるに相違ないのに、その洞窟のやうに広く冷めたい部屋のなか、その中央に竦《すく》むやうに動かずにゐて、女は、なんといふ生き生きとした多彩のものを燻蒸してゐるのであらうか？

女には秘密の香気と秘密の色彩と、そして秘密の流れがある。流れは静かな花粉となつて舞ひ、そしてめぐり、無数の絹糸の細さとなつて空気の隙間をひそ〳〵と縫ひ、部屋の片隅に流れ寄ると壁と空気の間を伝ひ、そして、花やかな靄となつて縁側の方へ漂ふてくる。女。……隣部屋には秘密の靄を燻蒸する一人の女がゐるのである。

そして、籐椅子へ凭れたまゝ直ぐさま横へ顔をそらせば、そこにも――一つの「もの」がある。それは昔女であつた。それはこの三年越しそこに睡むり、そして馬耳はそれのみを女と信じ、それから受ける全ての思ひ、たとへば冷淡な死と悲しい無関心さへ女の属性の一つであると信じつゝ、決して疑念の起らなかつたもはや現実には死滅した「もの」がゐる。それはもう一つの「もの」に還つてゐる。馬耳は悲しい心を感じた。

――悲しい妻よ。お前の生涯は不幸であつた。私のやうに……

――悲しい妻よ。お前は男を知らなかつたに違ひない。なぜなら、私も亦《また》お前のやうに生命のない「もの」だつたから……

馬耳には漢民族の鼻髭があつた。それは垂れ、そして死んでゐた。

龍夫には良く刈り込まれた鼻髭があつた。そしてそれは男の飾りであつた。装飾のある男。そして、男。馬耳は龍夫に男を感じた。時雨に濡れた高原を踏み、濡れた冬空の下では濡れた灰色にぶす〳〵光る二連銃を担ひ、静かに白樺の間を通る鼻髭を思つた。冷めたい部屋に端坐して多彩なものを燻しながら濡れた鼻髭を思ふ一人の女。そして馬耳に、男と女の静寂な秘密が分つてきた。……

その黄昏。——

もう高原も茫漠とした靄の底へ沈んでから、龍夫は漸く帰つてきた。龍夫は裏門をくゞり、玄関へは廻らずに、築山をぬけて、庭先から、馬耳と籐椅子のある縁側へ辿りついた。

龍夫は縁側の前に立ち止り、そして佇み、出迎への女と籐椅子の馬耳を代る代る眺め廻して笑ふのである。二人の顔を剽軽《ひょうきん》に眺め、ながいあいだ笑つてゐた。そして漸く女が笑ひだしたとき、肥つた男は声をたてゝ哄笑し、漸く馬耳がその意味を悟つたとき、笑ふ男は後手《うしろで》に廻して背中に隠しておいた大きな獲物をあらわして、縁側の上へそつと置き、そして置き乍《なが》ら、笑ふ顔を突きあげて二人の顔を交互に眺め、置き終へて、冬空高く哄笑した。

縁側の上に、柔らかい、そして重みあるコトリといふ物音がした。音がしたのである。柔らかい、まるみのある物音が。そして多彩な羽毛に覆はれた大きな柔らかい肉塊が床板の上に絵となつてゐた。

笑ふ男の背中から取り出された円みある柔らかい音。馬耳はその音に新鮮な力を、そして甘美な新鮮そのものを感じた。見知らなかつた微妙な世界が、また一つ展らかれたのだ。馬耳は新鮮な音に就て反芻した。

「うまく、とれたな……」

馬耳は笑つた。そして三人は声をたてゝ笑ひだした。茫漠たる黄昏の靄のなかにて、哄笑する三人のひとびと。

　女は雉《きじ》を膝へ載せ、綺麗な鳥ね、これ雉なのねと言ひながら、塵紙をだして掌についた血を拭ひ、わりに血の出ないものね、これつぽちかしらと呟いた。そして鳥を持ちあげて傷口をしらべ、これつぽつちか出ないんだわと又膝へのせて、綺麗な鳥だわ、それにちつとも怖くないのねと男の顔を媚びるやうに見上げた。

「怖いものか。生きてゐるより、よつぽど無邪気ぢやないか」

「ほんとうにさうね」

　女は顔をかゞやかして答へた。

　馬耳は静かに立ち上る。そして黄昏の庭を見る。馬耳は又不思議に新鮮な言葉をきいた。そして新鮮な言葉を反芻する。生きてゐるよりも無邪気ぢやないかといふ男の言葉。馬耳はその言葉に異様な同感を覚え、同感の奥深くに死んだ鳥の多彩な羽毛を思ひ浮べて、それを確かに綺麗だと思つた。そして、指の又の凝血を拭ふ女の花車《きゃしゃ》な指つきを感じた。

「アポロン！　アポロン！」

　龍夫は縁側に腰をおろして、エアデルを呼ぶ。犬は夕靄の彼方から龍夫の足もとへ走つてくる。

　――ＨＡＬＬＯＯ――

　――ＨＡＬＬＯＯ――

黄昏が帰滅へ誘ふ遥かな言葉。茫々たる愁ひが流れる。愁ひは枯れ果てた高原を舞ひめぐり、静かな興奮となつて馬耳の胸に一とひらの冷めたい血液を落した。犬が夕靄のなかを走つてゐる。そして、夜が落ちた。

その夜、果して珍客が来た。

珍客は生活に窶《やつ》れ、太い皺が彼の額を走つてゐた。彼の顔立は教育のない農夫のやうな鈍感な印象を与へるが、その大きな厚い唇は強情な意志を表はして、くひまがつてゐた。併し彼の眼は痛々しく臆病であつた。そして、鋤を握るにふさわしい頑健な骨格をしてゐた。武骨な青年は額に垂れる毛髪を掻きあげながら、怒るやうな顔付をして、堅く坐についてゐた。

「君は左翼に関係してゐるのではないかね？」

村長は気軽な笑ひを泛べながら、いきなり斯《と》う訊ねた。青年は吃驚《びっくり》して馬耳の顔を視凝《みつ》めたが、

「べつに関係してゐません。それに」——青年は疑ぐり深い目付をして考へながら言つた。「たとへ関係してゐたにしても、関係してゐないと言ふでせう」

馬耳は青年の返事があまり生真面目で突きつめてゐたので、寧ろびつくりしたほどであつた。そして左翼といふことを世間話の気軽さに考へてゐた自分に気付いた。

「成程、儂のきゝかたが悪かつたね。併し君、儂は左翼といふものを、とりわけ愛してもゐ

ないが、とりわけ憎んでもゐないね。あちらの部屋には前文部参与官がゐるが……」

馬耳は笑ひ出した。笑ひをひとり愉しむやうに、窶れた頰に細い筋肉がふるへた。

併し馬耳の笑ひは青年教師を親しますよりも脅やかすことに役立つた。教師は怪訝《けげん》な面持で、わけが分らないと自答するやうに馬耳の顔を見凝めてゐたが、愚直な顔に猜疑と、つづいて臆病な怒りをあらわした。

「君はマルクスを読むかね？」

「読みました」

「それで、感想は？」

椿は幾分激昂した顔色の底で疑ぐり深く考へをまとめてゐるやうに見えたが、

「誰が読んでも現在よりはいいと言ふでせう」

彼はぶりぶりして答へた。

椿教師は生真面目な情熱的な青年のやうに見受けられた。いはば融通が利かないとか血のめぐりが悪いとか呼ばれがちな、頭脳の閃きによつて人を感動せしめることの絶対にないたちの人間である。そして、この種の人間が生活苦にもまれると得てして成りがちのやうに、彼は何事に対しても臆病な猜疑と、結局は物の役に立たない狡猾とを一応は働かせて物の真相を見破らうと努力する。そして自分では狡猾に立ち廻つたつもりでゐながら、結局自分の底を割るほかに仕方のないたちの人間なのだ。

椿はむつとした顔付の奥で、自分の態度を狡猾にまとめやうとあせつた。併し結局狡猾に擬装した怒りの中へ我知らず捲き込まれてゐた。

「いつたい、何のためにこんなことを訊ねるのです？」

老人は部屋の一ケ所へ茫然と目を置いて、ゆるく煙草をくゆらせてゐた。そして煙を嚙むやうに、いつまでも口をもく〳〵やつてゐた。

「併し僕はコンミュニストではありません。理想的にはより以上のものを望んでゐますが、現実的には殆んど僅かの向上でも感激することのできる愚かな生活人ですよ。僕は犬の生活を寧ろ望むでせう。「理性的」といふ尤《もつと》もらしい人間の特権を僕はあまり有難がらないのです。理性のおかげで僕等は痛みを感じつづけてゐるやうなものです。さうかと言つて、僕等が理性的であるまいとしたら、なまじひに人間であるおかげで、犬よりもひどくやつつけられるでせうからね。僕の言ふことも極端かも知れませんが、併し僕は人間の憎悪や愛にあきあきしてしまつたのです。あきあきしたといふことは、つまり僕がどんなにしても其れから脱けきれないと言ふことですよ。なまじ斯んなてあひが――むろん僕もそのてあひですが、仮面を被つて偽善的な共同生活を営むよりも、いつそむきだしの動物同志になつたらとさへ思ふのです。むろん僕が醜い動物でなかつたら、斯んな浅間敷《あさまし》いことを考へる筈はないでせう」

椿は自分の興奮に負けてゐた。

「貴方は何のために僕を呼び寄せたのです。左翼の嫌疑で転任させるためですか？」

「心配することはない……」

老村長はたど〳〵しい手付で煙管《きせる》に煙草をつめながら呟いたが、軽い笑ひを泛べた頰からは、尚もぐ〳〵と口を動かすたびにほの白い煙が零《こぼ》れてゐた。

椿は唇を歪めて、しつかりした皮肉な冷笑を刻んでみせたいと思つた。併し不安とも安心ともつかない妙に勝手の違つた感じが、彼の興奮や思惑をうまく軌道へのせなかつた。彼は荒々しく毛髪を掻きあげた。

「君はどんな書物を読んでゐるかね。いや、君の思想系統を探索するのではないから安心したまへ。儂も長い一生の、いはばディレッタントで、人にひけをとらないほど読書生活に身をくすぼらせてきたのだが、儂が一生読み捨ててきた精神科学、歴史・文学・哲学・宗教、皆たわいないものだと思ふやうになつてね――」

老人は打ち解けた友達に話すやうに好機嫌な微笑を泛べて、腰を落した。

「儂は自然科学の知識に乏しいことを近頃歎いておる。精神科学――人間を単位にした学問には所詮解決は見当るまいと思はれるが。結局、人間の年齢といふものが余儀なく人間を解決してくれる。そして死ぬる。儂には数字や記号や分子の方が生き生きとしてゐるやうでね――」

老人は音にだしてくつ〳〵笑つた。

「儂等老人が今更数学を学びだすわけにもゆかないが。君等若い人達は皆ひと通り自然科学の知識があるだらうね。羨しいことだ」

「いいえ、僕はまるで学問のない男です」

若い教師は告白するやうな激しさで言つた。

「僕は理想といふものを持たないのです。言ひ訳けではありませんが、自分のくだらない生活苦にせめられてその日その日の小さな満足を求めるほかに、大きな明日を考へる根気さへないのです。生活に負けるといふこと、理想のない生活といふものが、どんなに人間を卑しくするかといふことを痛感してゐるのですが、一度自分の周囲を見、自分の醜さ、弱さ、汚なさを考へるとき、大きなものを追ふ勇気は持てなくなるのです。小さな今日に縋りつくだけで勢一杯になるのです。理想は人を慰めるでせう。そして人を屈辱から救ひ出してくれるでせう。併し僕は犬の生活を望むだけの卑屈な敗残者ですよ」

馬耳は青年の荒々しい語気が、水に投げられた小石のやうに、落ちて消え落ちて消える大きな夜を感じながら、ながく煙管をかみしめてゐた。そして、白樺の高原をうねる荒い単調な跫音に就て考へた。

「君は毎日白樺の林を歩くさうだが、あゝいふ時に何を考へてゐるのかね？」

「あれはただ同僚に顔を合はせたくないからです。生活を豊富にしない集団に媚びるのは凡そ無意味ですからね。傷をうけるか、人を傷つけるか、そのどちらかです。無意味な集団よりは孤独の方が豊富であたたかいに違ひないのです。僕はなるべく職員室にゐないやうにしてゐるのです。その代り、僕は同僚のひけたあとで仕事をします。誰もゐない部屋、沢山人のゐるべくして誰もゐない部屋、そして、ゐない人々によつて荒らし残された乱雑の中で一人ぼんやり坐つてゐると、はぢめて何かシインとした静かなものが分りかけてくるのですよ。それは意味のあるもの、はつきりしたもの、積極的なものではないのです。たとへば、椿了助……さう言つて、僕の名を呼ぶ幽かな気配が、静かな呟きが、乱雑な部屋のどこからともなく聞えてくるのです。たとへば、投げ捨てられた紙屑の皺の間から。柱時計の裏側から、書籍の頁の間から。さうです。僕はがつかりしたやうに、ほつと溜息をつくのですよ。懐しい自分といふものに、随分久振りでめぐり会つたものだといふ和やかな気持になるのです。母、ふるさと、睡り、揺籃《ゆりかご》、そんな懐しい一聯《いちれん》の歴史に似た優しい気配が、この和やかな孤独のとき、僕を豊富にするために其の美くしい窓を展らいてくれます。一人とり残された孤独の時は僕がしみじみ懐かしい自分に還へる時間です。僕の一番幸福なときは、その時ですよ」

青年は初めてはにかむやうな、親しみのある微笑を泛べて、臆病に老人の顔を見上げた。

「君のやうな若い生き生きとした青年でさへ――」

馬耳は無心に煙草をつめてゐた。

「――若い生き生きした人でさへ、人間の生活はさういふものかね……」

馬耳は煙管に火を点けて、長いあいだ口へ運ばずに火鉢の上で玩《もてあそ》んでゐた。

「どうしたわけで、また君は左傾の嫌疑なぞを受けたものかね？」

「それは――」

青年は臆病な上眼をあげたが、唇を歪めて自分さへ嘲るやうな冷笑を泛べた。

「ある女教師に校長が惚れてゐるためかも知れませんね。それに、僕は校長と昔から意見が合はないのです」

老人は返事の代りに煙管を叩いた。そして幾分伏眼にして、口をもく〳〵動かしながら煙を噛むやうにして吐き出してゐた。

「その婦人と君は恋仲かね？」

「いいえ、僕が好いてゐるだけです」

青年は笑はうとして其の表情を失つた。

「僕は黙つてゐるのです。そして黙つてゐる方が愉しい苦痛に富んでゐるやうに思はれるのです。僕は自分の醜い容貌や風采や、才能や生活にも自信の持てない男です。併し、人間の感情は、自分とのバランスを飛躍して、勝手に飛び去つてしまふのですね。僕に今必要なのは宗教ですよ。むづかしい、ひねくれた教義は僕にとつて空文に等しいもので問題にならないですが、抑制するといふ悲惨な形式が、僕の唯一の住宅に見えます。あの暗いみぢめな、宗教に本質的な傷《いた》ましさが僕にしみじみするのです。僕は最近魚鱗寺の房室《はなれ》へ下宿を移したのです」

「若い生き生きした人でも……」

馬耳は又煙を吐いて、その口を長いあいだもく〳〵動かしてゐた。笑ふ男の背中から取り出された円るみのある柔らかい音。そして、生きてゐるよりも可愛いではないかといふ鼻髭。指の又の凝血を拭ふ花車な女の指つき。多彩な羽毛に隠された傷口は花びらよりも小さく、冬空よりも冷めたかつたに違ひない。

ある冷めたい朝のことであつた。高原の冷気が濡れた流れとなつて冷え冷えと運ばれてくる庭先で、馬耳は女と立話を交したことがあつた。まだ朝靄がこめてゐて、間近い人像も深い水中のものに見えた静かな早朝のことである。女はひつそりした水底から浮かびでてくる。模糊として遠く高原の靄へ掠れてゐる其の輪廓を近づけてきて、そして女は朝の挨拶を述べた。早朝の挨拶。挨拶は冷え冷えとした花粉をつけて、冷めたい朝靄の隙間を縫ひ、もや〳〵と揺れちらめいて馬耳の顳顬へ漂ふてきて、細い数多《あまた》の絹糸となり、頸から耳、耳から肩へ舞ひめぐり、足に泌《し》み、地肌を這ふて流れていつた。

「君はなぜ動物にならないかね！」

馬耳は危ふくさう言ひかけてやめた。

或ひは此の青年の言ふやうに、動物になれないことが人間の最大の不幸であるかも知れないと思はれもした。併し若さは？　そして男。已に自分の失つた「男」――或ひは一生持たなかつたかも知れない「男」、此の地上で唯一の奇蹟に思はれる若い生命を恵まれた此の青年が。……自分の生涯は「もの」であつた、併し若い人々が現に「もの」であることは夢のやうな話だ。激しい生命にめぐまれた此の若者が、結局自分と同じやうな「もの」であると言ふことは、馬耳にとつて信じられないことであつた。

青年を玄関へ送つて出たとき、馬耳は其処の暗がりを利用して遂《つい》に言つた。

「君はなぜ動物にならないのかね！　動物になりたまへ。動物に！」

青年は驚く。そして理解することが出来なかつた。彼は訝《いぶか》しげに馬耳を見凝め、それから茫然と振向き、むつつり口を噤んで靴の紐を結んでゐた。

やがて青年は立ち上る。垂れ落ちた毛髪を無意識に荒々しく掻きあげてゐる。そして、睡りから覚めきらぬやうな険しい顔付のまま、不器用に四十五度の敬礼をした。

「又遊びに来たまへ。儂は君のやうな若い人と話すことが大好きになつたよ」

木訥《ぼくとつ》な青年教師は持前の荒々しさで闇の方へ振向いた。そして、やや項垂《うなだ》れがちに、大股に暗闇の奥へ歩き去つた。

馬耳はふと自分にかへる。大いなる虚しさ。異様な落胆に似た寂寥がひろがりはぢめてゐる。馬耳は寂寥を噛むやうにする。馬耳は沓脱《くつぬぎ》へ降り、戸に閂《かんぬき》をおろした。尨大《ぼうだい》な夜の深さが、馬耳の虚しい寂寥を漂白するために、ひえびえと身体《からだ》を通過していつた。

馬耳は茫然として病妻の寝室へはいつた。

歴史よりも尚遠い旅の果から帰つてきたやうに、長いあいだ中絶してゐた懐しい現実の中へ、ふと戻りついた気持になる。心が、そして侘しさが彼の中へ帰つて来た。

酸つぱい、そして疲れきつた電燈。鈍い光が眼に見えない無数の吹雪となり、虚しい畳の上へひそ〳〵と降りしきつてゐた。そして、鈍い光の吹雪のために頬肉が殺がれてしまつたかのやうな「もの」が、その巣の中で野獣の眼を覚した。

「もの」は馬耳を迎へるために、光の中の死面を動かさうと試みる。懐しい二つの「もの」が顔を見合はせた。馬耳は枕元へ坐つた。

「お客様はお帰りになりましたか？」

「ああ、今帰つたところだよ。気分はどうかね？　儂はね……」

馬耳は暫く口を噤んでゐた。

「――お前は気の毒な一生だつた」

病人は、もう、表情の変化さへ失ふほど衰弱しきつてゐた。そして心の感動を長い長い言葉の中絶によつて表現した。長い沈黙ののち、病人は呟いた。

「私は満足して死んでゆけますよ。三年前には日光へも参詣してきたし、今夜は大好きな胡蘿蔔《ふろふき》も食べることが出来たし……」

時間経て、馬耳の老衰した頬に古い古い昔の泪《なみだ》が滲み溢れてきた。

あまりの悲しさに、馬耳は慟哭したいやうな、無限の激しさを感じる。

二つの「もの」は長いあいだ、その痩せ衰へた手を握りあつてゐた。

2

翌《あく》る朝。

食事を終へて縁側の籐椅子に休んでゐると、隣室の賑やかな笑声が馬耳の耳もとへ響いてきた。男の笑ひと、女の笑ひ。笑ひ声の中では男と女がもつれあひ、さうして、縺《もつ》れた沢山の糸の中を笑ひ声がうねつていつた。

すると、猟の服装を調《ととの》へた龍夫が、肥つた腹の震幅と笑ふ鼻髭を縁側へせりだしてきた。

「兄さん、ちよつと来てみないかね」

あら、いやですよと言ふ、それから、女の忍び笑ふ匂ひのある波紋が動いて来た。

馬耳は立ち上る。ふふむ。よぼくした痩軀《そうく》が馬耳の前進につれて引摺《ひきず》られてゆく。そして馬耳は隣室の内部を覗き込んだ。

二連銃、ケース、脱ぎ捨てた着物の乱雑。ところで、乱雑の上に浮いた薄暗い空間では、女が派手な洋服を身に纏ふて冷めたい浮彫りになつてゐた。女は洋装して、併し格別羞ぢらわずに首をまつすぐに馬耳へ向けて、微笑してゐたのである。

「なるほど――」

馬耳は眼を円くして観照する。沈黙。それから、けたたましい笑ひの合唱へ三体の立像が紛れてしまふ。

「実はね、東京をたつ時から、自分でも猟についてくる心算《つもり》で、これを拵《こしら》へておいたのさ。先生、女学校卒業以来はぢめての洋装だから、今まではにかんで着なかつたんだね」

「今日からは、秋さんも猟に出かけるのかね？」

「ええ！」

女は少年の新鮮さで、笑ひながら叫んだ。そして、少しもはにかまずに、部屋の乱雑をとのへはぢめた。その活潑な動きは此の人の和服の中には見当らなかつた。老人は其の新鮮な変化に暫く感心して見とれた。

「鳥のおつこちるところが見たいんですわ。濡れた綿のやうな空の奥から、長い頸を下へまつすぐに延して、翼を張りひろげて、驀地《まつしぐら》に墜落するのですつて。どんなに素敵でせう……」

「はつはつは。猟は鉄砲を打つときの緊張だよ。それから、獲物を探してのそ〱ぶらついてゐる時の変に間の抜けたあの一途な気持だ。所詮鉄砲を持たずに猟の壮快を味ふのは無理な話だが……」

龍夫は便々たる腹をゆすつて振向く。はつはつは。また一頻り笑ひ残して縁側へ腰をおろし、靴を履きはぢめた。

「アポロン！　アポロン！」

エアデルは尾を振つて龍夫のゲートルに絡みかかる。縁側に濡れた灰色の二連銃が横たわり、死せる眼のやうに疲れた銃身を光らせてゐた。

その冷めたい床板の上で――昨日の黄昏には、まるみのある柔らかい物音がした。わりに血の出ないものね。女の目の高さに持ち上げられた、柔らかい、そして大きな羽毛の塊まり。そして、柔軟な肉塊のもつ深さある明暗。――

白い花車な指の又に残された凝血が女を猟に駆り立てるのだらうか？

「肉刺《まめ》をでかして、歩けなくなるんぢやないかね？」

「いいわ、跣足《はだし》で帰るから！」

再び少年は叫んだ。

馬耳は籐椅子に凭れる。そして、微笑しながら、二人の男女が築山を越えて、裏門から白樺の高原へ消えてゆくのを見送つた。男の肩に鈍く輝き、鈍く揺れる二連銃。空は今日も水のやうに重かつた。

もう、二尺、籐椅子を動かしても女は見えない。鳥のやうに、少年のやうに、理性の向ふへ飛び去つてしまつた、女は。

女に置き捨てられた空虚な部屋といふものには、どういふ残忍な秘密が育てられて舞ひ、そして静かに狂ひめぐつてゐるものだらうか？　匂ひと色彩ある靄が残されて舞ひ、それが冷えた流れとなり、ひそ〳〵と眼に沁《し》みながら上から下へ、下から上へ、舞ひのぼり、舞ひめぐり、舞ひおりて、夥《おびただ》しい花粉となつて散りしいてゐないだらうか？

馬耳は静かに立ち上る。そして、跫音のしないやうに、舞ひ落ちた秘密な粉を踏み躙《にじ》ることのないやうに、女に残された空虚な部屋へ這入つてみた。

衣桁《いこう》にかけられた若々しい色彩。そして、部屋の片隅に、埋火を隠した小さな火鉢が、馬耳の寒い空虚な心と睨み合ふために、探るやうな疑ひの目を凍らせてゐた。

馬耳は考へる。併し考へが泛ばない。そして、顔をそむけて、鈍く重たい暗灰色の空を眺めた。それは枯れ果てた庭の中へも、冷めたい土の低さへまで、堪えがたい虚しさをぎつしり詰めてゐた。少年よ、足裏の肉刺に血の滲むことを怖れるな。柔らかい明暗もてる鳥の屍体にながい頬ずりを惜しむな。

馬耳は衰へた腕をくねらせて、よぼ〳〵に老ひ果てた欠伸《あくび》を洩らした。


馬耳は役場へ出勤した。

隣の学校から、授業時間の静粛と、音のある規律の進行が流れてきて、冬空にまぢり、冷めたい感触を低く鋭くするのである。

猪首の脂ぎつた校長が、サーカスの動物のやうにキョロ〳〵して、吏員に愛嬌をふりまきながら這入つてきたが、老村長を見ると、急に分別くさい苦労人の顔付をした。この男にも、エネルギッシュな、そして粗暴な鼻髭があつた。

「椿は、どうでしたか？　お訪ねしたと言つてゐましたが……」

「一晩面白く話し込んだよ」

「無遠慮な、図々しい男ですからね。乱暴な、困つた奴ですよ」

そして、悲哀のしるしに、厚い唇を、したがつて粗野な鼻髭を、頬肉の一方へそらした。

「赤沢の学校で、幸ひこの暮に一人欠員があるといふ話ですが……」

「小心な、きまじめな男だよ。あれは君、国家にとつて危険な人物ではないね。尤も、校長先生にとつて、どういふ危険人物か儂には分らないがね——」

馬耳は煙草をくゆらして、いつものやうに口をごも〳〵やつてゐた。

「佐野梶子といふ女教師は君の第二号かね？」

鮫島校長は孔のあいた顔をした。拳が張りきつた膝の上でふるへた。

「そんなことを言つたのですか。あいつ！」

校長は落付こう落付こうとした。そして、脂汗を滲ませた。彼は煙草を摑みだして火を点けやうとしたが、唇と指と、鼻髭と煙草が一時に荒々しく揺れ、動いた。

「さういふ悪辣な奴ですよ。あいつが、その女教師と怪しいのです。何をやりだすか見当のつかない無法な男ですからね。間違ひのないうちにと、私は考へてゐたのです。怪《け》しからん奴ですよ。ぜひとも転任させてしまはなければ、私は職責をつくすわけにいきませんから」

「鮫島君は、いくつだね？」

馬耳は煙を吐きながら天井を見凝めてゐた。それから、遠い高原へ目をそらす。遥かな荒涼を吸ひ入れながら、そして、煙草を吸ひ入れた。彼は跣足の少年に就て考へてゐた。

「ちやうど四十です」

「ほう、若いんだね。まだ青年のうちだね。鮫島君の教育方針では、人間の心にすむ動物はどういふことになるのだね？　おさへつけるか、殺すか、それとも秩序の中へ馴らすのかね？」

　校長は呑みこめない顔をした。しかし、決意のひらめきを眼にみせると、気忙《きぜわ》しく口を開いた。

「あなたは誤解してゐられるのですよ。椿の言ふことは嘘ですよ。私は恥を持たない教育者であることを、自負できるのですよ」

「儂はね、これはいたづらごとだが、こんなことを考へてみたのだがね。人間の心に棲む動物を勝手気儘に野放しにしてみる。そこで人間は動物になりきれると君は思ふかね。結局成りきれまい。この全てを許された動物共は、先づ自分の思ひ通りに何んでもやりたいと思ふだらうが、結局彼等が最初になし得ることは矢張り約束をつくることではないのかね？　厭々ながら自分の欲望を犠牲にして、他人から受ける圧迫に掣肘《せいちゅう》を加へやうと試みる。そこで自己防衛の約束ごとから、またシチ面倒な文化が初まるのではないかね？　文化の進歩につれて、個人の快楽は必然的に減少する。そこで動物がなくなるかね？　なくならない。儂はなくなるまいと思ふのだがね。儂は文化に興味がない。儂の年齢では、文化それ自身の革命なぞには、もう興を惹かれない。儂には動物の革命騒ぎが直接に正直で面白い。所詮あり得ない無稽のことではあるが、儂らの年齢になると、空想でしか及ばない破壊的な考へが、むやみに面白うなつてね……」

校長は苛々《いらいら》してゐた。そして、老人の繰言《くりごと》が耳につかなかつた。溢れる言葉を切り出したいために、眼つきが鋭く張りきつてゐたが、馬耳の言葉が終らうとしないので、険しい表情を、視線を、持ちこたへることに苦悶してゐたのである。

「人間は諦らめがかんじんですよ」

彼は急《せ》き込んで自分の言葉を刻印した。

「諦らめの中には、思ひがけない満足といふ収穫もありますからね。私は、然《しか》し、あの椿を憎まずにゐられません。教育者に大切なのは何よりも人格ですよ。一校の平和、ひいては村の平和といふことを考へて下さい。あれは、嘘をつく、卑しい、危険な人物ですからね」

「儂らの文化といふものは、儂らの弱さが自分を護らうとして、結局よけいに自分を苦しめることになつた、いはば墓穴のやうに思はれてね。幸福の量に於て犬と人間を比較するに、儂には寧ろ犬の方がね……」

馬耳はくつ〱笑ひだした。笑ひは馬耳の筋肉を伝ひ、虫の蠕動《ぜんどう》となつて、彼の全身を這ひおりていつた。馬耳は椿に就て考へる。荒々しく毛髪を掻きあげる広い乱暴な手に就て考へた。

「君、椿君を転任さすのは止したまへ。儂は賛成できないね。若い同志が恋仲になることは差支へない。人間に許されたことが、教師に限つて悪い筈はないのでね。そして、君も、動物になりたまへ」

校長のでつぷりした猪首が、間もなく役場から現れる。校門の中へ、冬を押し切つて曲り込んだ。

職員室には一年級受持の河野老人が一人ぽつねん坐してゐた。書物《かきもの》をしてゐた。一年級は放課後であつた。

鮫島校長は故意に荒々しく椅子を引寄せて腰をおろした。

「君のやうな老人にも楽しみがあるかね？　君なんぞ死んでもいい年だね。生きてゐて役に立たない連中が、のさばつてゐる。のさばつてゐるよ」

鮫島は激しく舌打ちした。

河野老人はとりあわなかつた。皺の深い顔の奥に自然のままの表情がある。そして、手を休めると、とつぜん愉しげに笑ひだした。

「いや、七人も子供があると、これで並大抵ではありませんよ。年頃の娘に男ができてゐるのですが、あなた、嫁がすわけにいきませんからねえ。女は結婚すると他人になりますよ。ねえ、あなた、さうですとも。うちの生計《くらし》を助けてはくれませんからな……」

「因業な親爺さ。娘は君のくたばるのを待ちかねてゐるぜ」

「ふつふつふ。先の長い者には辛抱して貰はにやなりませんよ。ところがねえ、あなた、あいつ、ずいぶん怒つてゐるよ……」

鮫島は新聞紙をびりびりやぶいて鼻をかむ。その紙へ汚ならしく痰を吐きこむ。それを投げた。

彼は毛筆を執りあげて、半紙一面にべたべた記るした。「用談あり、居残るべし」。それを梶子の机上へべつたり貼りつける。

「若い奴らのやることは、青くさくつて、見ちやゐられないよ。ねえ、河野君」

鮫島は杖を振り担いで外へ出た。興奮が短い脚の歩速をはやめる。

黒谷村字黒谷は、黒谷川に沿ふて一列に流れてゐた。冬が家ごとに呟きを与へ、疲れた呪ひと、無関心が流されてゐた。

鮫島は橋を渡つた。暗い谷底から、きりたつた岩塊が冬空へ走りこむ。山々も痩せ淋れて、黒い記号でしかなかつた。

「畜生め！　どいつもこいつも！」

鮫島は引き裂くやうに叫んだ。表情の凄さが、心に意識されながら変つてゆく。仕方がないのだつた。

猪首の男は間道へそれ、山毛欅《ぶな》の杜へふみこんだ。深い奥手まで我慢して歩いた。冷えたものが張りつめてゐる、たまらない静寂だつた。そして男は、一本の幹をとつぜん殴りつけてゐた。もはや狂人となつて、打ちまくつてゐるのであつた。手と杖と飛びちりさうな激しさが分つた。痛さが彼を満足させる。殴りやむ。そして歩き出してゐた。跫音。落ち敷いた厚い朽葉へ靴がぬかつた。空は穴。杜は無数の枯枝となり、冬空へ撒き散らされてゐるのだ。

——俺を苦しめる奴は、（たまらない苦しさだ、にがさだ）こんな真面目な、小心な、正直な人間を苦しめる奴は、ほんとうに、今にみんな殺されてしまふがいい。

鼻髭は口笛を吹いた。ステッキを振り廻して、ひつそりした山を越えた。妙見山といふのだつた。そして、黒谷村字萩川へ辿りつく。落付いた足どりで、土塀をめぐらした大きな邸宅へ這入つていつた。

村一番の資産家、石毛唯人の屋敷であつた。

「成程、困つた奴がゐるものだね」

資産家は鷹揚に身体を動かした。

「いづれ、折を見て転任させるがいいさ。さしあたつて、急ぐこともあるまいよ。どんな五月蠅《うるさ》い奴にせよ、平教員の一人二人に君の辣腕が鈍るわけでもあるまいぢやないか」

石毛唯人はふとつてゐた。四十四五の大男だが、身体に不似合な細い音声と、ねつとりした語調であつた。石毛は白昼から酒を命じたが、鮫島は呑めないたちの男であつた。

「馬耳老人も気のいい男だが、一理窟こねたがる悪癖でね。中央でも、それで物笑ひの種になる。今に村の物笑ひにならねばいいがね。まさか、それほどの莫迦《ばか》でもないか……」

石毛は意味ありげに鮫島へ視線をおくつて、笑ひだした。全ての表情が露骨であつた。馬耳と石毛は政党を異にしてゐた。そのために、村の行政は屢々《しばしば》不便を感じたが、村人は馴れきつてゐる。文句の代りに、陰の嘲笑で全ては終つた。むろん嘲笑と呼ぶものにも、本来優越を誇る根拠は全然ない。

「いや、あの話だがね——」

鮫島は緊張して資産家の顔を見上げたが、資産家は落付きはらつてゐた。

「一応考へてはみたがね、君の言ふやうには出来がたい。実はね、むろん私としては正妻のつもりでゐるがね、ごらんの通り子供の多い家ではあり、それも子供が、大きいのは丁度嫁さんと同じ年配にもなつてゐるから、やはり従前の話どほり、別居するのが都合いい。形はちよつと妾のやうだが、結局どちらにも具合のいい話であるし、私さへ正妻のつもりなら、万事それでよろしいでないか」

教育者は身体全体で躊躇を示した。

「私は教育者ですよ——」語気が彼を真剣な顔付にした。つづいて、落付のある、やわらぎを与へた。

「人は形式で判断しますよ。噂ほど不親切なものもありませんからね。女にしろ、第一がさうです。なに、難かしいとは言ふものの、さきは生活の苦労も世間の内幕も心得てゐる職業婦人のことですから、口先で理想の夫だとか何だとか述べたてるほど面倒でもないのですよ。

案外内心では気楽な奥様を望んでゐるものです。それも一種の虚栄心のことですから、万事は形式問題ですよ。飾らずに言ひますが、この結婚は貴方よりも金と身分が花婿ですからね。妾の形式ぢや、第一女が承知しませんよ。それに私が困るのです。妾を周旋したことになりますからね。人はさう見るでせう。人は他人の出来事を不親切に弥次半分に取扱ひたがるものですよ。教育者としての私の立場は、それで、おしまひです」

「——分つてゐる」

資産家はとりあわなかつた。そして眼で露骨に言はせた、分つてゐる。そして、いはば一種の猥褻な笑ひを、笑ひ出した。

「私が呑みこんだ。それが何よりの保証ぢやないかね？　私の保証は蔭口よりも不安心かね？……」

再び教育を冒瀆した笑ひが校長の目を露骨に覗き込んだが、校長は半ば頷きながら、だが仕方なささうに笑ひを合はした。

「それは、むろん分りますよ」

そして、また厳格な顔付にかたまつた。

「私の怖れるのは教育の尊厳といふことですよ。私の身分は貴方の保証で微動もしません。それはよく分りますよ。併し人の蔭口は教育の尊厳を傷けます。人に人格を疑はれながら、口に教育を説くことは自分にも不愉快ですし、事績もあがりませんからね。心に疚《やま》しくないにしろ、一度ひろまつた蔭口には、正当な弁解も役に立たないものですからね」

「わかつてゐる。お礼は沢山さしあげるよ。君に迷惑のかかるやうにはしない。真面目な教育者にね」

石毛は笑ひだした。

「いい女は誰にでも好かれるものさ。鮫島君。さうでないか？　君さへ、真面目な校長先生さへ、あの女にさうだといふ評判が専《もつぱ》らだよ。いいよ、いいよ。あたりまへの話ぢやないかね。いい女は誰にでも好かれる。いいかね、ところで人間は誰に惚れる権利もあるよ。人間は綺麗なものが何んでも好きだ。それに一々こだわつてゐられない。君は苦労人だからね。何んでも呑みこんでゐる人だ。つまらん自分にこだわる青二才とは、わけの違ふことがよく分つてゐる。それを見込んでお頼みするのさ。蛇の道は蛇さね」

石毛は肥つた身体を斜めにして笑ひだした。鮫島も笑ひを合せた。そして、故意に肯定するやうな、冷えた笑ひを刻んでみせた。そして、裏の否定を見せるやうにした。

「噂の弁解はしませんがね……」

眼に暗示と、諦らめたやうな弱さを見せる。それから大袈裟に笑つた。

「なに、女より慾ですからね」

それから、こはばるやうに、みるみる厳格な顔付にまた変つた。

「冗談でなく――」

鮫島は声をあらためた。

「とにかく、私としては出来るだけのことはやりますよ。併し成否は受けあへませんよ。形式が形式ですからね。併し之はくどいやうですが、事実の上では、あくまで本妻といふことにして頂かねばなりません。内容さへ正当な夫婦なら、私は教育者として、形式はどうあらうとも、恥なく努力できますからね」

「くどいね」

石毛の顔は角立つた。

「母の違つた子供が沢山ゐる。大きい子供は新らしい母親と同じぐらゐの年配になつてゐると言へば、別居の理由は立派に成り立つぢやないか」

「むろんですよ」

鮫島はすぐ話題を変えた。そして、それから、はしやぎだした。

鮫島が資産家の家を辞したとき、午過《ひる》ぎて疲れきつた冬空が、澱み腐れて、重かつた。そして黄昏が近かつた。

――莫迦ものめ！　結局俺が、どいつもこいつも、莫迦扱ひにしてゐるのが、分らないのか！

目当《めあて》なく癇癪が走りだす。それにも拘《かかわ》らず、不可能と無関心が空間の総量となつて感じられるやうだつた。絶望につながる苛立たしさ。やりきれない鈍感な空であつた。収拾しがたい虚しさが呼吸にまで満ちてくる。そして舌にざら〳〵した。

俺は嘲笑つてゐるのだ！

山の沈黙は堪えがたかつた。彼は苛立たしい空虚を紛らすために、遠廻りして、人家のある本道のみを歩いた。丘の上、道の下、畑を越えて、人家はぽつ〳〵零《こぼ》れてゐた。

学校にまだ居残つてゐる筈の梶子を思ひだすたびに、不器用な、素知らぬ顔を装ふて足を速めねばならなかつた。

「ほうい。相変らず元気だね。あんまり亭主を可愛がるなよ！」

鮫島は村人の姿を見かけるたびに叫んだ。

ときどき藁屋根の下へ立ち寄り、真つ暗い屋内へ猪首を突き入れて冗談を言つた。家毎に粗朶《そだ》の煙が眼に痛かつた。

「御精がでるね。大分ためこんだね。借りにくるからね。はつは」

「いやはや……」

暗闇の一角から、返事は何処《どこ》も同じやうな単調極まる抑揚だつた。囲炉裏に粗朶がちろちろ燃えてゐる。そして湯が、せめてぎんぎんたぎつてゐた。

「一服しておいでなさい。いつも忙しいね、先生は」

放課後であつた。寒村の放課後は、路傍に乱雑なだらしなさが漂ふものであるが、冬空にも、道に時折群童がたむろしてゐて、ただ寒々と佇《たたず》んでゐた。鮫島は突然子供を抱き上げたり、一人の頭を撫でて過ぎたり、笑ひながら振返つて歩き去つたりした。

そして又、若い娘にたわむれた。

「いい若い衆が見つかつたかね！」

斯《こ》うした鮫島を村人達は軽んじもしたが、愛しもした。そして、どちらかと言へば、彼は村人に愛されてゐたのだ。この節の農村では教育者も幅の利かないものとなつた。失はれた尊厳をつくろふことは、毛嫌ひされる理由とはなつても、畏敬を受ける原因とはならない。寧ろ一面に軽んじられても、親しまれ愛されることが得策である。愛されるうちは、教育それ自身の持つ或る種の尊厳が、軽蔑しきれぬ或るものを付加へてくれるものだ。鮫島校長は斯う考へてゐた。

彼は遂に最後の一軒へ辿りついた。学用品、煙草、駄菓子を商ふ学校前の小店であつた。何か忘れものをしたやうな、まるで心を忘れてきたやうな。そして、関節の力が失はれてゆくやうだつた。雲となつた混乱が湧きあがつてくる。彼は訝しげに店へはいつた。梶子を思ひ出すまいと努めながら。

「ヂャミパンでも貰ふかな」

彼は店頭でパンを噛《かじ》つたが、全然味がわからなかつた。自分の啜る茶の音のみ激しく耳につくのであつた。視線は落付を失つてゐた。彼はパンを噛るごとに、破片《かけら》をぽい〳〵吐きだしてゐた。

「もう、また、雪ですぜの」

老婆は急須の支度を調へて、校長の横に控えてゐた。

「深雪は困りますの。ほんとに、四五尺のことでしたら、しあわせですぞい」

「どつちみち、五尺や六尺の雪ぢや、すまないのでね」

校長の足は立ち上ることを嫌つたが、結局立ち上るほかに仕方もなかつたので、彼の顔付は不安げな歪みに黒ずんでみえた。気まづさが老婆へ伝はつたが、老婆はただ愛想のよい笑顔となつて、

「ほんとに、おかまひしませんで……」

鮫島は激しく校門へ曲り込んでゐた。

已に黄昏。山々は夕靄の底へ沈み落ち、校庭にも、薄く悲しく流れるものが通つてゐた。

鮫島は職員室へ這入つた。室内には已に闇がたちこめてゐたが、森閑として、燈火がなかつた。併しストーブの周囲《まわり》には、長い沈黙に倦み疲れた二体の像が、衰へきつて並んでゐた。

薄明の校庭から、薄く悲しく流れるものが、硝子を通り、部屋の闇へ冷え冷えと運ばれてきた。

鮫島は帽子をかけ、電燈をつけた。まるで其れをするための機械のやうな、不細工な動作であつた。

「今日は河野君の宿直でしたかね？」

「それがねえ、神山君の筈でしたがねえ、あなた、頭痛がなんだやらで私が代りましたよ。いや、冬の宿直はたまらんですよ。一本つけないことには、これで私なぞ、とても睡れたものでありませんよ、はつはつは」

鮫島は頷いた。そして急いで言つた。

「ちよつと、河野君、座をたつてくれたまへ。長くはかかりませんからね」

河野老人と神山教師の代つた理由。二人が代るに就て、教員等が談笑したであらう自分への蔭口が直ぐさま聯想されたので、自分の表情が忽ち醜く歪みかかるのを怖れたから。

「はい〳〵。いや、さつそく。それでは、ごめん」

間もなく河野老人の嗄《しわが》れた大音が小使室から響いてきた。

「やれ〳〵。いやはや、今日はぜひ一本つけなくちや……」

鮫島はストーブを掻きまわした。小使がお茶を運んできて、出て行つた。

「差向ひですね。四畳半ではないが、ひとつ口説きませうかね、あは……」

彼は忙しく煙草に火をつけた。

「口説いたら、どうします？　逃げますかね？　悲鳴をあげますか？　はつはつは。冗談ですよ。貴女も男と一緒に働いてゐるのですから、お分りでせうし、また、分つて貰はねばなりませんがね。随分僕等もみだらな冗談を言ひますよ。それが何んですか。たかが冗談ではありませんか。あまり思ひつめて聞くものではありませんよ。しよつちう顰面《しかめつら》を向け合はしてゐるなんて、気の利かない話ぢやありませんかね。汚い冗談をずけ〳〵言ふ奴ほど腹は綺麗かも知れませんね。ほんとですよ。それとも、綺麗ごとがお好きですか」

鮫島は激しく苛々して、自分の言葉を振り棄てるやうに、急に煙草を灰皿へ突き差した。そして顔付を改めた。

「いえ、冗談はさておいて、あなたは結婚しませんかね？　私とではありませんよ、はつはつは」

併し鮫島は慌てて顔を緊《ひ》き締めねばならなかつた。梶子の顔に表はれた幽かな紅潮が、地獄の赤を見るやうな、激しい怖れを彼に与へた。彼は瞳を散大させて、前言を追駈けながら叫んだ。

「石毛唯人さんですよ。前県会議員の、そして、多額納税者です」

併し急《せ》き込んだ言葉の半ばに、梶子の身体が僅かに気配だけ揺らめいたのが分つた。余りに強く、分つた。彼は一気に冷めたい落胆を感じた。ちやうど宣告を待つ人のやうに、もはや口を噤んで次の動作を看守るほかに仕方なかつた。梶子は静かに立ち上つてゐた。青白い、ひきつつた顔付であつた。

梶子は自分の机の方へ歩いていつた。そして、包み物を調べながら、その時漸く怒りを表はして、言つた。

「そのお話はお断りしますわ」

「これからが話ですから、ちよつと、かけて下さい」

「母が待つてゐますから」梶子は冷く言ひ放つた。

「失礼させていただきます」

梶子は歩き去つた。鮫島は虚空に向つて息を吸つた。そして、人形の足どりで、無意識に梶子のあとを追ふていつた。

「後ほどお宅へお伺ひしますよ。お母さんとも相談しておいて下さい」

言葉は洞窟に似た沓脱の闇へ吸ひとられたに過ぎなかつた。ただ一つ小さく潤んだ門燈の外輪へ、梶子は忽ち歩き去つた。そして矩形の外側へ出はづれてしまつた。砂利を打つ跫音さへ一瞬にして静かな闇に置き代へられてゐたのだつた。突然夜が来てゐたのだ。そして自分の彳む場所が、果知れぬ闇のただなかであることが分つてきた。

鮫島は、灯《あかり》の洩る職員室の方向へ、急にひそ〳〵歩きだしたが、なぜか自分にも分らぬうちにふら〳〵引返して、暗闇の奥へ、廊下を反対の方向へ歩いていつた。そして廊下の突当りの便所へ降る階段へ腰をおろして、手に顔を掩ふた。全てが不可能に見えてゐる、心さへ、そして激しい絶望さへ。あまり静かな怒りであつた。そしてそれ故、堪えがたかつた。

「俺のしてゐることは……」

突然全てを苛立ちの中へ消滅させた。

彼は激しく立ち上る。大股に職員室へ戻つてきた。

「河野君、河野君！」

彼は激しくストーブを掻き廻しながら、叫んだ。それから、火の正面へ河野老人の椅子を据えた。

「河野君。一本つけたまへ。今夜は僕がおごるから。遠慮なく二本でも三本でも……」

彼は老人を親しげに見上げて、哄笑した。小使に酒と蕎麦を命じる。それから鮫島は一人愉しげにはしやぎだした。三十分と続かなかつた。苛立が身体の動きにも表はれてきた。

「君、欲しいものを何んでも取り寄せてくれたまへ。私は帰るからね」

鮫島は帽子を阿弥陀にグイと被つた。杖を振りまわして外へ出た。

大きな夜であつた。宵ではあるが、灯と物音は全く杜絶え、谷川のせせらぎが寧ろ静寂を強めてきた。

彼は歩かねばならなかつた。歩くことが唯一の可能であつたから。

梶子と、その母親に就て考へてみる。すると、もはや他《ほか》のことを考へてゐるのであつた。それから、考へたいと思ふことを、考へぬうちに揉み消してゐた。

彼は魚鱗寺の山門前へふと現れてゐた。

ひつそり静まつた寺院の奥手を眺めてゐると、絶望に近い悲惨な心を感じてきた。棄鉢《すてばち》と、諦らめと、併し激しい興奮が分つた。そして椿の或る長所がふと判断に浮んだとき、彼は足を速めて山門の奥へ走り込んだ。殆んど敗北の快さを感じた。併し玄関の前へ来て突然足をひるがへしてゐた。全く何事も考へぬうちに、ふと方向を変えて、ひつそりした建物の輪郭をめぐり、裏庭の方へ出た。庭はすぐ澱んだ古沼に続いてをり、古沼を越えて、淋れた丘に墓地があつた。荒涼をたたえた闇の深さが迫つてきた。

房室《はなれ》におろされた雨戸の隙間から、細い光が洩れてゐた。彼はハタ〳〵と窓を叩いた。

「椿君、椿君。ゐますかね？」

鮫島は闇の奥手へ振向いて、深く息を吸ひ入れた。

長い軋《きし》りののち、漸く雨戸が開いた。そして、椿ではなしに住職の海洋が痩せ衰へた童顔を突き延して、厚い近眼鏡の底から、しよぼ〳〵した視線を闇の中の男へそそいだ。

海洋は鮫島の挨拶を受けてからも、しよぼ〳〵した視線を相変らず鮫島の上へうろつかせてゐたが、暫くして、

「やあ、これは実に、珍らしいですねえ」

と大声に叫んだ。それから急に目をそらして遥かな闇の奥深くへ、疲れきつた視線を移した。そして鮫島を忘れたやうに、もはや茫然と闇を見つめてゐた。椿が続いて首を突きだした。

「ここから上つていいですか？　表へ廻るのは面倒だからね」

猪首の男は一人哄笑しながら、窓を越えて光の中へ這ひ込んできた。

「学校ぢや裃《かみしも》を着てゐるやうで、肩が凝つて窮屈でね。書生流にザックバランになりたいや

ね」

鮫島は胡坐《あぐら》を組んで部屋を見廻したが、二人の青年は其れに答へる表情さへ動かさなかつた。冬に漂白されて疲れきつた光が、この部屋にも無気味にじつとり漲つてゐた。

「君に就て噂があるやうですがね。転任といふ、あれは出鱈目な噂ですよ」

鮫島は椿に言つた。

「私も誤解を解くやうに出来るだけ尽力してゐますがね、左傾といふ噂ね、百姓なんざ左傾がどんなものだか無論知りやしないですよ。ですから伝染病を怖れるやうなもので、あれぢやないかと勝手に推量すると、もう本当に其れのやうに脅えてしまふわけですよ。ねえ、さうでせう。問題は、君がちよつと風変りだといふことですよ。無智な百姓は百姓なりの方式で判断しますからね、そのこつにちよつと注意さへすればいいのです。私も出来るだけ誤解を解くやうに尽力してゐますが、相手が相手だから、そのこつを巧くつかんで、なるべく誤解を受けないやうに注意して下さいね」

海洋は壁にぐつたり凭れ、膝小僧を抱えてぼんやり天井を眺めてゐたが、急に何か気がついたのか、鮫島へ視線を向けた。そして厚い近眼鏡の奥から、しよぼ〱した眼を見開いて長いこと鮫島を見凝めてゐたが、

「あんた、今日、妙見山を越えてゐたね？」

「石毛さんへ行つたんですよ。どうして、知つてゐるの？」

「スタ〳〵歩いてゐたね。あんた、足が短くて素ばしこいから、時代違ひの飛脚を見るやうな気がしたよ。僕は妙見山の隣山を越えてゐてね、ちやうど杜の中で一服しながら休んでゐたんだけど……」

海洋はそこまで言ふと、急にだらしなく欠伸をして、口を開いたまま天井を見つめてしまつた。

「君は狸の置物にそつくりだよ」

鮫島は突嗟に皮肉な唇を歪めたが、海洋はびつくりしたやうな眼を一度鮫島へ向けただけで、再び物憂げに天井へ眼をかへした。身動きもしなかつた。

「誤解のとけるやうに、きつと尽力しますからね、君も呉々も注意してくれたまへね……」

鮫島は急き込んだ口調で、くど〳〵と椿に話してゐたが、椿は仕方ないやうにうん〳〵頷いてゐた。

鮫島は又窓から這ひ出していつた。靴を結ぶのに、ひどく骨の折れる気持であつた。

「ぢや、おやすみ」

校長は窓際に並んだ二つの立像とは凡そ不似合な丁重さで一礼した。彼は凍りついた顔付を闇の中へ振向けて、足を速めた。

併し山門を出るとたんに、思ひもよらぬ人物に出会つた。校長は化石した。

「…………」

よれ〳〵の二重廻しを身に着けた人影は、暫く校長を見定めてゐたが、

「ああ」

馬耳は軽く会釈した。

「若い人達と無駄話がしたうなつてね。わしは無性に退屈でね」

老人は歩き去らうとした。

校長も諦めて歩き去る気配を見せたが、突然身を飜へして、馬耳に先立つて足速やに歩きだした。

「私も今まで椿君と話込んでゐたのですよ。住職もをりますよ」

彼は真暗な玄関へ駈けこんで叫んだ。

「椿君、椿君！」

百年の知己に対する親しさで、青年教師の出現を彼は迎へた。

「氷川村長がお見えですよ。今そこで会つたものですからね」

校長は馬耳に一礼して直ぐ歩きでた。一町ほど静かに歩いた。突然複雑な混乱が彼を夢中に駈けださせずにおかなかつた。彼は本道をそれ、鋭く間道へ曲り込むと、山峡《やまか》ひの小径を山の静寂に沿ふて走りはぢめた。走り疲れて倒れることが決意のやうに、彼は走つた。

自宅へ戻りついたとき、鮫島は余程落付を取戻してゐた。不機嫌を表はしてゐたが、激情を抑へるために努力もしてゐた。彼は着物に着代えた。家族の顔を見たくもない気持であつ

たが、電燈の白々しさ、部屋に張りつめた光の虚しさが疼くやうに不快であつた。結局猛りたたずにゐられなかつた。彼は妻を罵詈《ばり》打擲《ちょうちゃく》して戸外へ出た。杖を振りまわしてゐた。

大きな闇が、目当ない彼の心を慰めてくれた。

結局彼は学校へ現れたが、もはや一つの電燈が校門に小さく薄暗く凍《し》みついてゐるばかりであつた。宿直室の外手へ廻つて窓をコツ〳〵打つてみたが、中に応へる気配がなかつた。跫音を殺して校庭をよぎる。闇にうそぶく。とにかく、目当もなしに歩きつづけねばならなかつた。

〔未完〕

麓

〔戯曲〕

第一幕

遠い山底の村落。その山麓に建てられた村の旧家浅間家の洋風広間。舞台奥手に張出窓があつて、その窓からは、なだらかに降つてゆく高原を越えて静かな併《しか》し逞しい山脈が浮んでゐる。舞台左右に扉。時は夏、夕暮に近い晴れた日。

舞台中央の椅子に海児（二十五六）が唯ひとり深々と埋もれて物憂げに読書してゐる。時々庭の方からテニスに興じてゐるらしい若い男女の歓声が洩れてくる。

龍夫（二十五六）苛々《いらいら》した様子で這入つてくる。

龍夫　海児、君は急に帰るつて、いつたい、どうしたわけなんだ。
海児　なあに、ただぶらぶら歩き出したくなつたから。又、いつもの気紛れだ。
龍夫　此家《ここ》にゐたくない君の気持は分るけど、とにかく帰ることだけ暫く見合はしてくれ。今、この家から誰が一人欠けても遣り切れない侘びしいことなんだ。君の気持なぞ斟酌《しんしゃく》してゐられない。頼むから帰らずにゐてくれ。この重つ苦しい屋根の下の人達は皆んな今変な時期だ。みんなそはそはしてゐる。何かに追ひかけられてゐるやうな気がしたり、知らぬまにわけの分らないものを追つかけてみたりしてゐる。僕も、自分をどんなに押へつけようと心掛けても、無性に苛々してしまつてついさうなんだから。……とにかく君がいつと確《しつか》りした人なんだ。僕は君一人を頼りにしてゐるし、時々、君に縋りついて勢一杯泣いてみたいやうな気持になる。（自分の真剣さに驚いて仕方なささうに笑ひだすが、又真面目になつて）君は確りした人だから、帰るなんて、はつきりしたことが言ひ出せるんだらうけど、僕等にははつきり呑み込めることが一つもない。行くことも戻ることも出来ずに竦《すく》むやうな憤りを感じつづけてゐるばかりだ。今君に帰られてしまふと、このさき僕は自棄《やけ》になつて何をやらかしてしまふか分らないやうな心細さだ。……

海児　（微笑しながら）君の言ふことも大袈裟だな。（所在なささうに本を投げ出して煙草をつける）変といへば変な一家だよ。併し君の言ふほどでもないのさ。寧《むし》ろいつと変なのは君で、君がいつと苛々してゐるかも知れない。少し身体を丈夫にして、なるべく考へごとをしないやうにすることだ。悪い時期には考へても解決はできないものだ。考へるより睡むる方が余程ましだが、なんなら莫迦《ばか》になつてたわいなく遊び耽《ふけ》るのがいつといいことかも知れないね。

龍夫　ありがたう。とにかく、君は、帰るだけ我慢してくれるね。君のゐにくいのは分つてゐるが……（急に思ひきつて――）君は、雪子に何か言はれなかつたかね？

海児　言はれりや、言ひ返すさ。

龍夫　あれの言ふことや為《す》ることを気にしないでくれ。彼奴《あいつ》がいつと変なんだ。僕には全く分らない。いや、分る、分る、分るといへばつまり分るやうな気もするがといふことなんだが。……あんな内気な、聡明な、もの静かで慎しみ深い女つて、妹とは言ひ乍《なが》ら今迄僕は尊敬さへ払つてゐたほどなんだが、彼奴の近頃の気違ひじみた変りやうときたら、本当に変だ。殊に君にだけ、（海児を視凝《みつ》める）いや、僕はよく知つてるのだ。昨日確かに彼奴は君に帰つてくれと言つた筈だ。そんなことを言へる筈の女ではなかつたのだが。……気にかけないでくれ。とにかく、頼むからもう暫く一緒にゐてくれ。

海児　そのことなら大したことではないがね。（苦笑する）単純に、ただ無性に、ひとりぽつちになりたかつたのだ。静かな孤独が欲しかつたのだ。ぢや、とにかく、思ひ止まつた。君の言ふ通りにしよう。

龍夫　さうか。ありがたい。これで百人力だ。今夜、もうおつつけ、伯父さんが東京から来る筈なんだが、さうなるとまう一廻り息苦しくなるに決つてゐる。伯父さんの悪口ばかり言ふやうだが、実際、僕の家族は伯父さんに打ちとけることができない。いはばぼんやりと怖れをさへ懐《いだ》いてゐるのだ。成程伯父さんは偉い人物かも知れない。単にそれだけの意味でなら、僕も相当尊敬を懐かずにゐられないのだが、併しどうしても打ち解けることが出来ないし、それに矢張り恐怖の念を打ち消すことが出来ないから、僕は時々伯父さんが憎くなる。敵のやうな気がする。（間）いつたい、僕の父は伯父さんと仲が悪かつた。憎み合つてゐた。表面はあたりまへの兄弟だつたが、腹の底ではお互の失脚ばかり願つてゐたのではないかと思ふ。それに、僕の母は、初め伯父さんと結婚する筈だつた。併し父と母は愛し合つてゐたので、結局二人が結婚してしまつた。むろん古い昔に済んでしまつたことだし、父の死んだ今となつて僕等がそれにこだはる因縁はないわけだが、併し斯《こ》う、変に突きつめたやうな冷たい物が額のまはりへ流れてきて、僕等と伯父さんの会話をいつも無器用なものにしてしまふ。それはもう理窟で説明のつかないことだ。

（龍夫、龍夫と呼ぶ声がして、軈《やが》て駒形（二十五六）テニスの服装で登場）

駒形　（龍夫に）君の番だぜ。春子さんも来てゐる。

龍夫　さうか。さうだ、思ひきりラケットを振り廻してやらう。（去る）

（やや近いところに蜩《ひぐらし》が鳴き出す、やがて遠い四方の山に沁むやうな蜩が湧く。以下舞台は蜩の音の中に展開し、窓には次第に静かな黄昏が迫つてくる）

海児　蜩《かなかな》が鳴きだしたな。（物憂げに耳を澄ます）また、大きな夜が落ちてくるな。

駒形　君は、矢張り帰るのか？

海児　いや、帰らないことにした。

駒形　さうか。それは心強い。（間）海児、僕の悩みをきいてくれるか？
海児　なんだ。（冷静に顔をあげる）
駒形　いや、止さう。又の日だ。（間）寝言のやうな、つじつまの合はない奴だ。自分乍らわけの分らないことなんだから。ああ、俺は力が欲しい。（急に歩き出す）海児、庭へ出て遊ばないか？
海児　俺はこの方がいい。
（駒形去る）
さうか、また、大きな夜が落ちてくるのか。（本を執りあげて読みだす）
（雪子（二十一二）登場、突きつめた顔）
雪子　海児さん。貴方はずるい人ね。貴方は卑怯者よ。
海児　なぜ。
雪子　貴方のすることはみんな裏が見えすいてゐるわ。浅間敷《あさまし》いくらゐよ。帰る帰るつて思はせぶりをするなら、なぜはつきり帰りきれないのですか。きざな思はせぶりはお止しなさい。そして、悟つたやうな、偉さうなお顔はもう御免だわ。
海児　雪子さん。僕ははつきりお断りしますがね。あまり唐突だつたら御免なさい。僕は貴女に惚れてゐない。惚れてゐると思はれては聊《いささ》か迷惑だ。尤《もっと》も、僕もとにかく男だから、かうして人里離れた山奥へ来て、女といへば貴女方二三人だけを毎日々々見凝《みつ》めてゐることだから、それは無論何かに惹きつけられたりして、その意味でなら、ま、惚れてゐると言つていい。だが、それは惚れてゐる数へはひらない。貴女は聡明な人だが、女らしい狭さと自惚《うぬぼれ》はやはり持つてゐる、そして僕のこの気持を貴女への愛だと思ふなら、それは今言つた通り、まちがひです。婦人に向つて斯ういふことを突然言ひ出すのは可笑しいが、言はないよりはましでせう。変なふうに拗《こじ》れるよりは、ね。これは決して貴女を侮辱した言ひ草ではないつもりです。（お姉さまお姉さまと呼ぶ声遠方に起る）当り前の会話だ。冷静にき、冷静に判断して貰はねばならない。

雪子　一人よがりはお止しなさい。なんですか、その思ひあがつた口振は。貴方はまるで、あたしが貴方を愛してゐるやうに仰有《おっしゃ》るわね。莫迦々々しい。偉さうなお言葉は学校のお講義までとつとくがいいわ。

海児　鞠子さんが呼んでゐますよ。（間）面倒臭い話だ。勿論僕は貴女が僕にどうかうといふ、可笑しな自惚を述べたわけではないのです。今、僕達の立場はひどく変則的で、理窟攻めに心の裏を辿つてみたところが仕様もない。みんな少しづつどうかしてゐるんですからね。ただ怖れることは、かういふ変な縺《もつ》れた気持から、つい心にもないことを思ひ込んだり為てしまつたりすることがあるといふことです。そいつに嵌《はま》り込んでは脱け出す道がない。のつぴきならないことだ。斯うみんなで苛々してゐては、どんな間違ひでも有りうることだ。
（お姉さまお姉さまと呼ぶ声はげし）

雪子　（扉に凭《よ》りハンドルに手をかけた姿勢で）あとで言ふことがあるわ。（まだ何かを言はうとして、突然扉を開けて去る）

海児　やれやれ。俺も少しどうかしたかな。変なことを言ひすぎたやうだ。（立ち上つて窓に凭り、遠い景色を眺める）どれ、散歩でもしてくるとしよう。

（雪子とは別の戸口から退場。舞台暫く空虚。やがて鞠子（十八）、信男（二十五六）、続いて駒形賑やかに登場）

鞠子　信男さん。接吻していい。

信男　お止しよ。（てれる）冗談ぢやない。

鞠子　あはははは。駒形さんに悪いから？

駒形　あてるのは止せよ。

鞠子　お姉さんたら、真蒼な顔で現れたわね。又、海児さんと喧嘩かしら。

駒形　海児は何処へ行つたのかな。

信男　海児は本当に帰らないと決つたのかい。

駒形　本当に帰らないさうだ。彼奴に帰られちや、遣り切れないことだからな。ああ、窓から夏の山を見てゐると、俺もスガンの山羊だといふことが分る。さうだ。それに違ひない。……（窓に凭れて外を眺める）

鞠子　信男さん。今日伯父さんがいらしつたら、あたしお願ひするわよ。

信男　（どぎまぎして）何を？

鞠子　昨日も一昨日も言つたぢやないの。あたし達の結婚のこと。

信男　（白つぱくれて）ああ、それか……

鞠子　怖いの？　臆病ね。

信男　でも、急ぐことはないぢやないか。

鞠子　どうせ言ふなら早い方がいいわよ。大丈夫よ。あたしはとても伯父さんに信用があるの。伯父さんは、あたしの言ふことなら何でもきいてくれるわ。

駒形　鞠子さん。それは止した方がいい。

鞠子　なぜ。

駒形　順序が悪い。先づお母さんにお話して、お母さんから伯父さんへ願つて頂くのさ。

鞠子　そんなの、無駄よ。

駒形　無駄でも物には順序があるよ。

鞠子　駒形さんは知らないのよ。だから貴方は黙つてらつしやい。お母さんもお兄さんもお姉さんも伯父さんとはあんまり仲の良い方ぢやないの。あたしだけは伯父さんに特別可愛がられてゐるのよ。お母さんの願ひなんか、伯父さん、きき容れてくれないかも知れないと思ふわ。あたしなら大丈夫なの。だからよ。どう、分つて？

駒形　いや、一向分らないね。こんな重大事に一人の親を蔑《ないがしろ》にする人があるものか。ものの分らない人だ。君一人が伯父さんに特別可愛がられてゐればゐるだけ、さういふ僭越な、親を踏みつけたことは出来ない道理ぢやないか。場合が場合であるし、まして、伯父さんとお母さんや兄貴と仲が悪いといふなら君は君の特権に一層控へ目であるべきであつて、出来る限りの注意を払つて、親しい人々に反目や歎きを与へないやうにしなければならないのだ。踏みつけにされたお母さんや兄貴は悲しむぜ。一家の平和といふことを考へなければならないさ。先づお母さんから一応伯父さんへ願つて頂いて、それでいけないとなつた時は、君は君の立場を利用して、伯父さんの首玉へ噛《かじ》りついて甘つたれるがいいや。ぜんたい、信男、男のくせに、君にこれくらいの前後左右は分りさうなものだが、もう少し、自分の意見といふものは、はつきり言ふものだぜ。

鞠子　貴方こそ僭越よ。あたし達のことで、おせつかいはして貰はなくつともいいわよ。あたし達はあたし達で自分のことはするから。

駒形　だから、君達のことを君達でやるにしても、角の立たない穏当な方法を用ひて、親しい人々に反目や歎きを与へないやうにしろと言ふのだ。分らない人だな。だいたい、君は伯父さんの子供ぢやないんだぜ。

鞠子　君は、僕の恋人ぢや、ないんだぜ。

駒形　あきれた人だ。（ぶらぶら歩き出す）夜鴉《よがらす》が啼くと人が死ぬといふが、あの子が歌を唄つたんで夜鴉の方が悶死したといふ、さういふエピグラムが仏蘭西《フランス》にあるが、君なんぞも夜鴉に止めを刺しさうな女だ。やれやれ。

（龍夫、気のぬけた様子で登場）

駒形　（素早く龍夫に向つて）君はいい所へ来たよ。早速君に聞いて貰はう。

鞠子　信男さん、行きませう。（歩きかける）

駒形　待ち給へ。

鞠子　いいのよ。あたし達の勝手にするから。

信男　（四方に気兼ねをしながら）僕がなんとかするから……

（鞠子にうながされて、信男、鞠子退場）

駒形　困つたお嬢さんだな。あの人は。

鞠子　（扉の向うから声のみする）おせつかいな三文詩人だ。（走り去る跫音《あしおと》）

龍夫　まるで、みんみん蟬だね。喚くだけで頭の中は見事に空《から》なんだから。尤も、僕だつて一匹の油蟬にすぎないかも知れない。いつたい、鞠子は何を喚いてゐたのさ。

駒形　ロマンスを唄つてゐたのさ。今夜伯父さんに結婚の許可を願ふといふんでね。お母さんに断りなしに自分で片附けるといふもんだから、とめてみたが、見事に唄ひまくられた。

龍夫　さういふ奴だ。勝手に、なんとでもするがいいさ。（苛立たしげに歩く）どつちみち、もう、軌道をなくしてしまつたんだ、僕の一家は。……（間）君の踏園に載せた詩を急に思ひ出したので、探し出してきたのだが、今読み返してみると、重苦しくて胸が締めつけられるやうだね。冬といふ題の詩だが。（ポケットから雑誌をとりだす）

駒形　俺は冬といふ詩を幾つとなく書いてきたよ。なんなら一生冬といふ題で詩を書いてもいいと思つてゐる。俺の詩には題は何でもいいのだ。所詮、俺の詩も、蟬の唄には違ひないからな。

龍夫　そりや、さうかも知れない。（雑誌をめくつて朗読する）

氷川町の並木では、冬が来て、枯枝の下を颯々《さっさつ》と凩《こがらし》のやうにゆく、冷い無色のもの、ああ、冬が来て、激しい呪ひさへ溜息のやうにかぼそいのか、見よ、ミルク車は乾いた跫音を鳴らすのに、耳は冷い永遠の巷を聞く、とこしへに挙げられた怒りの手も、欠伸《あくび》のやうに胸を遠くさせるばかりか、顔を掩ふために力なくおろす張合ひもない、ああ、氷川町に冬が来た、太陽はしろじろと薄光の底に狂ひ光れど――
やりきれない憂鬱な詩だね。救ひのないどん底の呻き声としか受けとれない。
駒形　呑気な閑人《ひまじん》が退屈しながらサロンで読む詩だ。本当に苦しんでゐる奴はもつと楽しい朗らかなロマンスを読みたがるに違ひない。（苦笑する）所詮、俺にとつて蟬の唄にすぎないものなんだから。俺の作るやうな詩を、人の作品で読みたいと思つたことは、俺には殆んどないことだ。

（扉の外に龍夫の母の声。やがて扉を開け、龍夫の母登場。四十四五歳）

駒形　さうだ、僕は一風呂浴びて来よう。（駒形、龍夫の母に一礼して退場）
母　雪子や鞠子は何処《どこ》にゐますか？
龍夫　鞠子は奥にゐるけど、雪子は春子さんを送つて麓の方へ行つたんです。用なら、僕、呼んでこようか。
母　いいのいいの。急の用ぢや、なかつたの。かれこれ伯父さんもお見えの頃ですから、なるべく賑やかにお迎へするやうにと思つて。……（坐る）
龍夫　お母さん。
母　なによ、だしぬけに。

龍夫　お母さん。確《しつか》りしなければいけませんよ。諦めのいいのも結構だが、お母さんのやうに、自分の死ぬことを決めてしまつて、かう不気味な明るい諦めを漂はされては、とても物凄くて遣りきれない。

母　おやおや。あたしはあべこべに生きたいばかりよ。

龍夫　口さきで何と言つても駄目ですよ。とにかく、その不気味な諦めは何んとかして棄てて下さい。近頃のお母さんは余り明るい。明るすぎるんです。見てゐられない明るさだ。家族の者が、みんな魔に憑かれたやうにゲラゲラ笑つたり騒いだり、一時《いつとき》も落着いてゐられないやうにそはそは動き出してしまふのは、お母さんのその不気味な明るさの圧迫からだと思ふのです。そりや、むろん、お母さんに沈んでゐられるよりは明るくゐてもらふに越したことはないけれど、お母さんの明るさは余り病的で淋しすぎる。まるで零《こぼ》れた花びらのやうだ。お母さんの明るさを見てゐると、子供達はお母さんに別れる日の悲しさを思はずにゐられなくなるのです。まだお母さんの容態は、諦めが必要な時ではないのですもの。若い人々の神経つて、お母さんが考へてゐるより、もつと敏感で脆いものだと思ふのです。お母さん。僕の言葉を悪くとらないで下さい。お母さんは本当にいいお母さんです。お母さんのなさることは必ず子供達のために計らはれたことなんですし、子供達はそれを知りすぎるくらゐ知つてゐて、お母さんを何よりも力にしすぎてゐるものですから。ですから、この一家の中心が余りはつきりお母さんにあるものですから、お母さんの様子一つで、一家の心持が自由に動いてしまふのです。お母さん、お願ひですから自重して下さい。
母　（笑ひ出す）龍夫さんは本当に変よ。（慈愛の籠つた皮肉さで）本当にをかしな龍夫さん。龍夫さんがいつと変だわ。（立ち上る）さ、もつと賑やかな部屋へ行きませうね。さうして、今晩はもう一度春子さんをお呼びしませうね。
龍夫　（真剣に）お母さん。そんなふうに僕を揶揄《からか》はないで下さい。
母　どうして。龍夫さんは春子さんが好きなんでせう。
龍夫　好きです。だけど、お母さん……
母　そんなら、言訳、きかない。春子さんも龍夫さんが好きなんですもの。そして、お母さんも、二人が好き。
龍夫　後生だから、そんなふうに言ふことをやめて下さい。揶揄はれるやうな気持になるのは寧ろ別に構はないのです。お母さんの、その慈愛の籠つた言葉は、僕にはまるで十字架を負ふやうな暗い生臭い陰惨な匂ひがする……
母　（笑ひ出す）本当に厭な龍夫さんだわ。母親が子供の結婚を考へるのが、なぜ暗かつたり生臭かつたりするんでせう。
龍夫　お母さん、許して下さい。僕は本当に変だ。悪い奴だ。お母さんの優しい愛に応へることも出来ないなんて。……お母さん、僕は素直になりたい。少年のやうにフランクに凡《すべ》てのものを受け容れたい。だけど、僕はもう、どうしてもそれが出来ない。

母　いいえ。龍夫さんは素直な少年だわ。どんなに素直な人達にも時々悪い時期はあるものよ。くよくよすることはないの。毎日楽しく遊んで暮しませうね。さ、いらつしやい。賑やかな部屋へ行きませう。
龍夫　ありがたう。すぐ行きますから、ほんの暫く、斯うさせておいて下さい。すぐ、きつと行きますよ。(母去らうとする、龍夫呼びとめる) お母さん！　お身体は、だんだん元気がつくばかりだと先生も言ふし、いくら不治の病気だつて、急にどうかういふ病気ではないのですから、どうか、確りして下さい。
母　ありがたう。此頃は本当に気分がいいの。きつとラヂウムが利いたせゐだと思ふわ。左の腕のを手術して以来、肉腫が出なくなつてから、もう二週間以上にもなるやうね。このぶんだと、治るかも知れないな。(笑ひ出す)
龍夫　(がつかりして身を竦める) ああ、その笑ひだ……
母　(表情がこはばる、そして弱々しく) 龍夫さん。母をいぢめるものではありません。
龍夫　(蒼白になる) 許して下さい。お母さん。(椅子にうづくまる)
母　いいのいいの。龍夫さん。(龍夫の椅子にゆき、頭をさする) 心配することはありません。勇気をお出しなさい。男はどんな時でも自分の力を信じなければいけません。(雪子登場)
雪子　お母さん、お兄さん、日本間の方へいらつしやらない。春子さんを、到頭晩餐に連れ戻してきたの。

母　さう、お手柄ね。ぢや、龍夫さん、行きませう。
龍夫　（懇願するやうに）もう少しの間、かうしておいて下さい。すぐ、行きますから。
母　さう、ぢや、すぐいらつしやいね。（母去る）
雪子　（母の後から去りかけて、不安さうに兄を見る）お兄さん、なぜ、いらつしやらないの？
龍夫　ああ、少しの間、此処《ここ》に斯う、静かにさせておいてくれといふのに。
雪子　春子さんもいらつしやるのよ。
龍夫　分つてるよ。
雪子　さう。ぢや、すぐいらつしやいね。（去らうとする）
龍夫　ちよつと、お待ち。
雪子　なによ。
龍夫　話があるんだ。丁度いい。一度落ち着いて話をしたいと思つてゐたんだ。
雪子　（兄の真剣な顔を見て、不平らしく）さう。だけど、哲学者に就てのお話なら、御免蒙るわ。もう考へるだけでも重つ苦しくなるのだから。……
龍夫　ばか！　さういふ阿婆摺《あばず》れた言ひ草を何処で覚えてきたのだ。いや、怒るのは止さう。よくきいてくれ。雪子、お母さんはもう長くない。今日、先生が話して下すつたのだが、今年中だと言ふのだ。一寸《ちよつと》見ると、まるで常人と変りがないやうに見えるが、黒色肉腫といふ病気は癌よりも怖ろしい病気で、絶対に治ることはないさうだ。併し、僕達はもう子供ぢやない。徒《いたず》らに怖れたり歎いたりする場合ぢやない。大切なことは、どうやつて、生きてゐるお母さんを安心させてあげるかといふことだ。（間）お母さんが亡くなると、僕達は好きな人と結婚することさへ出来なくなるかも知れない。現に、お母さんがいつと怖れてゐらつしやるのは此のことだ。雪子、お前は誰が好きなのだ。

雪子　お兄さん、ばかばかしいわ。お母さまがお亡くなりになつたとして、あとにお兄さんさへ確りしてゐれば、あたし達になんの心配もないわけだわ。

龍夫　さうぢやない。僕はいい。僕は僕でどうやら独立も出来るかも知れないからだ。だが、お前達はどうだ。どうして暮す？　現在僕達が不足なしに暮せるのは、みんなお母さんの里からの借金なのだ。家に借金はあつても、残るものは何もない。この屋敷でさへ抵当にはひつてゐる始末なのだ。お母さんがお亡くなりになると、僕達は、すぐさま路頭に迷ふばかりだ。僕達がなんと踠《もが》いてみても、結局伯父さんの厄介になるのがオチだらう。その時は、僕達の上に愛も自由もない時なのだ。お断りするが、僕には妹を養ふ自信は、残念乍ら持ち合せない。……

雪子　あたしだつて、働く！……

龍夫　つまらない興奮は止せ。余儀ない場合は無論働かねばならない。差当つてつまらなく気取るのは止しにしよう。雪子。お前は海児を愛してゐないのか？

雪子　ばかおつしやい。あたしは憎んでゐるばかりよ。あんな憎らしい人、ないことよ。

龍夫　待て待て。僕はさういふうはずつた感情をきいてゐるんぢやない。もう一つ奥の、静かな河のやうな心をきいてゐるんだ。この春まではそんなふうに生意気でなかつた、慎しみ深かつた頃のお前の心をきいてゐるのだ。
雪子　そのことなら、はつきり言ふわよ。あたしは海児さんがきらひ。大きらひ。
龍夫　（皮肉に）嫌ひなら、もう少し外《ほか》になんとか言ひさうなものだね。お前は嫌ひな人を嫌ひだと言ひ切ることさへ出来なかつた人だつたが……
雪子　昔の話よ。此頃、あたし、生き方を変へたの。あたしの為ることには裏も表もなくなつたの。心に思ふ通りを、そつくり顔に出すことにしたの。
龍夫　偉くなつたもんだね。ぢや、とにかく、お前は海児が嫌ひだと言ふんだね。
雪子　まるでお兄さんは、あたしに海児さんを愛せつて言つてるみたいね……
龍夫　そんな僭越なことはしないよ。僕はお前の心の紐をなんとかしてほぐさうとしてみたのだ。
雪子　ひどく親切なのね。だけど……（急に弱々しく）お兄さん、ごめんなさいね。（泣き出しさうになる）
龍夫　しつかりしろ。遠慮することはない。思ふ通り、はつきり言ひ切つてくれ。
雪子　あたし、海児さんが本当に嫌ひよ。第一、あたしは、お兄さんが買ひ被《かぶ》つてゐるやうな、偉い女ぢやないわ。海児さんを愛せるやうな偉い女ぢやないわ。まるで単純で、裏側なんかなんにもないのよ。あたしがテニスをする時は、ただわけもなくテニスを楽しみたいだけなの。それだけの女よ。それだのに、海児さんは、あたし達と遊んではくれないんですもの。

龍夫　それは、海児の場合は仕方がない。あれは自分の十字架をもつてゐる人だ。

雪子　でも、あんまり暗いわ。親しめないわ。みんな楽しくパーティをひらいてゐるのに、ご自分だけ一部屋へ閉籠つて、出てこないなんて、せつかく一緒に暮してゐるのに、あんまりだと思ふわ。気取りすぎると思ふわ。

龍夫　あれは、気取りぢやないよ。

雪子　ええ、でも、とにかく、あの人だつて遊びたくない筈はないと思ふわ。なんだか重苦しくつて、息づまるやうだわ。あたし達の楽しい一夏が、こんなふうに、みんななんだか息苦しいのは、あたし、海児さんのゐるせゐだと思ふの。だから、つい癪《しやく》にさはつて、お帰り下さいつて言つたんだわ。あたし、此頃、もうめちやくちやに楽しく陽気に暮したいの。後悔したり、考へたりすることが、いつと嫌ひなの。海児さんの暗い顔をみると、いつと嫌ひなものを見せつけられるやうな気がして、つい、むかむかしてしまふの。

龍夫　（独言のやうに）何をむかむかしてゐるのだか、その実、誰にも分りやしないんだ。

雪子　ああ、つまんない。もう斯んな話は止しませうね。そして、向うのお部屋へ行きませう。お兄さんこそ、春子さんと早く結婚なさるがいい。

龍夫　僕のことは僕が責任をもつよ。とにかくお前は、海児に対して、むろん恋愛なぞは別としておいて、もつと慎重な態度をとつて欲しいものだ。一人の客としても、僕の友人としても、もつと鄭重《ていちょう》に取扱ふのが当然だし、ヒステリイじみた行ひはして貰ひたくないものだ。

雪子　そんなの、ごめんよ。痼癪を起さずに、あんな憂鬱な顔を見ちやゐられないわ。お兄さんは此頃変よ。駒形さんも、さう。二人とも海児さんにかぶれてゐるんだわ。言葉つきまで、海児さんに似てきたわよ。まるで、伝染病だわ。海児さんのおかげで、この家は墓地のやうだ。あの人さへゐなかつたら、もつと、心から愉しい毎日が送れるのに……

（母、春子、あわただしく登場）

母　麓へ自動車が止つたらしいの。きつと伯父さんのお着きだわ。お迎へにいらつしやい。鞠子さんも呼んできて。

（数名右手扉へ駈け入る。やがて鞠子、信男、駒形らと共に現れ、部屋を横切つて一同左手扉から退場。已《すで》に蜩は鳴き止み、窓に慌ただしい暮色が迫まる。母、駒形、残る）

駒形　（急に静かになつた部屋を気まづい面持でそはそは歩く）自動車は門まで登れないのですか。それほど急な坂でもなし、相当な道程《みちのり》だが……

母　登れないこともないけど、昔、あの坂に事故があつてから、車を通さなくしたのです。

（麓へ耳をすますやうに、ぢつとしてゐる）

駒形　ああ、（気がつく）あの坂で御主人が亡くなられたのですね……

母　………

駒形　あの事故があつた時、僕らはまだ中学生でしたが、龍夫が上野から出発するのを見送つたあとで、静かな山麓にくりのべられた悲劇を、夢の美しさで胸に描いたものでした。暫くして、その山麓から、龍夫は喪章をつけて帰つてきました。まるで山麓全体が香気の高い静寂な喪章ででもあつたやうに。僕は心に呟いたのです、その山麓は久遠の喪章に包まれてゐるのだらう、と。それが、まだ見ない此の村落への現実よりも寧ろ強い僕の最初の印象です。僕は此の村へ来てからといふもの、山毛欅《ぶな》の冷え冷えとした木蔭を通る時だの、遠い山脈を静かに仰ぐ時だの、このガッシリした広い建物の中をぼんやり歩いてゐる時に、龍夫の腕にまかれた、あの落着いた喪章の侘びしさと香気をふと思ひ出すのです。

母　………

駒形　僕は、心に喪章のある宿命の人々が懐しいのですよ。

母　駒形さん。貴方は後悔してゐらつしやるの？

駒形　いいえ。
母　貴方は怒つてゐらつしやるの？
駒形　いいえ。
母　あたしは貴方に申訳ないと思つてますの。
駒形　その必要はありません。もし必要があれば、僕は貴方の分も悩んだり悔いたりするでせう。
母　でも、貴方は雪子がお好きではありませんか？……
駒形　或ひはさうかもしれません。（静かに歩く）探せばきりのない人の心を探したところで詮ないのですが、貴女はなぜそんなことを仰有るのです。
母　あたしは怖ろしくなりました、自分のしてゐることが……
駒形　…………
母　自分が母だと考へるとき、子供以外のことを考へながら死んではならないと思はずにゐられなくなりました。何をしてもいけないと思はずにゐられなくなりました。
駒形　貴女の美しさは、母である貴女のほかに有つたことはありません。
母　（無言）
駒形　（椅子にかける。手に顔を掩うて、静かに嗚咽する）

（間）

母　（泪ぐみながら）泣いてはいけません。泣かずに、なぜ、あたしを叱りつけて下さいませんの？　半年のうちには必ず死なねばならないあたしが、子供のお友達に恋をしかけて、その恋が美しい筈はありません。ただれた年増女の浮気心ではないにしても、浅間敷い執着だと思はずにゐられなくなりました。世馴れた女の醜さがお分りにならない貴方が、怖ろしくなりました。

駒形　僕のやうに物事に一途《いちず》になれない、とかく内省ばかりして無役《むえき》に左右へ眼を配りがちな人間が、貴方の場合に限つて、どうして斯うも深入りすることができ、溺れきつて脱け出すことを忘れてゐるのか、不思議です。実際僕は、斯んなことを言ふのは卑怯のやうですが、貴女以上に愛さねばならない筈の人達をかなり知つてゐるのです。併し僕はそんな反省をしながらも、貴女の場合に限つて安心して溺れることができたのです。今更どういふ反省があるにせよ、貴女に溺れた僕の気持は、さうわけなく棄てきれるものとは思へません。今更乍ら、自分といふ人が、人間の弱さをどんなに愛してゐることかと思ひ知つたのでした。そのうへ僕は、このどだん場へ押しつめられても、現実よりも夢や詩を余計愛惜して倦《う》むことを知らないのだと悟つたのです。恐らく僕は、やがて死ぬ筈の貴女を、死ぬ筈であるために愛さずにゐられないのかも知れません。いはば此の愛は不遜な同情が基となつて起つたことかも知れませんが、その同情は僕の冷い理性をも全く盲にしたやうです。僕はそれで満足なんです。貴女の凡ての美しさ弱さを、僕の背へ無限の重荷として背負ひきることが喜びのやうです。

母（嗚咽する）

駒形　結局これは、僕にとつて、生れて初めての本当の恋でした。……

母　貴方の母親ほどの年をしたあたしが、お話をきいてゐると、十七八の娘のやうな心になります。（笑はうとする）そのくせ貴方のお顔を見ない時間は、醜い年増女の汚れた愛慾を感じるのですもの。

駒形　僕は貴女の凡ての宿命をしつかり抱きしめることが喜びです。

母　もしもあたしが母親でなく、あたしに子供がなかつたとしても、恋のために、畏れのために、死を選ぶ純情は持てないでせう。みすみす死ぬ時期は分つてゐても手を下して死を急ぐ勇気はありませんの。本当に娘の清らかな恋でしたら、この瞬間にも死ねる筈ですわ。あたしの行ひは心は汚れてゐます。あたしが貴方に求めた愛も生きて遂げられる愛でした。生も死も貫いた純情ではありません。あたしは心の汚れた老婆でした。

駒形　傷、十字架、喪章。迷へる心の痛みばかりが僕の心を惹きつける、僕の愛を駆りたてる……

（遥か麓に喚声湧き起り、次第に近づく）

母　（反射的に立ち上る）

駒形　（立ち上る）貴方は出迎へに出なければなりません。伯父さんが寛《くつろ》がれたら、又会ひませう。（右手の扉へ去らうとする）

母　（追ふがごとく幽《かす》かに叫ぶ）あたしを愛して下さい……

駒形　（静かに黙礼し、去る）

（二人退場。舞台暫く空虚。下男、老婆、女中、荷物を携へて舞台を横切る）

下男　婆《ばば》さ、年はとつても偉い力持ちぢやのう。

老婆　あすのお天気かえ。さうよ、あすの盆踊りは受け合ひに上天気ぞえ。若いうちが命ぞな。お前らも踊りにゆくがええこと。

女中　ほんに、婆さもめつきり耳が遠うなつたぜの。

老婆　さうよ、さうよ。踊りに行くことよ。おいらも夜業《よなべ》を早仕舞ひにして、見物にでむくとしようぞえ。おいらの若い頃も、ほんに、よう踊つたえ。（右手へ去る）

（伯父、医師、母、龍夫、雪子、鞠子、春子、信男ら登場）

医師　（五十くらゐ。大学教授。楠本秋作といふ。伯父と共に到着したばかりの旅の服装）斯んな山奥に鹿鳴館時代の絢爛な異国情緒が隠されてゐようとは思ひませんでした。深雪の夜に舞踊会もあつたことでせうな。（伯父に）すると、この部屋は明治二十四五年の建築になりますかな。

伯父　（五十四五歳。政治家）二十年代。子供の頃の話で、はつきりした記憶はありませんが、二十年代の初めでした。あの頃は冬の交通が全く不可能な時分で一年の生活が半年しかなかつたのです。丁度今と同じ季節、蜩の鳴く夏に限られたことですが、舞踊会もありました。向うが全部客間になつてゐるのでしたが、一杯の客で一夏中といふものはみ出しさうな賑ひでしたよ。そつくり昔のままだ。思ひ出しますよ。（椅子にかける）

篠原　（三十四五。若き医学博士、楠本教授の門下生である。夏の初めから浅間家の人々に随行して、同家に逗留してゐる）伝統があるのですな。即ち遺伝といふ奴でせう。（呟く）消化不良の文化が、聊《いささ》か滑稽な精神錯乱となつて沁みついてゐますよ。この部屋にも。柱にも、壁にも。多分に狂躁で青くさい。まるで熱病だ。

龍夫　駒形は何処へ行つたらう？

信男　源ぢいさんの話ぢや、海児は温泉の方へ行つたさうだよ。

春子　白樺の林をずんずん奥の方へ歩いていく姿が見えたんですつて。ときどき空を仰いだり白樺の幹を杖でこつこつ突ついたりしながら。
雪子　伯父さま。鹿鳴館時代の夏のやうに、今夜も舞踊会を開きませう。伯父さまと楠本先生の歓迎舞踊会ですわ。
楠本医師　それは光栄の至ですな。
鞠子　先生は踊れて？
楠本医師　昔はな。欧羅巴《ヨーロッパ》で踊つたものでしたよ。ワルツをな。ところが、すつかり忘れてしまひましたよ。若い生き生きとした年齢を記憶の中へ置き忘れてきたのと一緒にな。あの時代にはシーシュースの勇気と健康があつたものだつたが。
伯父　当時は欧羅巴に鳴りひびいた伊達者だつたさうだよ。
龍夫　駒形は海児のあとを追つかけて行つたのかしら？
母　駒形さんは部屋に休んでゐます。
春子　あたしお呼びしてきませうか？
龍夫　僕が行きます。
信男　僕が行つてもいいよ。
鞠子　ほつたらかしておきなさいな。
龍夫　（去る。つづいて信男追ひ乍ら去る）

雪子　先生の若い頃つて、ボネットを被つた時代？
楠本医師　これはひどいな。それは鹿鳴館時代の風俗でせう。私の若い頃といふのは、せいぜいアルト・ハイデルベルヒの舞台ですな。私はまだ若者のうちですよ。何と言ひましたかな、あの博士の年配にもならないのです。いはばケーティにふさはしい年頃ですよ。
伯父　此処には沢山のケーティがゐますよ。
篠原医師　さうしてみんな出来損ひだ。
南老人　（入口に現れる）旦那様、旦那様。
鞠子　あたし毎晩踊つて踊つて踊り疲れて倒れてしまひたい。春子さん、今夜は夜明けまで踊りませうよ。
楠本医師　私どもの若い頃は夜明けまで呑んで唄つたものでしたよ。唄ひ疲れて寝倒れたものでしたな。
南老人　（伯父の前へ進みでる）旦那様、お久しうございます。いつも御壮健で何よりでございますわい。
伯父　おお、南老人。貴方も御丈夫で何よりのことです。
南老人　はい、おかげさまで。かうして息災に暮してをります。皆さま、今晩は。いやはや、まつたく、若い頃は唄ですわい、踊りですわい。村でも丁度今が盆踊りの時節で、若い者ははや毎晩大変な浮かれやうでございましてな。皆様も今夜は盆踊りの御見物はいかがさまで。都の方が見ましては、芸も風情も一向にないものでございますが、野趣があつて却《かえ》つてたまにはお気に召すかも知れません。丁度此家《こちら》の裏手にあたる金比羅山の頂上で踊りますがな。見晴らしのいい山毛欅《ぶな》の杜でして、斯うブナ林の方々へ提燈《ちょうちん》をさげましてな、樽太鼓をとりまいて踊ります。この山奥では、こんなことがせめて一年に一番華やかな出来事で、若い者は一年の気晴らしを此の短い季節に満喫するわけでございませう。

鞠子　踊りでもなんでもないんだわ。ただ歩いてゐるやうなものよ。唄だつて祈禱のやうで、節なんかまるでないのよ。

南老人　はいはい。まつたくで、歩いてゐるやうなたわいないものですな。唄なぞも普通の発声に多少の抑揚をつけさへすれば面倒なしに通用してしまふやうな簡単無類のものでございますわい。とても西洋の踊りのやうには行きませんが、ああして芸もなく踊つてゐるのんびりした気分が、また楽しいのでございませう。このへんの盆踊りは腰から上で踊りますすな。手をかざして、斯う、(身振りをする)時々空をうつとりと仰ぐやうにしますが、あの気分がのんびりとして、また味のあるものでございます。

鞠子　先生、今夜は徹夜で踊りませうよ。春子さん、あたし今晩は倒れるまで踊つてよ。

(老婆、女中、下男、もどつてくる)

老婆　旦那様、お久しうございますこと。御丈夫で。ほんとにまあ、いつもお変りありませんで、結構でございますぜの。
伯父　おお、おお、これはお久しう。お前は幾つになつても元気だね。
老婆　はいはい。ありがたうございます。婆も近頃は耳がめつきり耄碌《もうろく》しましての、それに腰も曲つたなりになりましたぜの。それでも気ばかりは若い者とおんなじで、今夜にも盆踊に出かけてみようといふあんばいで、（滑稽な踊りの身振り）はいはい、皆さま、ごめんなさいませ。（去る）
南老人　やれやれ。これは私どころの話ぢやない、いや、まつたく、年寄りは若い気持で暮すに限りますなあ。
鞠子　あたし先生と一昔まへのワルツを踊つてみたいわ。どんなに楽しいでせう！
母　とにかく御飯にいたしませう。（二人の客に）お風呂はいかがでございませうか？　雪子さん、御案内申上げて下さい。
伯父　さうさう。とにかく旅装を解くことにしませう。先生、どうぞお風呂へ。私も、ひとつ浴衣に着換へるとしませう。
母　鞠子さんは伯父さまをお部屋へ御案内なさい。
伯父　この山奥へ辿りついてみると、矢張り色々と思ひ出すことがある。長い間、ついぞ考へてみることもなかつたが、来てみると沁みるやうな感慨があります。老人は子供に還へるといふが、私もどうやら凋落の齢を迎へたのでせう。べつに用があるわけでもないのに、この山奥へはるばる旅立つ気持になつたことからして夢のやうな思ひがします。長い一生の間充ち足ることもなかつたし顧ることもなかつた夢のやうな握りがたい無形のものを、実体もしかと分らずに懐しんだり、ふと追悔のやうなものを感じたりしてしまふのです。昔なら斯んな気持を苦笑することもできたのですが、近頃は苦笑する反撥力も浮かばない。この頼りない人間の身分で此れを苦笑するなぞとは、余り身の程をわきまへぬ不遜な仕業であるといふ風な、妙にひねこびた喜劇的な荘厳を感じてしまふのですな。老年の愚でせう。

（語りながら去る）

篠原医師　どちらを見ても曲りくねつた言葉のあやに溺れたがる人達だ。心を日蔭へ向ければ影が落ちる。影にわけのあらう筈はないのに、それを突き廻して無上の優越を感じてゐるらしい。ああ、退屈な人達だ。

（伯父につづいて、楠本医師、雪子、鞠子、退場。ひとりおくれて篠原も去る。母、春子、南老人残る）

南老人　奥様、昨日申上げたあのことですが……

母　いいえ、もうその話は二度と繰返したくございません。あれはあれで、あたしの心はハッキリ決まつてしまつたのですから。

南老人　しかし奥様、六百年の古い伝統のあるこの旧家を、由緒ある家屋敷まで形あまさず引き払つて東京へ越してしまふといふのは、あまりむごたらしいことでございませう。一代二代の縁《ゆか》りの地でも棄てがたいが人情ではありますまいか。私は頭が古いと笑はれることでございませうが、先祖から伝承した古い由緒といふものは、それだけの理由でも、また先祖の位牌へ対しても棄てられるものではないと考へてをりますわい。奥様、古い頭の私の言ふことも、とくと考へて下さいませ。

母　貴方のお言葉はよく分ります。でも、持ちこたへるために子孫の教育にまで苦しむやうでは、却つて先祖へ申訳ないことではございませんか。あたしにも思ひ出はありますもの、消し去ることのできない悲しい遠い思ひ出。なくなつた主人に結びつくだけでも、この家をいつまでも残しておきたい思ひは胸をかきむしるやうですけど、今はあきらめました。さうして、あきらめた方がいいのですわ。あたしたちが此家の主人で暮すのも此の一夏のことです。もう心に決めてしまつたのですもの。さうして、せめてもの思ひ出に、一家族が打ちつれて名残の一夏を暮しに来たのでした。祖先への義理はさておいても、この部屋に、坂道に、高原に、あたしの一生の思ひ出があるのですもの。愉しかつた日、悲しかつた日。どうして此の村が忘れられませう。

南老人　その村をなぜまた棄てねばならぬのでございませうか。私の耄碌した頭にはとんと理解がつきかねますわい。ああ、奥様、どうぞ他の手段を考へて下さいませ。
母　もうこの話は止しませうね。誰にも分らないのですわ。あたしにも。さうして、誰に分る必要もありません。愉しい悲しい思ひ出。消し去ることのできない思ひ出。あたしには其ればかりが懐しい人生に見えてゐるのに、胸をかきむしるやうな悲しさを進んでやりはなす莫迦らしさ、それはもう、わけの分らない惨めな悲しい出来事です。でも、それを、どうすることができませう。あたしは諦らめてゐます。凡てのことを。さうして、諦らめるといふことが何よりも激しい執着であることに漸《ようや》く気付いたのでした。さあ、南さん、これでもうこの話は打ち切ることにしませうね。
南老人　奥様、どうぞ、もう一言……
母　いいえ、いいえ、いけません。
南老人　奥様、もう一言。それでは、家屋敷をそつくりお兄様《あに》に買つていただいては如何《いかが》なものでございませう？
母　…………
南老人　もともとお兄様は此家《ここ》の御長男でありましたものが、ふとしたことで――あまり政治に身を入れすぎたことが大旦那様のお気に召さずに廃嫡といふことになりましたのですが、今となつて其れが何でありませう。赤の他人へ移らずに、お兄様の手へこの屋敷がはひつたならば、御先祖への面目は立派に立ちませう。耄碌した私の取越苦労をお笑ひ下さいませ。私はただ御先祖の位牌といふことばかり、くよくよと考へてゐるのでございます。

母　分りました。お兄様が買つて下さるものなら、よろこんでお譲りいたしませう。さ、これで話は終りました。

南老人　ありがたいことでございます。いやはや、耄碌すると、とかくあれかれと取越苦労に暇をつぶしたがりましてな。頭の古い私にも色々と考へることはございます。その考へが正しい正しくないといふことは私どもに言へたことではございませんが、正しいにせよ正しくないにせよ、耄碌した年寄りなみに何かと思ひやることはできるのでございます。わりあひと公平に、親切にな。年をとりますると、自分の腑に落ちぬことにさへ、十分納得のいつたやうな、なんとなく和やかな思ひやりがあるものでございますが、さて表立つて物を捌《さば》くときには、妙に理窟つぽい、形式一点張りのことを言ひたがるものでございますよ。これは年のせゐの物ぐさでもありませうか。やれやれ、とんだ愚痴をおきかせしました。（去る）

母　苦しくも悲しくもない。まるで水のやうに静かだこと。（春子を見る）まあ、貴女は彫刻のやうにぢつとして。あたしもう自分ですることが雲のやうで、分らないのですわ。

春子　いいえ、おばさま。あたしにはよく分りますわ。もしもあたしがおばさまの子供だつたら……（突然笑ひだす）あたしがおばさまの立場だつたら、きつと、おばさまのやうにしますわ。

母　春子さんは龍夫がお好き？
春子　あら、おばさま。
母　いいえ、はつきり教へて下さいね。あたし、ほかの言葉は耳にはひらないほどせきこんでゐるのですわ。あたしの一生と同じだけ大切なことですもの。
春子　………
母　あなた、龍夫と結婚して下さいません？
春子　（静かに）あたし考へたことがありませんでしたもの。あたし龍夫さんをお兄様のやうにお慕ひしてゐますわ。
母　では結婚して下さいますの？
春子　だつて、考へたこともないのですもの。結婚はできませんわ。
母　（無表情、無感覚、無動作にまでたかめられた落胆）貴女は、海児さんを愛してゐるのでせう？
春子　いいえいいえ。
母　いいえ。貴女は海児さんを愛してゐるのです。
春子　（呟くが如く）あたし結婚はできませんの。あたし肋膜が悪かつたのですもの。あたしの希望はみんな不幸の裏側にあたるんですわ。だから、希望を持たないやうに、自分でも知らないうちに、みんな諦めようとしてゐますの。
母　薄々は感じてゐたのですけど。雪子が海児さんにあんなにつれなく当るのは、春子さんが龍夫よりも海児さんへ心を惹かれてゐるからではないかと。……やつぱりさうだつた。どうして今まで気付かなかつたのでせう?……

龍夫　(いらいらした様子で現れる) ああ、たつた二人つきりで。海児はどこへ行つたのだらう? もう夜がとつぷり落ちたのに。きつと白樺の杜の奥でぼんやりしてゐるのだらう。あいつがゐてくれないと、僕の心は目当を失つたやうで落着かないので……

母　みんな一部屋へ集まらないので落着かない気持がするんだわ。食堂へ集まりませう。さうして賑やかに笑ひませう。さ、いらつしやい。龍夫さん、春子さん。

龍夫　ええ、すぐに。ああ、僕も白樺の林へ迷ひ込んでしまへばよかつた。

母　さ、食堂へ行きませうよ。さうして賑やかに遊びませう。いらつしやい! いらつしやい! いらつしやい!

(座にゐたたまらぬ如く、狂躁のけたたましさにて、母、叫び去る)

春子　あたし帰らうかしら?

龍夫　どうしたのですか? 今になつて? 何か面白くないことでもあつたのですか!

春子　いいえ、急に賑やかな席が堪へられないやうな気持がしましたの。別の理由なんかないのですわ。

龍夫　そんなことでしたら、どうぞ辛抱して下さいませんか？　僕も賑やかな席は堪へられないのですが、でも、貴女がゐて下さるなら。貴女がゐて下さらなかつたら、みんながつかりしてしまひますよ。辛抱して下さい。
春子　（頷く）
龍夫　それでは食堂へ行きませう。僕も白樺の高原を歩いてみたかつたな。僕の心は、どうして深い水の底のやうに暗く重苦しいのだらう？　（突然うろうろと何もない方を振向いてしまふ）ああ、海児が帰つてこないかな。あいつは今時分、まつくらな杜のどこを歩いてゐるのだらう？　春子さん、よく晴れた日、みんなで高原の奥へピクニックに行つてみませうね！（二人去る）

（全三幕のうち第一幕終り）〔未完〕

残酷な遊戯

私が諸国に居を移して、転々と住み歩いてゐたころ、ある町で、美貌をうたはれた姉妹があつたが、妹が姉をピストルで射殺した事件があつた。まもなく私は、遠く離れた別の県へ引越してしまつたので、この判決がどうなつたか、それすらも知らないのだが、然《しか》し、この事件は、年月を経ると共に、私のうちに、むしろ深い感動を育てた。といふのは、私はその町で一人の文学青年とちかづきになつたが、その男は、この姉妹の家の書生をしてをり、又、事件にも、いくらか関係してゐた。私はこの男から、人の知らない内容もきいてゐたからであつた。殺された姉娘が死際《しにぎわ》に残したといふ言葉、それは当事者以外に多分私が知つてゐるだけだと思ふが、私はそれを思ひだすたびに、非常に残忍な、けれども、目覚めるほど美しい人の姿に驚くのだ。私は、私自身の見方を最大限に殺して、出来るだけ忠実に、事実のまゝを記録してみたいと思ふ。

あいにくなことに、さう大きくもないあの町で美貌をうたはれた高名な姉妹であつたが、私はたうとう拝顔の栄に浴す機会がなかつたのである。

以下、私とあるのは村田考平（書生の名を仮にかう称《よ》ぶことにする）のことである。尚、姉妹の父は弁護士で、文中、先生とあるのは、その人を指すのである。

悲劇の因は遠く千鶴子さんの結婚の時から始つてゐた。あの結婚は中止すべきものだつた。先生もかなり思案の様子であつたが、雪子さんの恋情がそれほど激しいものだとは、お気付きでなかつた。

二人の姉妹が、一人の男を好きになる。さういふことも仕方がないが、千鶴子さんはとにかくとして、雪子さんほどの利巧な人が、どうして青山良夫のやうな愚劣な男に心を惹れるのだか、恋といふものは分らない。

青山は金持の一人息子で、中学をでるにも金の力をかりたといふ頭の悪い坊ちやんだつた。大学で学ぶ力がないので、二十ぐらいからブラ〳〵してゐた。どこで覚えたか、木琴といふものを叩くことができて、町の公会堂で演奏会をひらいたこともあるが、金を払つてお客に来てもらうといふ方で、お話にならない手並であつた。

同じ姉妹でも、をかしいぐらゐ違ふもので、姉の雪子さんが英文科を首席で卒業した程の才媛だといふのに、妹の千鶴子さんは、土地の女学校をお情で卒業した「美しい無」であつた。だから、千鶴子さんと青山のうまの合ふのは無理もないが、雪子さんまで夢中になるとは、分らない。尤《もつと》も、青山は、何ひとつ苦労のないおつとりした風があつて、見たところは堂々たる青年紳士であり、顔なども、一見、馬鹿のやうには見えなかつた。

青山に夢中になつた雪子さんといふものは、惨めきはまるものであつた。

青山と千鶴子さんは肝胆相照らして、色々ないやがらせをする。待ちぼうけを食はせたり、出しぬいたり、一緒にハイキングに行つた時には、雪子さん一人だけ道に迷ふやうに仕向けたりした。この時は私が探しに出かけて、途方にくれてゐる雪子さんを助けだしたが、こんな風にされても、益々夢中になるばかりであつた。

ある時、青山から借りた本を返すとき、雪子さんは本の間に一つの古歌を書いて、はさんでおいた。あの聡明な娘が、恋に狂ふと、いつたい、なんといふ訳の分らないことをするものだか、その歌といふのが、あの人柄には凡《およ》そ似つかはしくないどぎついもので、燃えに燃えて恋は人みて知りぬべし嘆きをさへに添へて焚くかな、といふ非常識なものであつた。勿論、慎みといふものゝない青山であつた。忽《たちま》ち、これを千鶴子さんに見せる。二人は大笑ひ、大喜びである。

ある日、雪子さん宛に無名の人から小包が来た。だいたい無名の小包といふだけでも、すでに何か企みがあるといふことが分るのだが、私はその小包に見覚えがあつた。それは、たしかに、千鶴子さんがこしらへたものなのだ。さては、と思つたので、私一人で処分して、雪子さんには見せない方がいゝのではないか、と思つたが、まさかに、さうもできない。ちようど千鶴子さんが居たので、この小包はあなたの所へ来たのではありませんか、どうも、差出人が名前を忘れるほどそゝつかしい奴だから、あなたと姉さんの名前を書き違へたやうな気がする、と、いやがらせを言つてやつた。そのときの怒りに燃えて私を見すえてゐる千鶴子さんの顔といふものは、私には、極めて満足すべきものであつた。まつたく、頭の悪い二人の男女が肚《はら》を合せて、ほんとなら靴の塵でも払はなければならないやうな聡明な人を、馬鹿扱ひにしたり、玩具扱ひにしたりする。気色の悪い話である。

小包の中は短冊を担いだ泥人形で、その短冊に、燃えに燃えて、といふあの歌が書いてあつたといふ。皮肉にしても、一掬の風味もエスプリもなく、まことに愚劣で、話にならない。五六人友達の集つた席で、無論、雪子さんも青山も居ての話であるが、誰か煙草のマッチをつけるだけでも、あら、燃えに燃えちやつた、などゝ千鶴子さんは言ふ。もとより、居合した連中には、すでに歌の話が公然の秘密なのであつた。みんな顔を見合つて、クスリと笑ふといふ始末であつた。

青山家から人を介して正式に結婚の申込があつた。言ふまでもなく、雪子さんではなく、千鶴子さんに対してゞある。妹を先にかたづける、平和な家庭ではそれだけでも重大な問題であるが、まして、先生も、雪子さんが青山を愛してゐるといふことを知つてゐた。だから、この縁談はお流れになる筈であつた。ところが、こゝに、突如として、この縁談の強力な支持者が現れた。外《ほか》ならぬ、当の雪子さんであつたのだ。

雪子さんは先生御夫妻に向つて、自分の恋などは一時の気まぐれであるが、妹は思ひつめてゐるから、破談になると、どのやうな悲劇が起りかねないとも測りがたい。妹が先にかたづくといふことも、自分は意に介してゐないから、ぜひとも、この縁談はまとめてくれるやうに、といふ話であつたといふ。もとより、聡明無類な人である。その人が意を決して御両親の前へ自ら進みでたからには、恋に迷ふ愚かな姿とは凡そ縁もゆかりもない。微塵も不安の翳《かげ》がなかつた。先生御夫妻も、それでは、といふ気持になつてしまつたのである。

それまでの雪子さんは、まつたく、かなり取乱してゐた。ある日、雪子さんは顔を洗つて廊下の鏡に向つてゐたが、それまで何の気配もなかつたのに、突然鏡をとつて、庭へ投げすてた。さうして、私などには目もくれず、さつさと自分の部屋へ行つてしまつた。又、深夜に、裏木戸からでゝ、海の方を一廻りしてくることなど時々あつて、よく睡眠のとれない夜がつゞいてゐたやうに思はれる。

却《かえ》つて、妹の縁談がきまつて後は、めつきり落付《おちつき》がまして、顔色も冴え、苛々《いらいら》した暗い翳が見られなくなつた。先生御夫妻も、すつかり愁眉をひらいて、結婚式は盛大にとり行はれ、万事めでたく結末がついたやうに思はれたのである。聡明無類の娘が、その全智全能をあげて陰謀を企みだしてゐたとは、誰一人気付かなかつた。たゞ私だけ——恋に身をやく者のとぎすまされた神経は、愛する人のすべてのものを感じてしまふ。私の神経は、なにか漠然と恐怖を感じ、明るく冴えだした雪子さんの裏側に、なにか強烈な意力と計算が感じられてならなかつた。

すでにお分りのことゝ思ふが、私は、私のすべての物にかへて、雪子さんを愛してゐた。もとより、書生の私が、そのやうな恋を告白はしなかつたけれども、私の心も私のからだも、雪子さんの命令ならば、どのやうなことをする用意もあつた。青山を殺せ、と一言雪子さんが私に言へば、その日直ちに私は青山を殺し、甘んじて刑場の露と消えたであらう。千鶴子さんは人々の面前で私を指して、村田は姉さんにぞつこんなのよ、とひやかしたり、あんな鬼熊さんのくせに、姉さんと向ひ合ふと、うつむいて、ふるへてしまふのよ、などゝ笑つた。実際私は雪子さんの前へでると、ろく〳〵言葉もでなかつたのだ。だから、私が敢《あえ》て告白するまでもなく、私が雪子さんを熱愛してゐることは衆知の事実であつたが、私は然し、ぶしつけな告白などをして、雪子さんを悩まさうとは思はなかつた。所詮かなはぬことなのだ。私の身分を言ふのではない。青山に心のすべてを奪はれて恋に身をやく雪子さんであつたからだ。私などが、何者であらうか。

私は、結局、最後まで、雪子さんから一言のやさしい言葉も受けなかつた。冷酷に、道具に使はれたことはあつても、それに報ひる温い言葉も受けたことがなく、無関心といふよりも、むしろ蔑みを受けてゐたのかも知れない。けれども、私は恨んでゐない。私は、たゞ、あの人の苦悩を軽くするために、私がもつと役立てばよかつた――私は決して報酬をもとめてはゐなかつたのに。命すら、すてたであらうのに。それを悔むばかりである。けれども、私のことを語るのは、この話の目的ではない。

雪子さんの友達に河内信代といふソプラノの唄ひ手があつた。百人の一人ぐらゐでコーラスの舞台に登場したことはあつても、独りの会など踏んだことのない人であつたが、然し、この町では、それでも一流の芸術家だ。東京で、子供を生んだこともあるといふ噂があつたが、真偽は知らない。やつぱり弁護士をしてゐる人のお嬢さんで、突然、風のやうに故郷へ戻つてきたのが、千鶴子さんの縁談の直前であつたと思ふ。

信代さんの荒れた感じは、この町のお嬢さん達には、ないものであつた。疲れきつてゐるやうであつた。大胆に人の顔をみつめたが、その眼はなにか温いものを怖れてゐる弱々しい翳りがあるやうだつた。毎日のやうに雪子さんを訪ねてきて、徹夜で語り明かしたことなどもあつたが、雪子さんが元気をとりもどしたのは、この人の風のやうな帰郷からでもあつた。親友の帰郷——然し、それだけのせゐではない。この人の帰郷によつて、雪子さんの陰謀に具体的な方策が与へられた……そのことがはつきり私に呑みこめたのは余程のちのことではあつたが……

信代さんを青山に紹介した瞬間に、雪子さんは忽ち二人の未来を読みとることができたのではないかと思ふ。私のやうな者にすら、青山の性向が、妻としてゞはなく、情人として、信代さんのやうな人に惑乱する可能性を想像することができたのである。進路と機会と手順をあやまりさへしなければ。利巧な第三者が、その舵をとりあやまりさへしなければ。

かういふ風に考へると、思ひ当ることがあつた。その頃の一日、雪子さんの部屋の下で庭仕事をしてゐると、信代さんが遊びに来てゐたが、突然、雪子さんの声で、あの人、とても、吝《けち》なのよ。恋人のためでなければ、お茶一杯だつて人におごるやうなことがないのよ。お友達同志で喫茶店へはいるでせう。いざ勘定の時がくると、ふところの蟇口《がまぐち》に手を当てゝみたり、又、手をひつこめたり、きまつて、誰よりあとまでグズ〱してゐる風なのよ。ほかの人が払つてしまへば、自分はそのまゝ払はないで出てしまふし、渋々蟇口をとりだす段になつても、割前以上は決して出したことがないわ。それも、ずいぶん、いま〱しいといふ顔付で……と言ふ。私はそれをきくなりハッとして、思はず隠れる姿勢になつたが、婦人がこのやうな卑しめた角度から人の批評をする、浮世の波にもまれて育つた女達には日常のことであらうが、雪子さんのやうな人が、このやうな残忍な言葉を口にするのを、私は始めてきいたのである。

声はしばらく途切れたが、更に又、浮立つやうに、ひゞいた。あの人に、財布の紐をとかせるのは、たゞ、女だけが、できることだわ。それも、恋人だけが。あの人に一万円ださせるには、ずいぶん腹も立つでせうし、辛抱もいるでせうけど、でも、たのしみのある仕事だとは思はなくつて。さういふ女の人が現れて、あの人を裸にしても、私は、不思議だとも思はないし、その人を悪い人とも思ふことがないでせうよ。なぜつて、悪い事といふよりも、をかしみのある、たのしいことに違ひないんですもの。トラムプや麻雀などは比較にならない面白さだわ。何年かゝるにしても、途中でやめることなんか、とてもできない、熱中できる遊戯だと思ふのよ。……

実に残酷な冗談だ、と、私は思つた。さうして、そのときは、たゞ、冗談としか、思ふことができなかつたのである。

千鶴子さんと青山の結婚生活は、幸福そのものゝやうに、順調に見えた。然し、もともと生活の設計といふやうな意力的な生き方を知らない男で、遊楽が身にしみた青山である。勤めのない身分であるから、毎日二人で遊び歩いてゐるのであるが、そのうち、次第に、雪子さんの家へ遊びにくる足が頻繁になつた。勿論、新夫人の実家だから、それに不思議はないのであるが、その目的が、雪子さんの所へ大概来てゐる筈の信代さんにあることが、どうやら、私にも、分りかけてきたのであつた。

結婚から八九ヶ月もすぎた頃には、青山ののぼせ方が私の目にも分るやうになつてゐた。

この町に、大河原東吉といふ富豪がある。この男は、めつたに表面にでないけれども、県の政治や経済の最も恐れられた黒幕で、代議士とか県会議員といふ連中が、政党を超えて、この男の御機嫌をうかゞふぐらゐの存在なのである。この男の妾宅などゝいふものは御殿のやうなもので、それが町に三つもあつた。もう奥さんは亡くなつたが、娘がゐて、長女は雪子さんの友達であつた。

信代さんの帰郷以来、大河原の娘と、雪子さん信代さんとの往来が頻繁になつて、なにぶん町では誰知らぬ者もない娘さん達のことであるから、この三人のグループは忽ち人の話題にも上るほどのものとなつたが、同時に、一部に、妙な浮説がたちはじめた。大河原と信代さんがどうだとか、大河原は雪子さんも口説いたのだが、この方は手きびしくはねつけられたとか、さういふ類ひのものである。もと〳〵、大河原邸といへば伏魔殿のやうなもので、政治の季節には政治の、経済の変動期には経済の、浮説の絶え間もない所ではあつた。

然し、浮説は、やゝ、当つてゐたと言はなければならない。信代さんのことはとにかくとして、雪子さんに就て言へば、雪子さんは、大河原の前に於ては、さながら妖精のやうに敏活で、魅力にみちた魔女であつたといふ。――それが、あの人の、命を賭けた仕事の一部であつたのだ。

大河原は、この新鮮で、聡明な魔女のために、まつたく、惑乱したのであつた。その結果が、どういふ風に現れたかといふと、大河原は、信代さんを後援して一流の声楽家に仕立てるために、東京から交響楽団を招聘して、その伴奏で独唱会をひらき、余勢をかつて一気に東京の一流舞台へ進出させるといふ約束をした。信代さんと大河原の私交に就てはとにかくとして、この大計画を約束させた実際の力は、実は、雪子さんにあつたのだ。

演奏会の計画がどこからともなく市民の耳につたはるやうになつた頃には、青山と千鶴子さんは、すでに平和な夫婦ではなかつた。

夜更けに千鶴子さんが泣きこんでくる。青山と信代さんの関係を口走つて、離婚すると泣き叫ぶ。青山の姿をさがし、信代さんの姿をさがし、まつさをな顔をして門を這入つてきたかと思ふと、どの部屋に見向きもせず、誰に挨拶もかけず、雪子さんの部屋へ行つて、ノックもせずに扉をあける。生憎《あいにく》なことに、さういふ時には信代さんも青山も外《ほか》の所にゐるものと見えて、大概、部屋の中は空なのだ。さうすると、千鶴子さんは、ワッと泣声をたてゝ、部屋の中で倒れてしまふのであつた。

ある日、青山も信代さんもゐる所へ千鶴子さんが来たことがあつた。そのときは、いち早く千鶴子さんの姿を認めて私がまつさきにうろたへた。千鶴子さんも気の毒に思ひはしたが、私はどうも、芯から同情ができなくて、この時も、咄嗟《とっさ》に、信代さんの立場が、私には何より気がゝりなのであつた。だから、部屋へ入れまいとして、散々廊下でなだめすかして、おしまひに、立廻りにも及びさうな挙句の果に、たうとうすりぬけられて、部屋の中へ飛びこまれてしまつた時にも、私の体勢は、すはといへば信代さんをかばうやうに、自然に傾いてゐた。が、千鶴子さんは、花瓶をとると、いきなり、青山をめがけて投げつけた。さうして、よろめくやうに二三歩々いて立止ると、突然、袂を顔にあてゝ、馬鹿々々しい大きな声で泣きだしてしまつたのである。

「みつともないぢやありませんか。いつたい、あなたは、信代さんと青山さんが、どうしたといふのですか。みんな、あなたの取越苦労ですよ。青山さんはとにかくとして、信代さんにお気の毒ではありませんか」

と、信代さんも青山も引上げたあとで、雪子さんがたしなめてゐる。私は花瓶のカケラを拾つてゐるのである。

「信代さんは私の所へ遊びに来て下さるだけぢやありませんか。ほかに何も企んでゐらつしやる筈はありません。青山さんがどういふ考《かんがえ》でこゝへいらつしやるかは知りませんが、それは、あなたと青山さん、二人だけの私事ではありませんか。顔色を変へて乗りこんできたり、人様の前で花瓶を投げつけたり、泣きだしたり、たしなみのないにも、程があります。女が人様の前で泣くなんて、それは、最後の時だけです」

その声が、怒りのために、次第に熱気を帯び、調子の高まるのを、音楽のやうに美しく私はきいた。女が人前で泣くなんて、それは最後の時だ、といふ。最後とは？　なにごとの最後であるかは知らないが、その美しさに、私は酔つた。

とはいへ、青山がどのやうな考へでこゝへ来るかは知らないが、それは二人の私事にすぎぬと言ふ。その残酷な言葉には、私すら慄然とした。それはすでに宣告であり、しかも冷めたく突き放して、とりすがる余地もないものであつた。

然し、雪子さんの説明も、かなり、勝手気まゝであつた。信代さんは自分の所へ遊びにくるだけのことで、そこへ青山がどういふ用でくるにしても、信代さんに関係のないことだといふ。なるほど、言つてしまへば、それだけのことになるかも知れないけれども、然し、ありていは、そのやうに単純明快なものではない。青山ののぼせ方は、かなり度はづれなもので、用もないのに、一日に三度ぐらゐもやつて来て、信代さんの姿を探してゐる。無神経といふのか、少し足りないとでも言ふのか、そこが妻君の実家であるといふことがさして気がゝりではないらしく、不得要領の顔付でぼんやり現れてくるのである。

そのころ、彼は、はやまつた結婚をひどく後悔しはじめてゐた。実に寸刻の違ひではないか。わづかに二三ヶ月のことで、泥くさい田舎令嬢に冬空のやうな一生をとぢこめられてしまつたのである。

だが、それも、故郷にゐれば、のことである。ひと思ひに東京に住みでもすれば、そこには、あらゆる自由がある。この町に束縛される勤めもなければ、未練もなかつた。

女の芸術家には大概パトロンといふものが有るといふ。信代さんでも、やつぱり、さういふものがなければ世渡りができないものだ、といふことを雪子さんからきかされて、彼の心は、かきたてられた。しかも、パトロン次第では、忽ち、一流の唄ひ女にもなれるものであるといふ。一流の唄ひ女ともなれば、その収入は莫大で、しかも、そこまで辿りつけば、一定の地位から後退することが殆どない。さうして、その地位に達した後には、唄ひ女とそのパトロンは公然結婚するのが普通で、そのときは、もう、人気に微動もないばかりでなく、却つて、パトロンにつくすといふことによつて、最後の人気を決定的なものにする。パトロンを裏切る女ほど、人気の凋落が甚しく、悲惨な末路を辿るものだと言はれてゐる。

青山の財産は、不動産もいれて、二百万円ぐらゐあつた。それだけのものを現金に換へて、東京へでかけることが不可能ではなかつた。一人の唄ひ女を育てるにはどれぐらゐ必要なのか分らないが、一番大きく見積つても、一ヶ年一万円、五年間で五万円もあれば足りない筈はないと思つた。

結局、直接、信代さんに当つてみるのが一番いゝ。中間に人が在るといふことは、特に金銭的な場合には、無役《むえき》な支出を生じるものだといふことを、本能的に、彼は怖れた。

彼は、思ひきつて、信代さんに電話をかけ、重大な用件に就て、二人だけで内密な話をする機会をつくつてくれと頼んだ。どんな御用件ですか、と、信代さんの冷静な声がひゞいてくると、さういふ場合の婦人の冷静な反問を全然予期することのなかつた彼は、それだけで、もう、ふるへてしまつた。用件はお目にかゝつた上で申上げたいのですが、と言へば、御用件が分らなければ、御申出のやうな会見に応じるわけには参りません、といふ、益々静かな返事である。青山はやにはに全身に汗がしたゝり、無我夢中のうちに、それは、あなたの音楽のことに就てゞす。オ・ン・ガ・クのことです、と叫んだ。叫んだあとには、しばし耳もきこえないぐらゐであつたが、信代さんは、まるでそれを知りつくしてゐるやうに、彼の混乱がやゝ鎮まるころになつて、それでは私の家へ御足労下さい、といふ静かな声が、しみとほるやうに流れてきた。

青山は、信代さんの音楽上の才能に就ては、かなり疑問をもつてゐた。パトロン次第で一流の唄ひ女になれるといふが、誰でもみんななれるといふ筈がない。やつぱり、その人の素質といふものが、相当ものを言ふに極《きま》つてゐる。雪子さんは、忽ち信代さんが第一流の唄ひ女になるかのやうに言ふけれども、青山の生得チャッカリした勘によれば、二流の唄ひ女になればいゝ方で、うまくいつても、三流ぐらゐが関の山ではあるまいかといふ予想であつた。

然し、三流でも結構である。彼にとつては、信代さんの音楽よりも、信代さん自体が目的であるし、又、唄ひ女のパトロンといふ妙に蠱惑《こわく》的な生活がたまらなかつた。三流よりは一流のパトロン生活が一さう蠱惑的には相違ないが、三流でも我慢のできない筈はない。それに、だいゝち、三流の唄ひ女なら一流の三分の一、あるひは五分の一ぐらゐしか金がいらない筈である。

青山は、約束によつて、信代さんを訪ねて行くと、挨拶もそこ〳〵に、最も事務的に、パトロンの件を申出た。彼のやうな臆病者が、恋の告白の代りに、同じ意味のことを、パトロン云々といふやうな事務的な言葉で表現できるといふことは、実際、助かることだつた。信代さんの前では、なぜか圧倒されて、顔を見ることもできにくい青山だつたが、用件が事務的なことであれば、用件次第で、態度をきりかへることは容易であつた。その代り、彼の態度は事務一方になつてしまつて、妙齢の娘を訪ねた男の態度としては、馬鹿々々しいほど乾きすぎたものであつた。

信代さんは、突拍子もない申出に呆気にとられて、まつたく、返事ができなかつた。すると、この奇妙な事務家は、信代さんの沈黙が解せないらしい面持で、沈黙の意味するところを最も細心にさぐるかのやうに、いつまでもジロ〳〵と視つめるのだつた。

「私のパトロンになつて、どうなさるおつもりですか」信代さんは苛立たしげであつた。不思議な事務家の真意が解せないからであつた。「私がお願ひしたのでもないのに、どうして、そのやうな御申出をなさるのでせう。私には、私の意志もあれば、私の希望してゐる生き方もあります。それだのに、あなたは、まるで、あなた自身が私の意志であるやうな申出をなさいます。それで、あなたは、私の未来を、どうなさるおつもりですか」

「僕はたゞ、あなたが日本一流の声楽家となるために、御役に立ちたいと思つてゐます。そのために金が必要であれば、それを僕がだしたいのです。あなたが一流の声楽家となるためには、誰かしら、そのやうな人が必要であると伺つて、僕がそれに応じたのです。僕は、あなたが、快く承諾して下さるものだと考へてゐました」

「私の未来に、どれだけの金額を予定してゐらつしやいますか」

「そのことです」彼の顔は輝いた。「僕は、その道のことに就ては、まつたく知識をもつてゐません。それで、そのことに就て、あなたの御意見を伺つて、細目に就て、とりきめておきたいと思つたのです」

「もう、たくさんです」と、信代さんは笑ひだしてしまつた。「御親切はありがたく存じますが、私も、まだ、私の生涯を茶番にするほど、ヤケな決心はついてゐません。どうぞ、おひきとり下さいませ」

　第一回目の商談は奇妙奇天烈なものであつたが、青山は、それほど落胆もしなかつた。利巧な女といふものは、男の切りだした商談にすぐさま乗気を見せるほど、たしなみのないものではない。すぐれた娼婦を口説き落すには、時間といふものが必要である。利巧な娼婦は、常に適当な時機を考へてゐるものであるが、それはたゞ、からだを高価に売るための本能にすぎないものだと呑みこんでゐた。

　翌日から、彼は信代さんのゐる場所を探して歩いた。一日のうちに三度ぐらゐも雪子さんの部屋をのぞきにやつて来たのは、その頃のことであつた。さうして、たうとう摑まへると、信代さんの帰り道を、無理無体に送つて行つた。そのうへ、人通りのすくない公園の道を歩くことを、強要にちかい態度で主張した。

「あなたは、多分、音楽家の内情や生活に就て、僕があまり無智なので、お笑ひなのだと思ひますが、今、無智であるからといつて、今後、あなたに尽す方法が、わからずやの遣り方と同じ物だとは限りません。あなたが教へて下さることを、僕は、正確に、実行するつもりです。あなたが、一流の声楽家になるためには、どのやうな手順が必要なのですか。さうして、そのうちで、僕が御助力できることは、どの部分なのですか。それをおきゝできれば、僕は、これから、すぐにでも、あなたの御満足のいくやうに取はからふつもりです」

「あなたの御申出は分つてゐます。けれども、なぜでせう。あなたは私の素質に就てすら、何ひとつ、御存知ない筈ですもの。常識をわきまへた女が、そのやうな、筋の分らない援助を受けることができるものでせうか」

「如何にも、仰せの通りなのです。僕は、あなたの素質に就ては、知りません。けれども、僕は、あなたを後援することが必要なのです。御分りではありませんか。僕は、あなたが、好きなのです。あなたは、僕の生活の、全部のものです」

青山の切りだし方が冷静だつたので、信代さんは、しばらく、考へることがなかつた。

「でも、あなたには、可愛らしい奥さんが、おありではありませんか」

「そのやうに意地悪く仰有《おつしや》るものではありません。妻もある男が、あなたのあと追かけ廻して、このやうなことを言ひだす以上、その思ひが普通のものではないことが、お分りではありませんか」

「では、あなたは、音楽を餌に、私のからだを買つてくださるつもり」

「さういふ表現を、あなたが特にお好きなのでしたら、如何にも、その通りだと、御答へ致すほかはありません。けれども、僕は、あなたの芸術を、決して尊敬致さないわけはないのですよ……」

青山の言葉がまだつゞいてゐるうちに、信代さんは、突然、ヒラリと身をひるがへして、駈けだした。芝生の上を横切り、たちまち、木のまをくゞりぬけて、叫ばなければ言葉のきこえないぐらゐ離れてから、ふりかへつて、

「さよなら！　ごきげんよう！」

手をふつた。

さうして、走つて、木立の陰へ消えてしまつた。

然し、青山は、駈け去る信代さんの後姿を、むしろ、希望と自信をもつて、見送つた。拒

否ではない。許諾に近づいてゐるのである。自分のものになる日が近づいたといふ希望であつた。かうするたびに、あのからだが、みすく高価なものにせりあがるのは忌々《いまいま》しいが、それだつて、いざとなれば、女の思ふ壺にはまるものかと考へた。

数日間、信代さんの消息がなかつた。青山は、信代さんの自宅に電話をかけ、雪子さんや心当りを探し歩いたが、徒労であつた。

すると、ある朝、信代さんから電話がかゝつてきた。この町から五里ほど離れ、鉄道の乗換に当る小さな町の駅からで、そこまで来てくれ、と言ふのであつた。青山は、さつそく、でかけた。

信代さんは、小さな鞄をぶらさげて、旅行の身支度であつた。

「私は数日考へたのですけど、決心がつきました。私は四五日東京で、新らしい出発の用意をとゝのへてくるつもりです。あなたを、東京で、お待ちします。私の宿は、東陽ホテルです。そこで、お目にかゝつたとき、私達の今後のことを御相談致しませう。けれども、パトロンといふものは、恋人よりも、もつと、秘密であることをお忘れ下さいますな。私のパトロンにおなりのことを、あなたの一番親しいお友達にすら明かさない約束でなければ、私は、厭でございます」

青山は、信代さんの乞ひによつて、いつたん町へ引返し、三千円の金をとつて戻つてきて、信代さんに手渡した。信代さんは、頸《くび》から銀の十字架をはづして、これは変らない誠実のしるしです、と言つて、青山の手に握らせた。青山は、あとから上京することを約束して、農夫や行商人達の目すら怖れ、プラットフォームまで見送ることすら拒まれて、あつけなく、信代さんの後姿に別《わかれ》をつげた。

この頃から、青山夫妻の愛情は、すでに、まつたく破綻した。けれども、私は、今こそ、これらのことに就て語ることができるけれども、当時は、青山のこれらの行状に就ては、まつたく知るところがなかつたのである。それゆゑ、千鶴子さんの一片の理性もない狂乱ぶりを見るにつけても、あの人の頭の悪さや我まゝに相応した苦々しい泥臭さだと考へて、苦笑しながら、花瓶のカケラを拾ひ集めてゐたのであつたが、あの愚鈍な青山が、恋の道にかけては、私など想像すらもできないやうな神速果敢な実行力をもつことを、微塵も気付かなかつたのは、我ことながら、悲惨といふより外にない。然し、如上のことは、これから後に行はれた多くのことに比べれば、とるにも足らぬことであつた。

信代さんを見送つた翌日、そのあとを追ふて、青山は上京した。

東陽ホテルへついてみると、すでに、彼のために一室が予約されてをり、信代さんの置手紙が、彼の上京を待つてゐた。音楽の先生が名古屋へ旅行中のために、その地へ急行するが、所用を果して、すぐ帰る、といふ意味のことが書いてあつた。

夕方、蒲郡《がまごおり》の信代さんから、電話がかゝつてきた。約束を違へずに、ほんとに、よく、上京して下さいましたわね。信代さんの声は、なつかしさに、あふれてゐた。先生がこんなところにゐらつしやるのですもの、休むひまもなく、旅行から旅行でせう。疲れきつて、ぼんやりしてゐる程ですのよ。あなたは、夜行で、お疲れでしたでせう。よく、ねむれましたか。おひとりで、退屈なさいましたでせう。映画でも、ごらんになればよかつたのに。おひる御飯はどこで召上りまして？　あら、どこへもお出かけになりませんでしたの。あなたつたら、まるで、親にはぐれた子供のやうぢやありませんか。私は、けふ、先生から、おほめの言葉をいたゞくことが出来ました。あした、おめにかゝれるのが、たのしみです……

青山は、彼の言葉を、数へるほども言はなかつたことだけが、はつきり分つた。彼は、たゞ、うつとり、きゝほれて、むすぼれた思ひを、すべて、水に流してしまつた。彼は、夜行で、帰らうかとすら、思ひかけてゐたのであつた。

翌朝早く電話がきて、再び名古屋へでゝ用をたす必要ができたので、帰京が夜おそくなるかも知れないが、ねむらずに待つてゐてくれ、といふ知らせであつた。然し、夜更けの十二時頃に、又、電話がきて、名古屋の用がおくれたので、やうやく熱海まで辿りつくことができたが、最終の汽車が小田原止りで、東京へ連絡することができないから、今夜は熱海に泊つて、明朝早く帰る、私は、もう、疲労のために痩せてしまつた、と、信代さんの声は心細げで、苛々した神経が、青山の耳にもからみつくやうであつた。

青山は、又かと思つて、不愉快だつたが、翌朝、彼の予定してゐた時間よりも遥かに早く、信代さんは飛びこんできた。その一陣の風のやうな出現に会ふと、青山はすべてを忘れて爽快を感じ、買物に、劇場に、展覧会に、夢のやうな二日を過した。然し、三日目は、もう、別れの日であつた。信代さんは、先生と大坂で会ふために、でかけなければならないのだつた。

「このホテルで、思ひついたとき、いつでも、あなたにお会ひできるやうに、一室を借りきつておいて下さい。私達は、時々、上京して、こゝで、お会ひ致しませう。ふるさとの町や、温泉宿や、知らない旅先で泊り歩くのは、私は、いやです。この部屋は、誰に知らせても、いけません。二人だけの、大切な、秘密の部屋です。たとへ、小さくとも、私達の手足のやうに、何物にもまして、この部屋を愛しませう」

様々な調度によつて、小さな部屋は飾られた。飾り終へた日は、もう、別れの日であつた。信代さんは大坂へたち、青山は、翌日、ふるさとの町へ舞ひ戻つた。

話はすこし前後するかも知れないが、私には忘れられない出来事があつた。

ある日、雪子さんが私を呼びよせて、ひとつの包み物を私に渡して、これを大河原さんに届けてくれるやうに。返事があるかも知れないが、さうしたら、それを受取つて来て欲しい、と言ふ。私が心得て、さつそく立去らうとすると、雪子さんは呼びとめ、大河原のお嬢さんではありません。大河原東吉さん、御主人にお届けするのです。——私は、心に受けた衝撃を、不覚にも、面に表した。大河原東吉。この名前と、この人とが、口さがない人々によつて、どのやうに組合されてゐるか。そして、又、それゆゑ、この名前を私が怖れてゐることを、この人は知らないのであらうか。だが、この人の犯すべからざる挙動のうちには、私が読みうるやうな、最も小さな変化すらなかつた。

この小さな都会で、人々が、なにか、魔物めく力を考へてゐる怪物、大河原東吉といふ人を、私が始めて見たのは、この日のことであつた。私は包み物を取次の人に渡して、返事を待つてゐた。かなり長い時間の後に、取次の人が現れて、主人が会はれるさうだから、あがるように、と言つた。さうして、思ひもよらぬ大河原東吉の前へ、私は連れて行かれたのである。

暗い、長い、曲りくねつた廊下のあとで、非常に広い、豪壮な広間を横切つた。そこからは、深山のやうな庭が見えた。それから、大小様々な仏像の立ち並んだ暗い仏間を通つて、最後に私が導れたのは、思ひもよらぬ小さな、みすぼらしい部屋であつた。台所の片隅に、このやうな部屋があるのは不思議はないが、最も奥に、このやうな部屋がある。しかも、茶室といふのでもない。一間《けん》に三間の細長い矩形。床の間もなく、押入がひとつあるだけ。一隅に経机のやうな、一尺に一尺五寸ぐらゐの朱塗の小さな机がある以外には、調度といふものが一切なく、一冊の書籍すらなかつた。たゞ、壁間によごれた額がひとつあつて、支那人の手になるらしい奔放な文字で「長不堪」と書かれてゐる。長く堪へず、とは？　客が長く座に堪へがたい意味であらうか。主人が長く座に堪へがたい意味であらうか。いづれにしても、それだけが、この部屋の眼のやうで、不気味ないのちを感じさせた。

経机の前に、驚くべき巨大な頭の人物が端坐してゐた。大きな顔。色は、黒く、つやつやしてゐた。巨大な眼。大きな口。然し、からだは、小さかつた。主人も、客も、座布団がなかつた。

「坐りなさい」と、嗄《しわが》れた声で、主人は言つた。語尾がグチャ〳〵ちゞむやうな言ひ方で、坐りなせえ、ともきこえ、坐りなしやい、とも、きゝとれるやうな言葉である。さうして、毎日、うつたうしい天候だが、御一族にお変りなく、御壮健に御暮しか、といふ意味のことを、きいた。田舎の人の挨拶には、高い抑揚をつけて、歌ふやうに、長々と、このやうな言葉を述べることがある。それは雞《にわとり》の声のやうに、生きる喜びをつたへてゐるが、必ずしも、言葉の内容自体には生命がこめられてゐるとは言ひがたい。しかるに、この人は、初対面の一介の書生に向つて、時候見舞の候文《そうろうぶん》のやうなことを言ひ、それが儀礼のやうではなく、泌々《しみじみ》ときこえることに、私は先《ま》づ、一驚した。

あなたにわざ〳〵御足労願つたことは恐縮であるが、内々、おきゝしたい事柄があつて、失礼をかへりみず御呼立したものであるが、と、再び、拝啓で始まる文章のやうなことを前置したが、それは言葉として綺麗であるばかりでなく、言葉の美しさに相応した内容の真実が、再び、こゝでも、私の胸にひゞいてくる言ひ方であつた。

さて、あなたが只今私の手もとに包み物を届けて下さつた婦人、世に稀れな高貴な志操の婦人について、身辺の事情に通じたあなたに、お訊ねしたいのであるが、あの心のけだかい婦人は、現在、幸福なのであらうか、不幸なのであらうか。尊敬すべき婦人の内情に就ての質問であるから、自分は強ひて漠然としか御訊ねしないが、あなたもそれに相応して、漠然たるイエス・ノウで充分である。たゞ、確信のある一言をもつて御返事願へれば、自分は甚だ幸せである――大河原は言つた。嗄れた声は、淡々と流れ、その語られた意味以外に、私自身の想像をさしはさむ余地はまつたくなかつた。

私は彼の註文通り、最も簡単に、然し、確信をもつて、尊敬すべき婦人は、現在、最も不幸であると私は信じてゐる、と答へた。

さて、次に、お訊ねしたいのは、尊敬すべき婦人は、その不幸を癒すべき何等かの手段を持合してゐられるだらうか、或ひは、その希望があるであらうか。――現在、そのやうな希望を托すに足る何ものもないやうに見受けられる、と私は答へた。

〔未完〕

「花妖」作者の言葉

この小説は今までの新聞小説といくらか違って、場面や事件が時間的な順を追うて展開せず、心理の流れに沿うて、時間的にも前後交錯し、場面と人物も常に変転交錯しつゝ展開して行きます。

物語のかような心理的展開法は近代文学のあたりまえの型ですが、少しずつ毎日に分けて読む新聞小説では、前後の脈絡をたどるに不便ですから、余り試みられたことがなかったようです。

作者は敢て新型をてらうものではありません。この形式が物語の最も自然な展開法で、今日の我々の情意にとって最も素直な分り易いものであり、作者にとっても語り易い方法であると信ずるからであります。

幾人かの主要人物が各自独自の問題と生き方と事件をひっさげて、初めから交互に明滅変転しますから、人物と場面の変化の激しさになれるまで、初めは切り抜きでもとって読んで下されば幸じんです。

花妖

序章

1

木村修一は終戦後も防空壕に住んでゐた。法律事務所は焼け残つたが、そこには書生を住ませて、彼は焼跡の防空壕をはなれなかつた。家族の同居先に部屋の余裕はあつたが、終戦後も、防空壕から動く気持がなかつたのだ。孤独が身にしみてゐたからだ。

彼の家族は細君と二人の娘と一人の息子であつた。同居先は細君の姉の家だが、主人は死に、一人息子がゐるだけだ。洋之助といふこの息子は、修一の長女の雪子と結婚する筈になつてゐた。修一は洋之助といふ頭の悪い我儘《わがまま》な青年がきらひであつたが、どうせ負ける戦争で先の生活に見込みがないのだから、母親同志の勝手にきめた約束に文句ぬきで頷いたものだ。

ところが修一が戦災して、家族が同居する。まもなく本土決戦と号して、洋之助にも召集がきたとき、せめて婚礼だけといふことになつて、彼は急に妹の節子でなければ婚礼しないと言ひだした。二人はすでに良い仲で、雪子のみ悶々のうちに天地を恨んでゐたといふことを、二人の母親が知らずにゐたゞけのことであつた。

洋之助は小金持の一人息子の甘やかされた典型的な能なしであつた。優柔不断なくせに目下の弱者に対しては強圧的な現実家で、才気も勇気もないけれども、損得の計算だけは板についてゐる。

木琴にこり、ラヂオで放送したいのが一代の悲願だといふから、節子はそのうわさをきいて軽蔑して、姉の縁談のきまつたときは、あらあら、木琴先生が、などゝ腹をかゝへて笑つたものだ。

そのころ節子は学校の挺身隊で忙しかつた。オチャッピイの通癖で、大いに愛国調をかきたてゝ傍目《わきめ》もふらずやつてゐたのは結構だつたが、学校も焼けた、工場も焼けた、家も焼けた。そして、洋之助の家へころがりこむと、心境が変つてしまつた。

洋之助も徴用のがれに勤めてゐた会社がやられて、これを幸ひに怠けはじめる。勤めに忙しいのは雪子だけだ。彼女は父が顧問弁護士の会社へつとめて、これも徴用のがれではあつたけれども、祖国の危急に対するかなり沈静な情熱があつた。

元々洋之助が雪子を見そめたのが一時の気分で、雪子は理知的な陰気な娘だ。洋之助は雪子の容姿にちよつと目をひかれたゞけだ。

節子は姉とあべこべの陽気で遊び好きの娘であつた。頭は悪いが、社交の才気は横溢し、だから生き〱と敏感に見え、その点、雪子はその理知により、鈍感な、頭の悪い娘に見えた。

その時までは、近づく機会がなかつたゞけだ。洋之助と節子は元々似合いの一対で、木琴先生をひやかすどころか、その木琴にあはせて独唱して、センチになつたり、浮かれたり、それで一応円満な御両人であつた。洋之助の心が雪子から離れることは自然であつたが、哀れや、雪子の沈静賢明な気質を以てして、洋之助を忘れることができない。天帝の思召《おぼしめし》ほど気まぐれなものはない。

2

陰性な情熱家がある。雪子がさうであつた。恋ひこがれる雪子はだらしがなかつた。彼女には、すべてが未知の国であつた。すでに離れてゐる男の心が、分りながら、分らない。疑りながら、疑ることができないのだ。

「燃えに燃えて」なんとかといふ熱烈な恋歌を平安朝の物語から書きぬいて、雑誌にはさんで机の上に忘れてゐた。それは雪子の偽らぬ胸の思ひであり、紙の文字には胸の炎が焼きついてゐた。節子がそれを見つけた。

「燃えに燃えて――」

とある夕べの食卓で、節子が突然大声で歌うたものだ。歌ひながら、洋之助に目くばせする、我慢ができなくなつて、立上つて、顔をかくして、ふきだしながら、逃げてしまつた。洋之助はのんびり笑つてゐた。彼も亦《また》弱者の苦痛にたのしむたちであつた。

その晩、雪子の入浴中に、警報がなつた。雪子は考へこんでゐたので、警報を捉へる心意と、処置する気力を失つてゐた。

洋之助が荒々しく戸をあけた。雪子は本能的に身をよぢつた。頭上から洋之助の罵倒が吠える。雪子が必死に見上げると、灯が消されて、あとは暗闇ばかり。そして、空転する思念が残つた。立上り、防空の身支度をする心もなかつた。それでも雪子は最後の場所で男の心を疑ることができなかつた。疑り得ない自分の心をどうすることもできないのだ。

幸ひにして、この生殺しの状態は長くつゞかなかつた。洋之助に召集令がきたからだ。花嫁が節子に変る。母親たちは混乱のひますらもない。婚礼の舞台裏の演出家が、戦争といふ怪物の手に移つてゐたから。悲しみも喜びも踏みつぶして、一夜に茶番の手筈がとゝのひ、花聟は召集令に顚倒して、痴呆のやうに、狂暴、憂鬱であつた。すると新妻は目を泣きはらして、大袈裟に苦悶した。隣組の代表が出征の祝詞をのべにくると、俺はオモチャの兵隊の見世物かと花聟は寝室の扉に鍵をかけて怒鳴りたて、花嫁は良人《おっと》の胸がすでに敵弾に射ぬかれたやうに泣きふした。雪子の悲しみの如きは大暴風の片陰でわづかに立ちすくんでいる儚さであつた。

防空壕から茶番の席へひきだされた修一は、腹をかゝへて笑つた。

「なるほど、こいつは見世物だ。せゐぜゐ、やつてくれ。時間がないぜ。これほどの掛合ひ漫才に、私の酒が足りなくて、残念だ」

節子は笛の泣声をたてゝ自分の居間へ駈けこんだ。婚礼衣裳をビリ〳〵引裂き、お祝ひに貰つた花瓶を叩き割り、お父さんは二人の結婚を咒《のろ》つてゐる、と喚《わめ》き狂つた。

信子は良人の傍若無人の無礼の数々に激怒した。その一生の偽りなき経験に賭けて、良人にまさる冷血な利己主義者を、彼女は知らなかつた。

「あなたは娘の婚礼を土足で荒すつもりですか。娘の良人の出征までが、茶番ですか。家庭の、日本の、破滅まで、喜ぶ気違ひ！」

修一は目をまるくした。

「破滅だと？　誰が？　何を？　バカめ。元々、みんな茶番だ。お前さんが結婚した時からさ。俺が生れた時からさ。馬鹿々々しい」

3

修一の一人息子は白痴であつた。国民学校の六年生だ。修一は痛々しいばかりだから学校へあげるな、といふ意見であつたが、信子は金にあかしても更に上の学校へあげたいといふ不可解な意地を固執してゐた。

さる運動会の日、信子は受持の先生にねぢこんだことがある。運動会の体操になぜ時夫をださなかつたかと云ふのだ。然《しか》し、と先生は答へた。時夫さんは廻れ右の時に前へならへをするのですよ。親御さんの恥にはなつても、お為にはならないかと思つたものですから。「廻れ右の時に前へならへですつて。いゝぢやありませんか。たつた一人、堂々と。私は猿廻しの猿のやうな、飼ひならされた子供は、大きらひ。親の恥ではありませんよ。悲しんでゐる子供の心を考へてごらんになりましたか。あなたは親の先生ですか。子供の先生ですか」

修一は、このやうな信子を憎んだ。その盲愛を憎んだ。それはまさしく恥ではないか。恥を感じぬ時夫であるゆえ、恥なのだ。世間への恥ではなかつた。我身ひとりの恥、否、罪だ、罰だ、悪だ。彼は時夫を殺した夢に、否、うつゝの物思ひにすら、苦しめられた時期があつた。

信子は自分の恥をしのんでも、時夫の心を悲しませたくないといふ。なんと尤《もっと》もらしい愛情だらうか。なんと尤もらしい贋物だらうか、と修一は思ふ。自らの罪の自覚のないところでは、犠牲だの苦痛に堪へるといふこと自体が虚栄であるにすぎないものだ。

修一は時夫を殺して、と考へたものだ。その未来に嘲笑と冷遇と不幸が待つばかりの生命を殺してやるのが悪である筈はない。すると彼は、時夫を殺して、自分も死なうと考へてゐる心に気づいて、うんざりする。これ又、これぐらゐ、馬鹿げた、あさましいものはない。こゝに至つて、罪の自覚も亦、あさはかなヒロイズム、贖罪《しょくざい》の遊びにすぎない。

子供とは、何だ？

彼は子供が嫌ひであつた。特に嫌ひではなかつたが、思へば、憎い存在だつた。存在自体が饒舌なのだ。彼は無関心になりたかつた。別して、不具な、白痴の子供は。

三人の子供たちは、それぞれ容姿が美しかつた。時夫すらも、白痴どころか、上品で、利巧さうな顔付なのだ。

「なんだつて、雀か鴉《からす》が生れてきやがらなかつたのだ。俺は、子供たちが、鳥に生れてきた方が、よつぽど嬉しかつたのだ」

子供が大きくなるたびに、益々彼はさう思つた。育つにつれて、白痴がはつきり白痴の姿にとり残されて行く切なさを、彼は逆の角度から、発見した。大人になる娘達が、無気味に見え、薄気味悪くて仕方がなかつた。

そのくせ彼は、雪子と洋之助の婚約に承諾を与へた時には、数日、悲しかつたものだ。彼は子供を愛してゐたのだ。何食はぬ顔をして。彼は愛情の気違ひだつた。つまりは、孤独の気違ひであつた。

4

戦争は思ひがけない終末をつげた。

修一には色々の手違ひが分つてきた。節子と洋之助の結婚には、さのみ不満ではなかつたのに、雪子の婚約を許したことが、彼には苦痛で仕方がない。とはいへ、その婚約のために雪子が苦しむことになつたといふ自責でなしに、婚約を許したこと自体に就ての苦痛であつた。それは彼の戦争をめぐる悔恨の最大なるものであり、戦争の悔恨自体に外ならなかつた。

彼は祖国の壊滅を予期してゐたのだ。だから、すべてを投げすてた。わが子の結婚も。幸福も。ところが、こゝに、たゞ一つだけ、投げすてゝゐなかつたものがある。それは、自分の生命であつた。

彼は天日を仰ぐことにも、いさゝか面はゆくなる時がある。それは雪子の悲しみに就て思ふ時がさうだつた。洋之助が復員したら、雪子は切なからうと考へる。この防空壕へ来てもらつて、身の廻りを見て貰はふかと考へる。そのとき彼はぞッとして、いつも思はず目をとぢた。そこには彼は痛烈な孤独を見ずにゐられなかつた。

きいた風なことを言ふな。あのとき雪子をすてゝゐた心は誰の心であつたのか。お前のイノチの外《ほか》のすべてを捨てゝゐたお前は……と、彼は裁きの声をきく。なぜ、この一つが、かほどに心を苦しめるのか、自ら納得がゆかないやうな思ひもあつた。孤独になれ、孤独に。それは裁きの声ではなかつた。彼自らの妙に重たい意志だつた。

「よからう。小さな悪魔は土の下に棲んでゐるといふからな。俺がこの穴ボコで暮すのは、余生を茶化す慰みといふ奴だ」

生きる張合ひが、ひどく稀薄になつてゐた。アクビが、ひどく、似合つて見えた。

人の手前もあるから、穴ボコ暮しを切りあげてくれと信子がすゝめに来たときに、彼は大威張りで答へた。

「馬鹿を云へ。俺はもう、半分ミイラになつてゐるぞ。人間の生ぬるい退屈話が、ミイラにきいてゐられるか。俺は穴ボコの下で、土の話をきいてゐるのだ。土の独り言を」

「それで、分りますか。土の言葉が」

信子は冷然とかう反問する女であつた。

「あゝ、きこえる。墓場の下の亡者共の独り言まで。みんな一様に言つてらあ。娑婆にくらべて、静かで、いゝ、とね」

「棺桶をつくらせて、とゞけさせませう」

信子はさう言ひ残して帰つてきた。

洋之助は復員したが、もはや雪子に苦痛の翳《かげ》は見られなかつた。たまの出社に顔を見る雪子は、元気で、むしろ、快活であつた。そして、修一は驚くのだ。見るたびに、わが娘から、むせぶやうに新鮮な色気をうけるからであつた。土の中から娑婆へ出てくるせゐかなと思つたが、街で行き交ふ美女たちからは、さほどの刺戟《しげき》は受けなかつた。

すると、一日、雪子が防空壕へ訪ねてきた。そして、あつさり、言つたものだ。

「お父様。私、結婚したいのです」

「ウム。して、聟殿は？」

親父はいくらかこんがらがつた慌て方で、思はず芝居がゝりで、胸をそらした。

「井上専務です。私、専務のオメカケになります」

雪子はきつぱりと言つた。さすがの人間ミイラも、声が喉から出なくなつた。

5

井上英彦は修一の学生時代からの親友で、修一が顧問弁護士になつたのも、英彦のはからひであつた。

修一は、利得のために骨肉相食む争ひを見なれてきたから、人間の我慾の真相を見失ふことはなかつたが、たゞ一つ、男女関係に於ける人の魂の動きに就て、彼は常に未知の不安を感じてきた。

つまり利得の世界では大いに不誠実な人物が、たれの目にもかんばしからぬ女を熱愛して、純粋な情熱を捧げつくしてゐることがあるものだ。一方、信頼に足る人物が、色欲の世界に限つて、大いに不誠実な場合が多い。不誠実な場合のみなら彼にはむしろ理解がついたが、至極破廉恥な人物が異性に対する場合に限つて誠実で、その純情が何年もつゞき、予期せられた破綻のきざしも起らない。職業柄、人生の裏街道をのぞきなれた修一は、時々この事実に目をうたれ、怪しみながら納得させられ、納得しても、信じかねてゐたものだ。

損得の世界に於ける人間の姿に就ては、修一は断定に躊躇しなかつた。人は我欲の虫であると。底を割れば、必ず、さうだ。然し、色欲の世界に就ては、彼ははなはだしくその断定にひけめを覚えた。それは、色欲の世界に於ては物質的な公定価格がないのだから、物質的な差引判定になじんだわが目にその真相がとざゝれてゐるのではないか、といふ不安であつた。彼はまた、彼自身、わが半生の情鬼の姿が、あさましかつた。

英彦は世間的には誠意ある紳士であつた。今日、実業界に相当の出世をしたのも、才知のためであるよりも、誠意に対する信用で、涙もろい人情家だが、さういふ男に有りがちな耽溺質なところがない。策略も鋭角もなく、常識的な限度、節度にならされてゐる平凡無難な男であつた。平凡のほかに取柄といへば、怒ること、激することがないことだ。彼の唯一の冒険は、学生時代に芸者に惚れて夫婦になつたことだけで、そのまゝ今も夫婦であり、ほかになまめかしいうわさがあつたこともない。

英彦の家族は戦争中に疎開して、いまだに転入できず、疎開先に暮してゐた。それは浮気を正義化する何の理由にもなり得ない。

修一はわが耳を疑つた。急には納得しかねたのだ。そこで、思ひあまつたあげくに、まつたくとんま間な愚問を発した。

「へえ。オメカケになれと言はれたか」

「いゝえ。私がオメカケになりたいと言つたのよ」

まことに見上げた落付きであつた。そこで親父は始めてハッキリと混乱した。

「オメカケになる。お前さんが、か。なぜ、奥方にならないのだ」

「奥方は、あるのよ」

修一は爽快千万な娘の言葉にいさゝか顔が涼しくなつた。すると娘は、つけたした。

「私はオメカケが好き。なぜなら、オメカケの方が、お小遣ひがしぼれるものよ。さうでせう。お父様」

6

英彦は自分にも案外な勇気があるのに驚いたやうな始末であつた。なんといつても、五十五だ。娘は二十三、その親父とは三十何年前からの友達ときてゐる。ひけめを覚えるのは仕方がないが、二十台の勇気も湧いてくるのだから、恋は曲者《くせもの》とか、このへんの話であらうと、彼は若さの発見にさすがにいさゝかてれくさい。気取つてみれば、牢獄へひきたてられても怖れぬやうな気魄《きはく》であつた。

けれども、かねがねの気魄のはずみで、

「責任は、おれにあるのだ。おれに」

と、うつかり口をすべらして気取つたばかりに、修一から、何をバカな、といふ顔をされ、

眉根をよせて、何かうんざりした顔付を見せつけられたうへに、

「なに、責任？　ふん。色恋に、責任があるのかね？」

と、哲学者めいたことを言はれると、興ざめてしまつた。まつたく、この男は人間ではない。自らミイラと言ふ通りである。英彦は、自分がかねて人間らしく悩みぬいたつもりであつた。すると修一は、まるでそれを、ふん、俗悪な。世間なみなことを言ふな、といふ顔付なのだ。あげくに、

「おれに対する君の責任など、おれが知るものか。色恋は、当事者だけだ。おれがきゝたいのは、君の惚れ方だけだ。君は惚れてゐるのか。退屈してゐるのか」

ときた。修一の声は破《わ》れ鐘《がね》のやうに高くなつたが、顔付は極めて陰鬱で、ほかに表情らしいものもない。土の言葉をきいて暮してゐるといふこの先生は、まつたく、気違ひでもないが、人間でもない、妖怪じみた感じであつた。つまりミイラといふのだらう。

おかげさまで英彦はかねての不安、年がひもなく親友の娘にほれた罪悪感を奇麗さつぱり忘れた代りに、折角の悲愴な気魄の腰が折れて、いまいましかつた。それにしても、退屈とは？　英彦は笑ひだしたものだ。

「君は、僕が、なぜ、退屈すると思つてゐるのかね？」

修一はフンといふ目で英彦をにらんだが、敵意のこもつた目でもなかつた。

「その御年配で、退屈しなけりや、バカだよ、君は」

修一は吐きすてた。

英彦が気魄をこめて責任はおれになどゝ言ひだしたには理由があつた。気魄をこめて隠したい秘密があつたからである。

かういふミイラの娘だから、雪子にも異常な気質があるといふものだらう。お妾になりたいと言ひだしたのは、雪子だ。ダンスに連れて行つてと言ひだしたり、繁華な街で腕をくみ、もたれかゝつて歩きだしたり、旅行につれて行つてと言ひだしたのは、雪子であつた。彼には、まさに、責任がなかつた。

彼には然し、切ない一つの謎がある。その初夜に、雪子は臆病のみが残された処女の屍《しかばね》にすぎなかつた。そのとき、ひとこと、叫んだ。お父様！　と。それは彼に叫んだ声でもなかつたが、遠い父に祈つた声でもなかつたと英彦は思ふ。その謎が解きたいなどゝは思はなかつた。たゞ、切なさを抱きしめてゐればよかつたのだ。彼はこの世に雪子にまさる何物もはやなかつた。

7

洋之助の家には、本屋の外に、独立した隠居屋があつた。それまでは雪子の家族が住んでゐたが、彼女等が本屋に同居し、新《あらた》な家族が越してきたのは、封鎖騒ぎの直後であつた。預金以外に収入のない洋之助の新円稼ぎでもあつたが、外に、一つのわけがある。越してきたのは内科の医者だ。医者の娘は雪子の同級生であつた。

苅田芳枝といへば二三十人の大学生ぐらゐは名前を知つてゐるかも知れぬ。まだ出来たての素人劇団の女優で、たつた一つぺん出演した。目下二度目の稽古中で、発声法の練習だといつて卵を丸のみにしたやうな口を突出して庭先でうなつてゐるのを見ると、気違ひのやうだが、やゝそれ式の気まぐれな娘であつた。洋之助は、この娘が色つぽいので、一目見ると、フラ〱した。女にはだらしのないたちで、女房の前では取りつくろつてゐるが、雪子の目などは怖れなかつた。

事の起りは芳枝が切符を売りつけに雪子を訪ねてきて、洋之助にも、会つて、たのんだ。誰にでも、ながし目みたいな目付で、一人で喋りまくること、恐縮したり、悲観したり、アラ、すみません、全身の表情で、間断もなく喋つてゐる。あまりのはしたない色気の放射に呆気にとられた洋之助は、むらむらと浮気心に憑かれてしまつた。

次のとき芳枝が雪子を訪ねてきて、庭をはさんで窓と窓、目がかちあひ、挨拶されると、洋之助はもうだらしがない。招かれぬ先に自ら隠居屋へ押しかけて行つた。

それが節子の逆鱗《げきりん》にあはぬわけはなかつた。後刻の壮烈な夫婦喧嘩を目にした雪子は、胸のすく爽快感を満身にこめて立ちすくんでゐるわが姿の、その張りつめた鋭さに、かすかに驚愕の叫びをあげた。

芳枝の家は住宅に窮してゐた。八畳一間に一家族押しこめられて開業もできずに喘いでゐる。雪子たちの隠居屋を見廻して、こんなところに住めたらなアと呟いたのを、雪子は思ひだしてゐた。別人の意志がわが胸に住み、何事か考へてゐる。その意志の怒濤にのまれて押し流される焔の小さなゆらめきが、自分であるのに気付いた時も、もはや雪子は訝《いぶか》らなかつた。

これが復讐といふものか、と考へる。なんて空々しいものだらう。自分のせゐではないやうな気がする。泣きたい気持がこみあげてきたとき、彼女は然し、最も冷酷に誰かの苦しむ快感にふるへた。

「この離れを芳枝さんに貸してあげませうよ。開業できて、お喜びだわ。私達も便利ですもの。頼んであげてちやうだい」と、雪子は母を説得した。

洋之助は考へ深い顔をして、ひどく勘定高いことを言つた。目の玉の飛びでるやうな家賃は、彼の偽らぬ本心だつたが、又、女房をなだめる術《すべ》でもあつた。節子は凄い見幕で反対したが、新円の鎧《よろい》は歯が立たず、好きなんでせう、芳枝さんが、と口惜《くや》し涙を流した。

雪子は冷然と見つめてゐた。まだ、これぐらゐ、序の口。今に……。てんで興の乗らないやうな自分の心を見つめてゐた。

8

日頃は全身が色気にみちて伸縮自在に喋りまくる芳枝であつたが、舞台に立つとデクノボーで、動かなければ電信柱、動けばピントが狂ひ、全然無能で、始めは当人も劇壇の首脳部も主役のつもりが、やうやく女中をふり当てられて、ともかく舞台へ出してもらつた始末だ。その女中も当人は令嬢なみにおめかししようと意気込んで、演出家をてこずらせ、苦しがつて、首くゝりもやりかねない見幕であつた。

元々無軌道な芳枝だが、無能を自覚してからはでたらめで、男優学生をひつぱり廻して、踊り狂ひ、飲み狂ひ、男優共は鞘当て、乱闘、分裂、乱酔、時々医院が叩き起されるのは、急患の場合よりも、酔ひつぶれた芳枝の担ぎこまれてくる場合が多い。指をくはへてこれを見てゐる洋之助ではない。

けれども洋之助には新円がなかつた。その日の食事にも不足が多く、闇の煙草すらも手がでない。頼みの綱は雪子だけ、彼女の会社の人達に何がなガラクタを売つてもらふ。筍生活であつた。

洋之助が取りだしてくる品物は、めつたに買手の見当らぬガラクタばかりであつた。すると節子が、私にもよ、と取りだしてくる。これが又、輪をかけたガラクタであつた。あなた方は世間知らずでありすぎるわ、と雪子が言つても、今は売れない品物のある筈がない時世なのだ、と腹を立て、安すぎる、何割か儲けてゐるに違ひないと詰めよつてくる。

「もう、存じません。あなた方、御自分で売つてみてごらんなさい」

「なに、言つたな。キサマ、盗人《ぬすっと》猛々しいぞ」

摑みかゝる見幕になるが、雪子一人が頼みの綱の売子だから、仕方がない。洋之助のいましげな諦めの裏に、おちぶれて行く王者の苦渋の足どりが見えた。

雪子は英彦の妾たることを宣言した。嘲笑の嵐に向ひ立つことを覚悟の上で、敵意に燃えてゐたのであるが、その嘲笑は虚勢よりも無気力だつた。彼等はまるで益々彼等がおちぶれたことを思ひこんだやうだつた。

「すばらしいわね。雪子さん」

と、喜んだのは芳枝であつた。

「破天荒ね。あなたは、凄い人ね。あゝ！　大根役者は、もう、いやだ。私もお妾になつて、別荘と自動車が、買つて貰ひたい」

芳枝の顔には耽溺の疲れが現れてゐた。お喋りの合ひまに時々グッタリ放心すると、目の隈が深く黒ずみ、あゝ厭だ、生きてゐるのも、と顔が呟いてゐるやうな、沈痛な暗さがあつた。

ある日のこと、節子の不在の夜であつたが、雪子が中座したわづかな隙に、洋之助は芳枝をだきすくめた。芳枝は顔をそむけて、目をとぢて、たゞ、うるさいといふ表情だつた。突き放すのも物憂げに臂《ひじ》をすくめてゐる。あまりの物憂さに、洋之助の攻撃力がいさゝか中絶の観を呈してゐると、

「恋は左。浮気は右。私はまんなか。眠い」

芳枝は咒文のやうなことを呟いた。

9

雪子が部屋へ戻つたとき、洋之助はまだ芳枝をだきすくめてゐた。苛々《いらいら》して雪子を睨みつけたが、腕はほどかうともしない。彼は雪子を女中ほども怖れなかつたが、雪子を見ると、片意地に、中絶してゐた攻撃力をとりもどしたほどであつた。彼は腕をほぐす時機を逸して、やけであつた。

彼は芳枝のものうさに閉口してゐた。応じるか、逃げるか、二つの外に、こんな手応へのない型があるとは意外だから、判断に迷つた。うるさげに顔をそむけて、目をとぢてゐる。その額に髪の毛の捲き毛の束が三四本たれて揺れてゐる。彼の腕をとりのけやうと掌はかけてゐるのだが、その掌に力のこもる様子もない。攻勢の都度、ぬらりくらりと、ものうく避けて、からだが反つて行くだけである。いまいましさと、癇癪の外に、彼まで、時々、ねむた

くなつた。

雪子は飛びのき、身を隠して、立ちすくんだが、無意識に階段を駈け降りて、洗面所まで逃げてきた。かすかな叫びをもらしたことを思ひだした。洗面器に、水をみたしてゐた。その水に、手を入れてゐた。そして思考が意識の上に戻つてきた。水の冷めたさの中からのやうに。

意志したことが、今、行はれてゐるのである。無感動。むしろ、寂寥に似た苦痛があつた。芳枝に嫉妬してゐるやうだつた。唐突に、雪子は堅くなつた。猛獣の忿怒《ふんぬ》にまさる目ざましい意志がわき起つてゐた。洋之助への憎しみがこのとき始めて分つたから。雪子は再び無意識であつた。一直線に、部屋へ戻つた。

まだ洋之助は芳枝をだきすくめてゐた。雪子は彼の顔の前に突ッ立つた。洋之助は歯をむきだして、怒つた。「行かないか。あつちへ。山だし女め！　見るべからざることの区別が分らないか」

すると芳枝が腕の中からクツ〳〵笑ひだした。

「見てもよいことよ、雪子さん。よく見てちやうだい。いくらかは真に迫つてゐるでせう、舞台よりはね。そこで、観覧税。ごめんどうさまでも、お茶を取つてちやうだいな。そのテーブルの上の、冷めたいお茶」

雪子は茶碗を差出した。

「私ぢやないのよ」

芳枝は洋之助の腕の中から、押しのけて離れながら、

「召しあがれ。わが君。お時間がきました」

芳枝は自分の元の椅子に腰を下した。まるで窓際に景色を眺めて戻つてきたかのやうに。髪をかきあげて、目をとぢた。陰鬱きはまる顔であつた。絶望と悔恨のみの七十老婆の面が重なりあつてゐるやうだつた。

「海鳴《うみなり》がきこえてくる。私は立ちすくむ」

芳枝の声は暗らかつた。

「これは、私たちの、次のお芝居の、幕切れ」

唐突にあらゆる媚《こび》が全身に溢れた。あらゆる色気をながし目にこめて、芳枝は洋之助に小腰をかゞめた。

「おかけ遊ばせ。あなた」

10

節子の帰宅と入れちがひに、芳枝はいとまを告げた。

雪子が寝支度をとゝのへてゐると、物凄い見幕の洋之助が乗りこんできた。彼は家族の思

惑は顧慮しなかつた。怒りに逆上しすぎてもゐたが、雪子をなめてもゐたのである。

彼は雪子をぶちのめして、死のお隣まで、絞めあげてやる覚悟であつた。

雪子は寝台の廻りを逃げた。洋之助は花瓶を投げた。雪子の額を掠めて、壁に当つて、飛散した。額を掠めた風圧の追想は、花瓶が砕けて飛びちつたとき、雪子の全身の血の気をひいた。雪子は目がくらみ、ふらつく足を踏みしめて、喪失をこらへた。そして、喪失をこらへつゝ、空しく焦りつゞけてゐたが、左右からくる殴打にゆれて、だん〳〵痛さが分つてきた。

襟首を鷲づかみにされて、突きのめされ、引きもどされ、ふりまはされ、そのあげくにも、七ツ八ツ、殴られた。太い片腕が頤《あご》をえぐり、又、唐突に顔を突きあげて、頸《くび》にくひこむ。洋之助は左の腕で絞めながら、右の腕で間断なく雪子の頭をなぐりつゞけた。この強慾な攻撃法は綜合的に効果を殺《そ》いでゐるものだから、絞め殺されずにすんだやうなものであつた。

人々がとめにはいると、洋之助は右手でそれを払ひのけながら、雪子を頸でぶらさげて、後へ、後へ、退いた。ぐらぐらする腰の重さと、床板をひきずる足の重さと、別々の他人の身体《からだ》のやうだつた。

絞めてゐた腕が離れた。雪子は床板にうづくまり、母がその背を支へてゐた。

雪子は立上つた。誰の問ひにも答へなかつた。寝室へもどると、鍵をかけて、寝床へ倒れた。

雪子は殴られた頬をなで、絞められた頸を押へた。それは気付くとまだ痛かつたが、痛さをはかつてゐるのではなかつた。雪子は目をみはり、放心してゐた。頸にまきつく大きな腕の山のやうな力に就て、すべての思ひが吸はれてゐた。それはあの人の外の誰にもない力であつた。ただ、あの腕にあるだけの。

洋之助の胴は太くて長い胴であつた。胴にくらべて足は短い感じであつたが、それが和服に良く似合ふ。大きな逞しい身体であつた。雪子は小柄ではなかつたが、あの男の腕の中では、小雀のやうなものであつた。頸をまかれて、ひきづられて、砂利道をガタつく馬力のやうな身体の弾みを考へる。今、ゆれてゐる。喘いでゐる。苦痛。死の火の絶巓《ぜってん》へ悶へて行くあの何か最後のひとつ。

雪子は我にかへつて、かすかな叫びを押へてゐた。起き上らうとして、起きる力がなかつた。今、夢みてゐたものは何だつたらう？　苦悶であつたか。絶望であつたか。そして、同時に、快感ではなかつたらうか。

雪子はのろ〳〵起き上つた。ネマキをぬいで、洋装した。鏡に向つた。行かなければならなかつた。鏡の顔にも意志があつた。私はあの人のものだから、オメカケだから、と。愛してゐる。あの人を。あの人も、私を。

涙が流れた。

11

雪子が英彦のアパートへ駈けこんだのは十一時に近かつた。下車した駅からしばらく焼跡を通らなければならないので、小走りになり、アパートの近くでは駈けだした。

英彦は寝床の中で本を読んでゐたが、

「どうしたの？　顔色が悪い。ひどい動悸ぢやないか」

その驚きといたはりは愚かなほど善良であつた。こんな善良な老人でも細君をだましてゐるのが信じられないやうだつた。枕元にふせてある読みかけの本の上に老眼鏡がおかれてゐる。汚い生き物のやうだつた。老いの身のけがらはしさ。見るに堪へぬ思ひがした。

「闇の女にまちがへられて、よびとめられたのよ。逃げてきたのよ」

雪子は口から出まかせに喋つた。

「手首のこゝを摑まへられるところだつたわ。闇の女になればよかつた。私、もう、生きてゐたくもないのよ」

雪子は英彦に差出してみせた手首に、それを摑むガッシリした男の大きな手の力を感じて、ふるへた。あの大きな手。雪子は部屋を見廻した。この部屋には数日前まで、疎開先から上京した老妻が三日間ほど滞在してゐた筈であつた。雪子は老妻の匂ひをさがした。どこかに、何かゞ泌《し》みついてゐる。汚い物、見るに堪へない何物かが。雪子は意地悪く目を光らせた。

「ヤケを起してはいけませんよ。どうしたの？　何かあつたの？」

「あれを見せて。ほら、あの写真。奥様と、学生時代の——」

「少し横になりなさい。頭を休めて」

「よくつてよ。知つてますから」

雪子は鬼になる自分が分つた。しつこい鬼。立上つて、机のヒキダシをさがした。英彦のたゞ一枚の記念の写真であつた。うしろに日本アルプスが見える。老妻は松本の芸者であつた。若い頃の英彦は登山が好きであつた。然し、やがて、登山のためでなしに、アルプスの麓へ走る汽車に乗る身になつてゐた。

雪子は写真を見つけだした。そして、見た。顔色が変つた。もうダメだつた。ビリ〳〵と写真をさいた。二つに。四つに。八つに。

なんてことをする鬼だらう。鬼の手。むごたらしいことを。雪子は絶望した。さつき鏡に向つて毛をかきあげてゐたとき、それからこゝへ急ぐ道々、雪子の心に鬼は住んでゐなかつた筈だ。英彦の胸に泣きふし、泣き消えてしまいたいとは思つてゐたが。

鬼はさかれた写真を投げすてゝ、威丈高に突ッ立つてゐた。

「憎いでせう。私が。殺しなさいな。私を。クビをしめて。ほら、このクビ」

雪子は両手に自分のクビの根を押へて、英彦の前へ坐つた。大きな腕がこのクビをしめたのだ。アゴをつきあげて。英彦もかなりの大男だつた。ふとつてもゐた。然し、英彦の腹も、腕も、皮がたるんでゐるのだ。

「クビをしめてと言ふのに。しめ殺して！」

絶叫がしゞまを斬つた。雪子の耳にも、風圧にまかれて、木魂《こだま》してきた。

「僕が悪いのだ。あなたに、すまない」

英彦の老いの目はしばたゝき頓狂なほど単純な苦悶と悲哀にとざゝれてゐた。雪子の腹のあたりから筒の如くに突きあげてくる叫びがあつた。

「嘘つき！　ろくでなし！」

12

節子はわけが分らなかつた。なぜ良人が姉のクビをしめなければならなかつたか。芳枝が遊びに来てゐたことだけ分つてゐた。芳枝を訪ねて、きいてみると、芳枝は呆れて、

「あらあら、殺人未遂ね。雪子さん、御災難。あなたの旦那様、捕虜収容所の守備兵なら、巣鴨行きだつたわね。なぜ、そんなことをするのでせう」

「あなた、御心当り、ありません？」

「私が知る筈がないぢやありませんか。たぶん、夫婦喧嘩でせう。昔、さうなんださうです

から。あゝ、さうか。イイナズケ喧嘩」

芳枝はそらとぼけて、意地の悪いひやかし方をした。それは節子を逆上させた。

節子は姉の立場に同情の思ひを寄せたことなどはついぞなかつた。むしろ勝者の誇りをもち、常に優越に溺れてゐた。もとより嫉妬の片鱗を心に宿す理由もなかつた。

節子が姉を対等に意識せざるを得なかつたのは、この時が始めてだ。それだけで、もはや、屈辱に堪へ得なかつた。

「思ひ知らしてやる」

雪子は四日帰らなかつた。帰宅できないといふことを、毎日、電話がつたへてきた。

雪子が帰つてきた日の食事の時であつた。節子は一同の集る席を待つてゐたのだ。

「オメカケさんは家をもたしてもらふものよ。かりそめにも大会社の重役の二号ではありませんか」

節子の攻撃は毒を含んで、高飛車だつた。

「お姉さま、出て行つて下さらない。どこかに妾宅を構へていたゞくのよ」

「あなたは何を言ふのですか」

洋之助の母は嫁を睨んだ。

「あなたの主人は雪子さんが気を失ふほどの無礼をはたらいてゐるのですよ。あなたが雪子さんに申上げる言葉は、先づお詫びの言葉ではありませんか。何事ですか。その毒々しい、思ひあがつた言ひ草は」

「いゝえ、出て行つていたゞきます」

姑の正論は節子を逆上させた。

「私はオメカケさんと同居するのはイヤです。けがらはしい。私の申してゐることが、無理ですか。オメカケさんが、正しいことですか。お母さま方。あなた。私の言葉が無理でしたら、私がこの家を立去ります」

「敗戦の日本ですよ。節子。あの焼け野原が見えないのですか。みなさん家がないのです。誰しも自分の家が欲しくて苦しみぬいてゐるのですよ。同居したくて、同居してゐる筈がないではありませんか」

信子は見かねて娘をいさめた。

「さかんに家がたつぢやありませんか。闇屋の。会社の重役なんて、大闇屋よ。オメカケを同居させとくなんて、卑怯者、大ケチよ」

「私はこの家をでゝ行きます」雪子は静かに口をきつた。「私にも、私の家があるのです。私はお父さまの防空壕に行きます」

そのとき信子が思ひがけない声で叫んだ。

「いけません！　私が、許しません！　あれがあなたの家ですつて！　父ですつて！　あのミイラが。私だけがあなたの親です」

信子の血相が変つてゐた。

13

その翌日は、雪子は会社を休んだ。

芳枝を誘ひ防空壕の父を訪ねたいと思つた。芳枝は生きたミイラを面白がり、その生活ぶりだの、容貌だの、性癖だの、思想だの、根掘り葉掘り知りたがり、世捨ぶりに大いに共鳴をよせてゐた。だから誘ふと大乗気で、躍り立つやうに、賛成した。

「母にはナイショにしてね。子供たちが父をしたふのが何より腹が立つのですから」

「痛快ね。徹底的に憎まれてるわね。非凡だなア」

然し、雪子には、そのほかに重大な目的があつた。芳枝にこのまゝ洋之助を突き放させては困るのだ。道々、雪子はきりだした。

「芳枝さん、お好み焼、知つてる？」

「えゝ、無論。お酒のませる店なら、キャバレエ、バーから、フグ料理、屋台のメチール屋まで、くゞらざる門なし、なのよ。雪子さんもオメカケともなれば、相当のものだな。御一緒にお好み焼の門をくゞつたわけね。あそこでは淑女が焼いて殿方に食べさせてあげるところね。お仲のよいところよ。私ばかりは不良だから、男の子に焼かせて、大威張りで食べてやるのよ。ビフテキなんか」

「あなた、お好み焼のマダムにならない？　そして私を女給に使つてちやうだいな。女中の役もやるわ」

「あらあら。物凄い話ね。有頂天にさせないでよ。後でガッカリするぢやありませんか。あなたは近頃魔法も使ふのね。夢を配給する美人サンタクロースか。でも、やつてみたいわね。あなたが、マダムよ。お金持だもの。旦那様がついてゐるもの。そして、私を女給に使つてちやうだい」

「えゝ、私がお金持なら、さうしたいのよ。そして、あなたに最高給で働いていたゞくわ。あなたのサービスなら大繁昌疑ひなしにきまつてゐますもの。でも、私にはお金がないのよ。私の旦那様は見かけ倒しで、新円にはとても窮屈な人ですもの。然し、あなたは、できるのよ。あなたには、お金がついてるのよ。あなたの名で、私がお金をつくることができます、きつと」

　雪子の語気の真剣さに、さすがの芳枝も、やゝ、たじたじのていであつた。

「ずいぶん凄いことを仰有《おつしや》るのね。私、案外、気が弱いのよ。雪子さん、ちかごろ、雄大になつたわねえ。まさか、身売りをさせるわけぢやないでせうね」

「えゝ、まあ、ねえ。でも、身売りかも知れないのよ。男をだまして、お金をださせるのですもの」

「アアらら。雪子さん。顔を見せて。涼しいお顔でいらつしやることねえ。私、それほど、凄くないのよ。見かけ倒しなのよ。雪子さんたら、長足の進歩だなア。いきなり、原子バクダンね」

「茶化さないで。マジメな話なのよ。ほんとに、お願ひ。私の身勝手に、あなたをダシに使ふやうですけど、私の話、マジメにきいてちやうだい」

14

雪子と英彦があひびきに行く待合があつた。そこも見渡す焼野原だ。然し、さすがに花柳地は復興が早い。三部屋か四部屋ながら、ともかく待合らしい建物が次々とできてゆく。

雪子の行く待合は、罹災の後も都落ちせず、焼跡にバラックをたてゝ住んでゐた。終戦後に本建築の待合をたてたから、今ではバラックは遊んでゐる。待合のオカミはこゝを貸して、お好み焼をやらせたい意向をもつてゐるのだ。二間《けん》に三間の、十二畳の一部屋だけ。その半分は土間だつたのを、大工がはいり、畳も敷き、借り手次第で開店できるやうに、ちやうど工事の終るところだ。

雪子は会社の事務員がいやになつてゐた。時には待合に泊つたり、諸方の飲食店などへ出入もするうちに、自分もそんな商売がしてみたいと思ふことがあつた。英彦はすでに老いてゐる。否、それよりも、誰に気兼ねもいらぬ方法で、孤独な自分の老後も保証のできる、自活の道が欲しい。

雪子はバラックを借りて、お好み焼をやつてみたいと思つた。強いて頼めば結局折れる英彦で、新円に困つてゐても、金の都合は無理のきく英彦であつた。とはいへ雪子も断行の自信はなかつた。

節子の逆上が、計画を一変させた。

芳枝にお好み焼をやらせるのだ。その資金は洋之助にださせる。

洋之助の家には骨董類はきはめて少く、カネメのものもなかつたが、たゞ一つ、雪舟の幅がある。これが奇妙にホンモノであつた。つい近頃も新円で二十五万ならといふ買手がきたこともあつたが、これだけが先祖代々の家宝だから、とことはつた。喉から手のでる新円だが、最後の頼みの財産で、株券も預金も先の知れない今日この頃、これだけは残しておかうといふ量見だつた。

極度に勘定高くて、惚れたぐらゐで、オイソレ金を貸しさうにない洋之助だが、月々払ふといへば、繁昌の見込み次第で、借りてがマダム芳枝だから、相当に意気ごむことはある筈だ。

さもなければ、洋之助に資金をださせて経営させ、マダムの芳枝も、女給の雪子も、歩合か月給の使用人にすればよい。月給の額によつては芳枝が不服であるかも知れぬ。然し、雪子はこの方をのぞんだ。洋之助がお好み焼を経営させてゐるといふ。そこのマダムは芳枝だといふ。それは節子の耳にとゞかぬといふことがない。

難を云へば、女たちの奉仕によつて、洋之助にお金がもうかることだけだつた。

「もうけさせてやることないわ。ねえ、芳枝さん。さうでせう。あなたの腕で、飜弄してやりなさいな。私は、あなたにコキ使はれるだけで、平気。好き好んでやることですもの。でも、多少は可愛がつてちやうだいな、マダム」

芳枝は雪子の顔をのぞきこんだものだ。

「大胆不敵ねえ！　あゝ、日本は変つた！」

15

さすがの芳枝も返事がしかねた。この計画の裏には雪子の恨みの一念が秘められてゐることを、芳枝はさとつてゐた。然し、たしかに魅力あることであるには相違ない。もし洋之助が資金をだしさへすれば。お好み焼のマダム。大根役者の無理な舞台のオツトメよりは、この方が退屈しのぎ、面白からう。あいたら、やめるだけ。

「まさか、あなた、洋之助さんのオメカケになれと私をキョウハクするわけぢやないでせうね。私はたいへん男好きですけど、あの人だけは、大キライ。低能型精力派ね。ホールのヨタモノだつて、まだ、チミヂテがあるわ。あら、ごめんあそばせ、雪子さん。でも、まア、人もあらうに、ねえ。タデ食ふ虫もスキズキか。あなたのやうな上品な才媛は案外な肉食動物ね。私は柄になく草食なのよ」

「ぢやア、あなたは精神型貪食派ね。私は牛飲馬食はできないのよ。芳枝さん、お願ひだから、私をお好み焼の女中に使つてちやうだい。うんと働くわ。材料の買ひだしも、生きがひがあると思ふのよ」

「夢の話はよしませう。私たち、一文のお金も持たないチンピラが、借金当ての計画たてゝ、馬鹿らしいぢやありませんか」

「いゝえ、事業は常にさうよ。借金から出発よ。芳枝さんは、私がお金をつくりさへすれば、マダムになつて下さるのね」

「いゝえ、借金のカタに縛られるのは、イヤ」

「しばられません、絶対に。あなたには、あの人を飜弄する力が具はつてゐますから」

「あら、催眠術もやるのね。凄いわ、あなた。人は、たゞ、惚れるものよ。私は、さう。惚れ主義ね。惚れられるなんて、私の趣味にあはないことよ」

芳枝はごまかした。

眼前に防空壕があらはれた。秋の枯れ草がぼうぼうとしてゐる。むかしは高台の屋敷街であつた。この焼跡の住人たちは新円には縁遠いむきだから、見はるかす、一軒のバラックの影すらもなく、徒《いたずら》に、雑草の荒れ野であつた。雑草の陰に、小さな畑もあつた。

芳枝はこんな荒廃のまゝの焼野原がまだ東京にあらうなどゝは知らなかつた。荒涼たるものである。ふりそゝぐ日光の、むなしくも、広いことよ。戦争のあの激情が、まだ、吹く風に、漂ふやうだ。

ミイラの住む防空壕は、哀れビンゼンたる、小さな、汚いものだつた。取柄はコンクリで内部をぬりかためてあることだけだ。屋根の上には昔のまゝの戦争の土がのせられて、雑草の枯れて赤ちやけた奴が、ひんまがつたり、折れたり、ねぢれたり、いりみだれて、ガサついてゐる。

「あらら」

すると芳枝は異様な人物を見つけて、雪子の手をひいて、指した。雑草の彼方に、その人物はゐる。上半身、裸だ。蹴球のボールを頭にのせて、どつこい、落さぬやうに、ウネクネしながら、ひよろついてゐる。

「お父さまア！」

雪子は叫んだ。怪人物は頭のボールを落して、ふりむいたが、やがて、ウオーッといふ、猛獣のやうな返事をした。

16

芳枝はボールを頭にのせて歩いてみたが、歩かぬうちに、落ちてしまふ。

「オヂサマは名人なのねえ。凄い芸がおありねえ。雪子さんたら、ミイラオヤヂ、ブキッチョの芸なし猿だなんて、全然お父様を誤解していらつしやるのよ。何年ぐらゐお稽古なさつたの。何十年でせう。中学坊主の時からよ。当つたでせう」

さすがのミイラも、素ッ頓狂なハイカラ娘の出現には驚いた。雪子と並んで知らない娘が近づいてくるから、シャツをきると、

「あら、いゝんですのよ。シャツなど召さなくとも。真冬も冷水浴なさるんですつてね。私も年中裸で暮してゐたいんですのよ。そのくせ、とても寒むがりでダメなんですのよ。風ばかりひいちやつて」

と、名乗りをあげないうちから、なれなれしいこと、おびただしい。

ミイラの家族は一匹の犬だけだつた。エアデルだ。

「オヂサマ。ボールの投げつこ、やりませうよ。いゝですか。とてもスピードがありますよ。体をかはしちや、卑怯よ」

「うむ。見かけによらぬ直球だ。然し、僕のお返しは、てひどいよ」

「ヘイチャラよ」

雪子も加はつてボールを投げた。三人の手から手へ、ボールはぐるぐるまはる。不健康な生活に疲れきつた芳枝の身体はつゞかなかつた。たちまち、のびて、ブッ倒れて、

「もうダメよ。もう死んぢやう。雪子さん。すみません。お水。オヂサマ、こゝのうち、水ぐらゐ、あるでせう」

「なめなさんな。今に、とびきりのコーヒーをこしらへてあげるよ」

「まア、素敵。ぜひ、たのみます。早く」

太陽の下のコーヒーはうまかつた。修一は素ッ頓狂なお喋り娘が快かつた。何十年、結びつめることとしか知らなかつた胸の重さが、この一日に、軽い。からだを、微風が、吹きとほつた。

「芳枝さん。踊らう。雪子も、踊らう」

「あらあら、オヂサマ。ダンス、おできなの。まアまア、すばらしいことばかり。まるでオヂサマは、お伽話の王様よ」

「タンゴだぜ。いさゝか、センチだ。二十年ほど以前、タンゴでやめた。同じ奴で、復活だ。一、二、三」

修一はベラボーな大声で唸りはじめた。全く音感の欠けたドラ声だつた。ダイナモの唸りに、いくらかの節廻しをつけたやうなものだ。然し、芳枝はウットリしてゐた。なんと幸福

さうな笑顔だらう。まき毛は額にたれてゐた。然し、暗さの翳はなかつた。修一の踊りはあざやかだつた。芳枝は軽かつた。男の胸と腕にまかせきつた身体。然し、心が、いつさう、まかせきられてゐる。曲は終つた。芳枝は上気して、まぶしさうだつた。

「ねえ、オヂサマ。オヂサマオヂサマ」

芳枝は気づいて、ハンケチでミイラの額をふいた。大伴奏で汗をかいたのだ。

「オヂサマ。お願ひです。私をオヂサマのオメカケにして。イノチガケ。雪子さん。オヂサマに頼んでちやうだい。あなたには分るでせう。私は死んでもオヂサマから離れない」

芳枝はミイラの胸にとびついて、顔をうづめて、泣きだした。

たくらみ

1

父の偶像は、雪子の場合、大きかつた。父はミイラであつたから。雪子は絶望したものだ。ミイラは悠揚せまらなかつた。そしてミイラは言つたものだ。

「オメカケ？　だめだめ。芳枝さん。あなたに必要なのは、あれだ。それ、あれだよ。太陽！

地上の何物も下の下だよ。まことの悲しみに価する何物もない」

何といふことを言ふのだらうか。ミイラは。あゝ、太陽！　雪子は思ひだすたびに、胸がはりさけさうだつた。壮大。すさまじい愛情だつた。太陽に寄せる愛ではなかつた。太陽といふ言葉の糸につながれた二人の男女のすさまじい愛情だつた。芳枝は男の胸に泣きぬれて、男の大きな愛情を理解してゐた。芳枝には答へる言葉も無用であつた。男は悠揚せまらなかつた。然し、男は、ミイラではなかつた。父でもなかつた。雪子は一人の愛人を見た。巨大な。非情な。絶望的な愛に溢れた……

芳枝はすべてを受けとめてゐた。芳枝は充ち足りてゐたのだ。それをめがけて殺到するものがある。苦痛だか。憎しみだか。怒りだか。雪子はわが心の醜さに呆れたものだ。然し、更に大いなる復讐を希《ねが》はずにゐられなかつた。そして雪子は思つたものだ。生きるとは、何と苦痛なものだらう、と。

「オヂサマ。毎日遊びに来ますわよ」

「あゝ、おいでなさい」

「雨の降る日もよ。太陽が穴ボコの中に隠れてゐるから」

芳枝はさう叫んで、逃げだした。雪子は笑ふこともできなかつた。

そして雪子は洋之助にお好み焼の出資の話をもちだしたとき、知らないうちに、予定した話の本筋から、いくらか、それてゐた。

「それはあの方、腹黒いから、あなたに出資させておいて、身をまかせるのはイヤだなんて、お金とそれは別だなんて言ふかも知れませんわ。女はそんな風に言ひたがるものですわ。でも、物質上のパトロンは、全てのパトロンですもの。世間がそれを認めてゐます。私がそれを認めますもの。手籠めになさらうと」

雪子はまるで暗闇の曠野《こうや》で一人で喋つてゐるやうな冷めたさを感じた。然し、ひるまなかつた。食ひ入るやうに洋之助を見つめた。

「私が責任をもつて監視しますわ。ほかの男と絶対に浮気はさせません。私が間に立つ以上、その責任は果します。あの方、見かけほどデカダンではないのよ。だつて、娘は、見かけほど自堕落では有り得ないものですもの」

洋之助はフンといふ顔付だつた。そして返事もしなかつた。

然し、数日ののち、雪子の部屋へズカ〳〵やつてきて、言つた。

「出資の前に、あはせろ。お前の行く待合でもいゝ。さうすれば、金をだす。さもなければ、いやだ」

2

雪子は数日間洋之助に返事を与へなかつた。さうすることが男の一念をかきたてることを見抜くやうになつてゐた。そして、芳枝のゐる防空壕へ遊びに行つた。それは又、最も苦痛な日々でもあつた。

廃墟とは、こゝであらう、と雪子は思つた。向ふの丘にくづれた石垣とコンクリの土台だけ白く見える。廃墟がかくも悲しみにみちたものだとは。死のやうな広さだつた。この苦痛な静寂に遊び痴れる二人は何者だらう。彼等はボールを蹴り、駈け廻り、踊つた。雪子は二人を憎悪した。

「雪子さん。旦那さま、こゝへつれてらつしやいな」

「だつて、彼は会社員」

たゞそれだけで、あの人が、又、自らの生命が、侮辱されたやうに感じられた。

「ねえ、芳枝さん。お好み焼のマダム、引受けてちやうだい。昼は、あなた、こゝで遊んでゐらしていゝのよ。私が一人でお店やるから。夜分だけ出勤してちやうだい。ねえ、いゝでせう」

芳枝は雪子のしつこさに、ひとゝき、悪感《おかん》を覚えた。目を疑らずにゐられなかつた。見えるものは、たしかに、妙麗の美女だ。然し、感じたものは、老婆であつた。暗闇の地上を手探りに、執念に憑かれて、這ひまはるやうな。

「洋之助さんを案内して実地見分してちやうだい。その間に、あなた、一度、見ておいてちやうだい。ねえ、いゝでせう、これから」

ともかく芳枝はついて行つた。

焼跡に、待合と芸者屋がポツポツ建つてゐる。その間に、ちやうど夜番小屋のやうなトタンぶきのバラックがある。それであつた。その筋向ふに、持主の待合があつた。

待合の主婦に会つた。

「まアまア、素人さんが。それは、それは。でも面白うござんすわ。その方が風が変つて受けますことよ。お綺麗ですこと。芸者衆も、いさゝか、そねまざるを得ませんことね」

お好み焼の道具一式心当りがあるから、世話をしてもよいといふ話であつた。

その晩、雪子は洋之助に言つた。

「お金を一応私に渡して下さらなければ。私がお預りするだけ。さもなければ信用できないのですもの。芳枝さんがさう仰有るのです。当然ですわ。さもなければ、片手落。私が仲人ですから。あひゞきは必ずお世話致します。芳枝さんも御承知です」

洋之助は再びフンといふ顔だつた。

「芳枝さんが承知なら、もう、お前のでる幕ぢやないぜ。あの人と、僕と、二人の相談だ。あした、ともかく、僕が会ふ」

「ぢや、お二人で、御相談あそばせ」

雪子はキッパリ言つた。

「お金の力なしに芳枝さんが自由になるものでしたら。芳枝さんは、あなたがお嫌ひです。大嫌ひよ。お分りになりませんか。お金の力でも、だめ。芳枝さんは、あはよくば、たゞ、お金をまきあげるつもりなのです。達人ですわ。あなたも達人でせうけれど」

3

翌日、雪子は知人に頼んで汽車の切符を手に入れた。そして、父と芳枝を旅行に誘つた。

「よからう」

思ひがけなく、ミイラは気軽に立上つた。

「あら、素敵！　驚いちやうな。あんまりスマートな御返事だもの。あゝ、さうなのよ。ミイラ、ミイラつて言ふでせう。私、だまされちやつたのよ。ミイラは穴ボコからお出ましにならないものと思ひこんでゐたのだわ。にくらしい方。私が誘つてあげたのに。贋ミイラ」

陽気な旅行であつた。ミイラも明るく、そして、雪子も。自分から言ひだした旅行であるのが、雪子を陽気にさせてゐた。その裏側で、心は石の重たさであつた。

なぜ、このやうな苦しみに堪へなければならないのか。何事のために生きるのだらう。雪子は白昼に暗闇を見つめた。そして、明るい二人を心に痛罵し、足蹴にし、刺し殺した。苦悶のために放心し、たゞ、立ちすくんでゐることがあつた。二人の陽気の陰に。

旅の泊りを重ねるうちに、芳枝の魂の高さが分つてきた。芳枝と父をつなぐ魂の位の高さが。一つの同じふるさとが二人を結びつけてゐた。二人の愁ひと悲しさが重なりあつてゐるやうだつた。英彦と雪子の愁ひと悲しさは常にチグハグで、その物思ひは中心を外れた場所で交り、背を向け合つてゐるのであつた。雪子は二人に侮辱を受けてゐるやうに感じた。

「なぜ御一緒におやすみになれないの。ふん。私が別室にねてあげませうか」

雪子は時々叫びたくなつて、そしらぬ顔をしてゐた。からだが何。それが魂の恋。嘘。気取り屋。英彦はやすむ時、雪子の髪の毛をなでゝゐる癖があつた。雪子の頬に手を当てゝゐる癖があつた。老眼をしばたゝきながら、思ひつめてゐるのだか、気が抜けてゐるのだか分らぬやうな面持でボンヤリ雪子を見つめてゐる。何が見えるのだらう？　どうせ、タカが知れてゐた、彼の目のとゞく深さは。彼は平凡そのものであつた。その象徴の如くに、指の太い、節くれた、肉の厚い、農夫のやうな掌であつた。

たんと高尚になさるがいゝわ。雪子は芳枝を憎んだ。芳枝は右側に静かな寝息をたてゝゐる。父も、左側に、ねむつてゐる。英彦はイビキをかいた。この部屋の暗闇は物音がなかつた。雪子は静かさを憎んだ。

私は平凡な女なのだから、と雪子は思つた。暗闇の中で、いつも雪子の肩をだいてゐる大きな腕と広い胸があつた。あの人は寛容で、善良で、いたはりが深くて、それがいつも雪子の切なさと別な場所をさするのだから、雪子はうるさがり、苦悶のために叫びたくなる。そして雪子はすくむのだ。英彦はわけが分らない、といふ顔をする。仔象のやうな目であつた。

「私の大事な、大好きな、あなた」

そして雪子はあらゆる侮辱にたんねんに復讐したい敵意の鋭さにふるへた。

4

伊豆の峠のいたゞき。海がかゞやいてゐる。芳枝が叫んだものだ。

「こゝで死にたい。オヂサマ。いつか、死にゝきませうよ。こゝへきて」

「ウム。いつか……」

修一はしばらく黙つてゐたが、だん〳〵紅潮し、目が鋭くなつた。

「いや。いかん。死んではならぬ」

激しすぎた。芳枝は呆然とした。

「私たちは生きる。生きぬくのだ。私たちは。芳枝さん。何か、やらう。やらねばならぬ。あなたは、たしかに、死ねる人だ。私も、ミイラだよ。だから、私たちは、自分をすてゝ生きぬくことを考へよう。私はこの旅の始めから、いや、ミイラが穴ボコを脱けでた時から、小さな決意をそだてゝゐたのだ。あなたが私を慕つてくれるなどゝは、私は何といふ倖せ者だらう。私は愛に就て、始めて正しい考へ方をしたやうに思ふ。私はあなたの尊さが分つた。あなたに慕はれる私の尊さも、あなたのおかげで、分つた。私はあなたの尊さが更に全的に発揚せられることを望んだ。あなたに寄せる私の敬意と愛情が、それを望んでやまない」

修一のからだから力が溢れでるやうだつた。

「私たちは生きぬくのだ。私はあなたに、たゞ一言、命令する。死んではならぬ。私たちは、何か、やらう。何かに、すべてを捧げやう。持てる全てを。いゝですか。芳枝さん。愛は無限だと私は信じた。私たちが敬慕し合ふことを、私たちの外の世界で表はすことが、愛の正しい姿だ、とね。私はあなたから学んだことを、あなたにお返しゝてゐるだけだ。あなたの魂は偉大です。人の苦しみに、悲しみに、あなたの全てをさゝげなさい。私も、さうする。私のさゝやかな生涯を。私はもうミイラではない。私はあなたを熱愛してゐる人間だ」

芳枝は蒼ざめて、動かなかつた。

「私はあなたを知つてゐる。あなたの本心を知つてゐる。あなたの魂は最も美しく最も偉大なものを見てゐるはずだ。あなたは捨てゝゐる。あなたは今、死ぬこともできる。だから又、あなたの魂は自らを捧げることを望んでゐるはずなのだ。あなたには悲願がある。立ち上れ。やれ。がんばれ」

「えゝ、やる。あゝ」

芳枝はふるへた。

「教へて下さい。オヂサマ。私はやります。どんなことでも」

「さう。癩病人の看護でも。闇屋でも。あなたの肩にリュックが食ひこみ、あなたは喘ぐ。千円で仕入れた食物を、人に売るのだ、たゞで。あなたの得るものは、常に、失ふことだけだ。汗も失ふ。若さも失ふ」

「えゝ、えゝ」

芳枝は感動のために、ふらふらした。

「いや、いや。私たちは考へよう。冷静に。私たちが再び東京の土を踏む日、私たちは全く別の人間だ。善意に亡びるために」

雪子はひやゝかに見てゐた。猿が人マネをする。聖者のマネまで。

5

然し、修一の心は重かつた。

防空壕で芳枝の訪れを受けるうちに、彼は漠然と考へはじめてゐた。愛情の偉大さのために、そして又、愛情を偉大ならしむるために、人々のために生きる人間でなければならぬ、と。

愛人のまごゝろが人々に捧げられる至高な姿を見出すことによつて、わが愛をみたすことでなければならぬ、と。

それは然し、屁理窟だ。彼が漠然空想してゐた多くのことは、たとへば、この焼跡へバラックをたて浮浪児を収容して芳枝と二人、すぐれた魂の成人を育てるために献身するとか、牛を飼ひ、病める人、貧しい人々に実費の牛乳を配達するとか、乳をしぼる芳枝、牛乳を車につんで焼跡を曳きつゝ唄ふ自分、牛乳を手に貧しい家々へ駆けこむ芳枝、五十五の年齢が赤面するやうなタワイもないことを考へてゐたものだ。

所詮はカラクリであらうと彼は気がついてゐる。五十五の年齢が、愛情にテレてゐるのだ。そして彼の身についた孤独な思想がテレてゐる。テレたあげくに、意味ありげに思ひつく。まことに、愛とは、愛人のまごゝろが他の人々に捧げられることを見出すことによつて、わが愛をみたすことでなければならぬ、と。そこで彼は二重にテレる。甘さといふ奴は、いくつになつても、そのまゝだな、と。

だが彼はかういふことにも気がついてゐた。わが身をすてること、献身すること、ともかくそれはわが一生の夢だつた。彼はまさしくミイラとなつて世をすてた。然し、献身はしなかつた。できないのだ。夢想にすぎず、血肉こもる思想ではなかつたから。

今、愛を得て、テレたあまりのことゝは云へ、愛を夢の踏切に思ひ暮してゐる。その切なさを、あはれんだ。まことに愛を踏切に、それを為し得ぬものかと思ふ。だがダメだ。踏切のみではダメ。充満した肉体質の思想がいる。それは影すらもなかつた。ものゝハズミとはいへ、たかゞ夢想にすぎないことを、臆面もなく、確信ありげに言ひ切つたとは。彼は羞ぢ、悔い、その重さに悩んだものだ。芳枝をあざむき、自らをあざむいてゐる。とはいへ、半白《はんぱく》の齢《よわい》を迎へて、なほ夢を追ひ、夢に生きる希ひの悲しさを憐れむ思ひは切なかつた。

芳枝は希望に燃えてゐた。だから芳枝の構想は展開し、絶え間がない。次々に新たな計画を語り、着手を急いだ。

「東京へ帰りませうよ。早く」

「いや、いや。急ぐことはない。東京を踏む日はハッキリ別の人間だ。生命に換る目的がなければならぬ」

芳枝は、嬉しいと叫び、嬉しいわと話しかける。生きて行く素晴らしさ、そして芳枝はオヂサマのおかげだと言ふ。

修一は朝ごとの目ざめに苦悶したものだ。今日こそは芳枝に詫びよう、と。然し又、思ひ返した。無理矢理にもこの夢を生きぬくことはできないのか。無理矢理にも。

6

「芳枝さん。私はやつぱりミイラなんだな。私は生きることの退屈に憑かれてゐる。愛も所詮は退屈なものであるのを知りきつてゐるのだ。私は、怖れたのだな。この愛に倦《う》むときの虚しさを、私はつまり、それほど執着したわけだらう。この愛に。このときのまの幸福にね。それをなんとか長もちさせたいといふ心の秘密が、つまり、年がひもなくこの大袈裟な希願になつたわけだらう。ふん。何ごとかに捧げるか！　私はダメだ。私は芳枝さんに詫びねばならぬ。私の退屈、私の無気力、私の虚無は死よりも重く虚しい。私は要するにミイラだつた。穴をぬけでたばかりに、青空にむせて、妖しい夢を見たやうなものだ。私が東京へ帰る日は、ミイラが穴へ戻る日さ。ダメ、ダメ。幕だ。幕を下さう」

修一は兜をぬがざるを得なかつた。人間はみじめなものだ。これほど思ひながら、行ふことができないとは。諦めるとは何と安易なことだらう。修一は咒つたものだ。

「いゝえ、オヂサマ。違ひます。なぜなら、オヂサマ、なぜなら」

芳枝の全身は奮然たる力に溢れて、かゞやいたやうに思はれた。喉の奥に無数の言葉が押しつめられて、出てこないやうだつた。

「なぜなら、オヂサマ。御覧あそばせ。私がこゝにをります。私は別の私です。生れ変つてゐるのです。オヂサマに、していたゞいたのです。オヂサマのイノチが私の中に流れてゐます。私はやります。そして、私のすることが、オヂサマのおやりになつたことでせう。さうでせう、オヂサマ」

気魄にみちた芳枝の目に、あふれでる白光があつた。

「オヂサマ。東京へ帰つたら、私を防空壕へ住まはせてちやうだいね。オヂサマはミイラのまゝでいゝのだわ。私を生んで下すつたミイラ。オヂサマは土の言葉をきくことができるのでせう。私にはミイラの心がきこえてくるのよ。私は私の力でできる小さなことを懸命にやるわ。オヂサマは心なのよ。私がオヂサマの手と足なのよ。オヂサマほど心のやさしい人はゐないわ。オヂサマは有り余るなつかしさに狂つてゐるから、何もおできにならず、ミイラになつてしまふのよ。オヂサマの心を、私がやります。イノチにかけて」

激動のために、芳枝はすくんだ。白光のあふれたつ目に、一条の涙が流れた。

修一も亦、寂寥のために、心に暗涙があふれたものだ。老いては子に教はるといふ。先づ、そんなところか。彼の胸にも少からぬ感動がこみあげてゐた。然しながら荒天の海の如くに黒ずむものが、その奥にある。きりもなく広々と。たそがれて、晴れることを忘れたものが。

「芳枝さん。及ばずながら私も心をはげましてあなたの後について行きたいと希つてはゐるがね。この暗さが、思へば、せつない。私は、然し、倖せ者なのだらう。あなたの壮大な姿に常に現実に驚く幸を与へられてゐるのだから」

幕は下りた。雪子は見た。そして芳枝を突きさした。次は茶番の二幕目。主人公、名女優。舞台、東京の焼跡。

7

雪子が東京へ戻つてきたとき、先づ伯母や母のゐる茶の間へ顔をだして、ろくに挨拶もすまさぬうちに、洋之助が居間から駈け降りてきて、いきなり両頬につゞけざまに平手打ちをくらはせた。それから廊下へひきずりだして突き放して、

「出て行け。キサマはこのうちへはもう置かぬ。男のところへ行け。こゝは淫売女の置き屋ぢやないんだ。キサマの出稼ぎのヒマヒマの溜り場ぢやないぞ」

とめてがなければ土間へ突きだしてしまふところであつた。いつたん引き分けられてやゝ落付をとりもどしてからも、雪子が手にさげてゐたミヤゲのワサビ漬に気がつくと、急にとびかゝつて、ワサビ漬をひつたくり、封の上から箱をさいて、雪子の額の上からワサビ漬を押しかぶせた。

「この時世を何と思つてゐるか。我々国民大衆は一きれの牛肉も魚の切身も食へず腹をすかしてゐるのに、淫売女が温泉を遊び歩いてゐるとは言語道断な奴め。国民大衆の敵はキサマだ」

と大袈裟なことを言つた。そして、こんな不浄なものは便所へ捨てゝこい、とミヤゲの蜜柑だのカマボコを節子に渡す。節子が捨てかねてゐると食つてかゝつて追ひ廻して、だつて

これは私達だけがいたゞいたものではないのよ、ナニ、意地の汚い、蜜柑の一つを握りしめていきなり節子の頭をぶつた。節子は憤然胸倉にむしやぶりつく始末になつて、その日の食事には洋之助だけカマボコも蜜柑も食べさせてもらへなかつた。

雪子に対する洋之助には軽蔑と憎悪があつた。さもなければ、無視があつた。雪子は常に超然と品位を持して、屈する様を見せなかつた。然し雪子の心には洋之助の一挙一動、寸言ほど鋭くひゞくものはない。雪子の心には雪子だけが知つてゐる秘密の通路と小さないくつかの袋があつた。何気なしの洋之助の寸言が袋にふれると、雪子の心は顛倒して分らなくなり、からだが一時に堅くきしむ。それがいつもアベコベに超然たる品位となつて、冷めたく対して見えるだけにすぎなかつた。

洋之助の、出て行け、といふ一喝は雪子の胸を刺しぬいてゐた。雪子がいつか、出て行きます、私にも家があります、父の防空壕に住みます、と節子に向つて叫んだのは遠い昔のことではない。

然し、もはや、その防空壕も彼女の家ではなくなつてゐた。そこに住み得る女は雪子でなしに、芳枝であつた。

その時だ。そのことに意識がふれると、あらゆる意識が消え失せてしまふ。恥だつた。身体すら搔き消え、目もくらみ、いつも何かを叫んでゐる。

然し雪子はそれとは別に鋭い意志を育てゝゐた。そして機会を狙つてゐた。あらゆる恥と戦ふために。然し自分の意志によつて何事が起るのだか、自分もハッキリ分らない。

8

十日ほど後に、機会はきた。節子と母は外出し、伯母は常会《じょうかい》にでかけてしまつた。雪子と洋之助だけが残された。

待ちかねた機会はきたけれども、それをつかんで何事をなすべきか、雪子はハッキリは知らないのだ。いはゞ雪子は制作にかゝる芸術家に似てゐた。たゞ踏切りが分つてゐる。おぼろげな何かの形はふわついてゐるが、それがどのやうに創作され、どのやうな形で完結するのか、皆目分つてゐないのだ。創造は常に何物かとの闘争であるが、雪子も亦闘争の意志の切なさに、とぎすまされた。

雪子は戦時中会社の厚生部にゐたころ、附属の病院へ連絡に行くうちに、お人好しの老医師と仲良しになつて、十服の催眠薬を貰つた。その薬は三服以上まとめて飲むと危険だといふ話で、敗戦のまさかの時にはそれを飲んで死ぬことなどを考へてゐたのであつたが眠れぬ夜に三度用ひて、今は七服残つてゐた。

あの頃は眠れぬ夜が多かつた。そして洋之助に赤紙がきて、唐突に花嫁が節子に変る。その精神の痙攣的な苦悶のさなかにも、然し雪子はこの薬を飲むことなどは考へてみた記憶がなかつた。死への門が、日々あまりに近かすぎたせゐかも知れぬ。雪子のオフィスの四周に爆弾の雨がふり、夢からさめて起上ると部屋のあらゆる窓硝子《ガラス》がなくなつてゐた。一足でると隣のビルに大穴があき、吹きちぎられた洋服がこはれた窓にひつかゝり、その中から手首のない腕がぶらさがつてゐる。すると防空頭巾につゝまれた顔全体に血がたまり、胸にたら〳〵こぼれてゐる若い娘がふらふら出てきた。雪子は思はず逃げこんで、しばらくは部屋の椅子に化石したまゝ、行き交ふ救急車のサイレンに祈りつゞけてゐたものである。

我家も燃えた。火の海を逃げ惑ふ時はともかく命さへあればと思つてゐたが、まだブスブスいぶつてゐる我家の焼跡に戻つた時は、すべての世界が失はれたやうな寂寥にぶちのめされたものである。

あの失恋の苦しみに気違ひにもならなかつた。死んでやれとも思はなかつた。死んでしまへば良かつたのだと今頃になつてふと思ふ。

そして雪子が七服の催眠薬を意識したのは、旅から帰つてこのかただつた。いつ、そして、なぜ、あれを思ひだしたのだか、考へると急にボンヤリしてしまふ。この一日中、いや三日間、いや一週間ぐらゐだらうか、変にそのことが頭にからんで、苦しみつゞけてきたやうな気がする。

なぜ、今頃になつて、そんな気になるのだか、今は死なねばならぬこともないやうな気がする。まつたく、さうだ。死ぬべき時は遠く過ぎた。今は生きぬく時だつた。さう思ふと急にぶるぶるふるへるのだ。すぐそのあとでボンヤリして沈みこんでしまふ。

雪子は急に決意して立上つた。ヒキダシから七服の薬の包みを探しだした。包を一つづつあけて薬の空びんへつめた。そしてそれを帯にはさんだ。戦ひだ。雪子は決然と扉をあけて洋之助の部屋へ向つた。

9

雪子はかねて洋之助にぶつかる時の最初の言葉を考へてゐた筈であつた。それはあの旅先の泊り泊りで、ねむられぬ夜毎の思ひに、すでにハッキリ心にきめてゐたことだ。

芳枝さんは、もう、お好み焼はやめるさうです。気まぐれな方だから、猫の目のやうに考へが変るのよ。その時つかまへなければ、すぐ通りすぎてしまふのです。あなたがあまり身勝手を仰有るから。先づから洋之助をたしなめておいて、芳枝は急に心が変つて癩病の看護婦だか保姆だかナイチンゲールのやうなことをやるさうだから当分は口説いてもムダだけれども、気まぐれなあの人のことだから長くつゞく筈はない。といふ意味のことを言ふ。

先づそこまでは文句がない。戦ひはそれからであつた。

雪子は洋之助に如何にも真心を披瀝してみせるのだ。そして洋之助と結ぶのだ。やがては彼に恋の手引きを誓ふ。彼の腹心の部下たるあかしを見せてやる。そのことを考へてゐる雪子には自信があつた。一語づゝ説得にこもる凜々たる力も分り、誠意の溢れる自分の態度も、一語ごとに説得される洋之助の心も手にとるやうであつた。

そのとき然し、雪子は常にふと口走るわが幻影を見て怯えた。口走るわが幻影のその目にこもる鬼の光に顚倒した。

「白衣の天使だか、聖女だか。神様を口説くなんて面白いわ。お出来になつて？　神様を堕落させるなんて。とても、すばらしい」

すると雪子は心のどこかで誰かの小さなはりさける悲鳴をきいたやうな気になる。そして卒倒しさうになる。けれども雪子は緊張する。そして鎌首をもたげ直して、のろのろと、めらめらと、心を燃して起上る。苦しいほどひきしまる目の切なさが分つた。

あの人も、この人も、みんな苦しめてやる。復讐してやる。誰も許してやらないのだ、と雪子はいつも言ひきかせた。あの人のことが今も好きだなんて、嘘だ。もうそんな筈はない。好きであつても、かまはないのだ。あの人こそ、ほんとに苦しめて、ひどい目にあはしてやらなければならないのだから。

雪子は毒薬を帯の間にはさんだとき、突然心が改まつた。どこかゝら閃光のやうな力がきて別人に変り、そして、もう、戦ひは勝つたやうな気がした。雪子は扉をあけて、決然と洋之助の前に進んだ。

洋之助は配給の煙草の屑をかきあつめてパイプにつめて、つめ足りなくて、もしやくしやしてゐた。雪子を見ると、椅子から飛び上るやうに血相が変つた。

「キサマ……」

とびかゝる気配に、雪子は全身の抵抗をあつめて叫んだやうに覚えてゐた。

「いゝえ、今日こそは、ダメ。私はあなたにお願ひがあります」

「キサマ、よいところへ来た。俺の方から、今、押しかけるつもりでゐたのだ。今日こそは、許さぬぞ」

雪子は叫ばねばならぬ言葉がある筈であつた。然し、だめだ。洋之助の大きな腕が、もう、雪子のアゴを突きあげて、くひこんでゐた。

10

雪子ははじめて全部の力をもつて洋之助に抵抗した。あの大きな腕や長い胴のねつとりした力のなかで、小さな自分の細いからだがこんなにネトネトと、キリもなくもがき争ひ抵抗し得ることが不思議であつた。骨も肉も知覚が失はれて、綿のやうな無力なものと激痛だけが分る時にも、どこからか怖るべき意力がわいて新しく争ひに立向ふ自分自身に驚いた。

洋之助も疲れてゐた。時々ゆるむことがあつたり、支へが散乱したやうなのろのろした短い時間があると、雪子はにはかにマッ白な曠野へ突き放されて何かに酔つてゐるやうな歓喜を感じた。一しよに悶絶すればいゝ。洋之助がへたばる時まで。それまでは、自分も。雪子は意志を自覚した。ムチのやうな強くしなやかな意志だ。その自覚に、雪子は酔つた。

然し、その時はもう腕や腰や胸にあらゆる力が失はれてゐた。もう何をしてもいゝのだと思つた。すると雪子の血が逆流した。そして雪子は洋之助の腕に力いつぱい嚙みついた。厚い肉が口いつぱいギッチリつまると、雪子はアゴに力をいれた。雪子は石で顔をなぐられたやうな気がした。洋之助は悲鳴をあげて、とびのいた。

洋之助の腕にのこされた歯型から血が滲んでゐた。痺れるやうな喜びとはこのことだらうと雪子は思つた。あの肉をなぜ食ひちぎつてやれなかつたのだらう。けれども、口の中にはまだ何かゞ残つてゐた。あの肉の味は変にあまい、そして、きなくさいやうな匂ひがする。口いつぱいに、嚙みついたあの肉の容積だけスッポリぬけた分量の何かゞつまつてゐるやうだつた。

傷をさすつて雪子を睨んだ洋之助の目に殺気がこもつた。そして、くづれた着物の襟から女の胸のふくらみを見ると、目の色が変つた。彼は狙ひをつけて飛びかゝつた。

「ハダカにしてやる。ハダカにして、吊るしてやる。キサマの腹にイレズミを入れてやる」

クビの根を押へ、襟を握つて、着物がひきさかれるやうだつた。雪子は再び嚙みついた。却々《なかなか》うまくいかなかつた。然し、いくたびか嚙みついた。ハダカを羞ぢる恐怖だけがその抵抗を持続させてゐるのではないことが分つてゐた。嚙みたいために、嚙みたいのだ。下品な自分のあさましさが分つたが、別の意志が牙をならして、むやみに空間を嚙みまはる。その歯の音も、ふりみだれる妖婆の髪の毛も、耳にきこえ、目に見えるやうに思はれた。

雪子は再び腕をのがれて起き上ることができた。机の上にカミソリがあつた。雪子はそれを握つた。近づいてくる男の腕に向つてカミソリを夢中にふつた。

「いやらしい！　きたならしい！」

別に手ごたへはなかつたのだ。然し、洋之助は何か叫んで壁際まで飛びのいてゐた。掌から血がしたゝつてゐる。深い傷ではなかつたが、かなりの血がしたゝつてゐる。

11

洋之助は臆病だつた。血を見ると顚倒して階下へ走つた。薬箱を探しだして、手当をし、ホータイでまいた。

雪子は着物のみだれをとゝのへた。火鉢にヤカンがのせてあつたが、火がないので、水だつた。雪子はそれをのんだ。

畳の上に帯の間から落ちた催眠薬のビンがあつた。それを拾ひあげて洋之助の椅子にもたれて、机の上へ、水と、薬と、カミソリをならべた。

女の顔をめつた打ちにしクビをしめあげる洋之助は、自分のカスリ傷には小犬のやうに臆病なのだ。顔色を変へて階下へ駈け下りたが、手当がすめば戻つてくる。木刀ぐらゐはぶらさげてくるかも知れぬ。そして、ほんとに殴り殺されてしまふかも知れない。殺されても、殺してもよいのだ、と雪子は思つた。雪子はしびれるぐらゐ疲れてゐた。そして、ねむたいやうな気持であつた。

然し、今日といふ日は一歩もひくことができないのだ、と雪子は思ひつゞけた。それは全く自分のものではないやうな逞しすぎる意志であつた。力にかけて争ふのだ。そして、勝つのだ。しめ殺されても、殴り殺されても、自分の争ふ力はそれとは別のところに生きつゞけてゐるやうな奇妙な確信があるやうだつた。もう明日の日はなくとも、燃えきれるものをこの一日に。そのやうな覚悟のやうに思はれた。

洋之助の戻る音がした。先づ雪子の部屋の扉をあけて、のぞいたやうだ。雪子はカミソリを握りしめて立上つた。

洋之助は出刃庖丁を握つてゐた。すると彼の身構への起らぬうちに、雪子ははりさけるやうに叫んでゐた。

「あなたが私を殺すなんて、不可能です、その前に私が私を殺してみせます。御自分の一寸に足らぬカスリ傷におのゝくあなたとは違ひます。私はあなたを軽蔑します。まづ、私の言葉をおきゝあそばせ。私はお話があつて参つたのです。御自分の一寸の傷におのゝくせに、女と見れば、話もきかず、とびかゝるなんて」

洋之助の顔にかすかな苦笑が流れた。雪子はカミソリを握りしめてゐた。そのカミソリは彼の掌にカスリ傷を負はせたが、ふりはらつた力は精一ぱいのものだつた。腕に当れば腕が、顔に当れば顔が、なかば斬りさかれたカミソリであつた。そのやうな事実の力は、洋之助の勇気をくぢく力であつた。

洋之助は急に馬鹿々々しいといふ身振りで出刃庖丁をなげすてた。

「話を言へ。きいてやる」

にはかに、又、目の色が変つた。

「おい。カラクリはよせ。キサマ、あの人をそゝのかして、企むな。あの人と俺と直接話をきめるのが、キサマ、困るのだ。詐偽師め。ふん。金が欲しけりや、欲しいと言へ。実費の手数料ぐらゐは、だしてやる。キサマ如きに金をまきあげられる俺ぢやないのだ。腹にこたへたか。話があるなら、言つてみろ。言へるなら」

12

洋之助の推量は的を外れてゐたが、彼らしく勘定高いものだつた。そして、いかにも俺は見抜いてゐるのだと笠にかゝつてきめつけてきたが、雪子は腹が立たなかつた。

雪子の心に大きな変化が起つてゐたから。洋之助が苦笑して出刃庖丁を投げすてた時、この男が始めて雪子に示した弱さが雪子の心にまき起した変化であつた。雪子の心に唐突な憐憫が起つた。悲しさが、苦悶が、起つた。その全てをまとめた感動が――そして雪子は波のやうな愛情の起伏と格闘してゐた。

雪子はわが心の小さゝに絶望もし、あはれみもした。なぜなら、洋之助さま、許して、とその心が叫んでゐたから。馬鹿な話。然し恐らく天地にそれを笑へぬ者が自分一人にすぎないことを雪子は冷く自覚した。

雪子はいとしさに胸がしめつけられた。それは馬鹿らしい彼の姿に就てゞあつた。一寸にも足らぬカミソリの傷に血相変へて人前も恥ぢず階段を逃げ降りる彼。その彼は、その寸前まで、雪子のクビをしめつけてゐた彼だつたのに。

雪子は必死の抵抗を思ひだす。あらゆる知覚が失はれ、意識すらも失はれたとき、無の中から一つの抵抗がふと湧き起る。夢の中の遊びのやうに。雪子は急にめまひがした。あの人も、あの時、疲れきつてゐたのだ。逞しい大きな腕にこもつた力が時々はりあひなく弛《ゆる》み、そして、雪子の腰に密着して押し絡んでゐるネットリした長い胴が、時々変に手応へがなく、支へが外れて宙にぶらつく肉塊のやうに感じられた。

もう一足で、全的な虚脱へ落ちこむところであつた。だが、噛んだのだ。夢中であつた。そして、斬つた。たれた血は畳に落ちたまゝだつた。肩と腕の歯型からも血が滲みでた。舌の先で、血の一微粒も探したかつた。

疲労が少しづゝ恢復《かいふく》する。するとその全てのものが肉体の幻想とその緊張の力の中にこもつてしまふ。雪子は息が苦しくなつた。それが急に鋭い返事の叫びになつた。

「あなたはバカよ」

動悸が激しく打ちだした。めまひがした。それは叫びの鋭さのためではなくて、叫びによつて通路をひろげた秘密の幻想のせゐであつた。

「だつて分るぢやありませんか。私にお金は必要ないわ。サラリーもいたゞくし、お金を下さる方もあります。お金が何よ。そんなもの。あなたは、バカよ。バカ」

「ふん。握るほど欲しくなるのが金だとさ」

「私がそんな女に見えますか。欲しいのは、あなたでせう。欲しければ、私が差し上げます。お金ぐらゐ」

「うん、くれ」

洋之助は、てれた。そして雪子の目を見ると固執して、苦笑に顔をゆがめた。

「オレは貧乏なんだ。今すぐ、金よこせ」

雪子の心は彼を軽蔑しなかつた。この男の醜さ弱さはそれが雪子の妖しい至高のものだから。怒り、軽蔑してゐるのは、睨む目と、威を張るからだと、叫びであつた。

「あなた！」

雪子の声は彼を冷く突き放してゐた。

「あなたは芳枝さんがお好きなのでせう。それで、私が、憎いのでせう」

13

雪子は言葉をつゞけた。

「芳枝さんをお好きでしたら私を憎むのはお門違ひといふものです。先づ、私の話をきいて下さらなければいけませんわ。芳枝さんと私とは仲良しです。仲良しでもないかも知れません。ともかく、友達です。だつて、女に、ほんとの仲良しなんて、ゐる筈がないのですもの。私たちは一緒に十日も旅行してあきることがないのです。一日中喋りあかして退屈を知らないのです。そのくせ内心、冷笑したり、軽蔑しながら。女同志は、そんなものですわ。けれども、あなたに対する私は、誠意が、すべてゞす。あなたは私の友達ではありません。恋人でもありません。けれども、私の、献身の対象なのです。恋人以上の、偶像なのです」

雪子は鋭利な緊張に魅せられてゐる自分が訝しくもあつた。愚かな女よとも思ふ。みじめなことよとも思つた。

然し、緊張に魅せられてゐる雪子は、すでに、戦ふ女であつた。あなたは恋人にまさる偶像ですと雪子は叫び、真実にまさる技巧の激しさに燃え狂つた。言葉自体の意味に於ては存外心の真実を語つてゐるかも知れぬ。けれども雪子を魅惑してゐる緊張が真実をのべる常の心とケタの違ふ激しさに燃え狂つてゐる。そして雪子は緊張にまたがり行手を知らぬ盲目の騎手であつた。

洋之助を説得しなければならないことが分つてゐる。恋する男を。しかも、恋の口説《くどき》でなしに。あべこべに、憎む女を愛さしめるために。然し雪子を魅惑してゐる緊張は、それらの矛盾の上側を滑つた。

「芳枝さん。もう、お好み焼は中止ですつて。今度は、癲病の看護婦だか浮浪児の保姆だか、ナイチンゲールのやうなことがなさりたいといふ話なのよ。あの方、気まぐれだから、猫の目のやうに、突拍子もなく思ひが変るのよ。その時、つかまへそこねたら、それまで。あなたは身勝手の分らずやです。一つの欲望のためには、他の欲望を犠牲にしなければならないものよ。両手に全てを握らうとして成功するのは、赤ん坊が母親におねだりしてゐる時だけよ。でも、悲観すること、ありませんわ。芳枝さんのナイチンゲール、一と月とつゞきやしないわ。ナイチンゲールだなんて、いやらしい、淫売は聖女にあこがれるものよ。あの方は浮気者よ」

雪子はにはかにこみあげた憎しみに胸がひきしまり、息がつまつた。はからずも芳枝を淫売とよんだが、その言葉は、十日ほど前、目の前にゐるこの人が、旅先から帰つてきた時、雪子に浴せかけた言葉であつた。そして、たつた今、出て行けと突きとばしたのだ。

そのときの意外きはまる悲しさ。すでに家がないといふ絶望的な発見。父の防空壕に住みうる人は、すでに雪子ではなく芳枝であつた。その魂が住むべき家を失つてゐた。

雪子はその絶望が変形した狂的な憎悪に焼かれたのだ。そして、はからずも憎しみに盲《めし》ひてもらした淫売といふ言葉にふるへた。雪子は顔をあからめた。この人だ、淫売と言つたのは。言はれたのは、自分なのだ。そして、出て行けと言はれた。もはや、家がなかつたのだ。その絶望がチラと分ると、戦意も緊張も喪失して、雪子の心は蒼ざめてしまつた。

14

洋之助は落付はらつて、きいてゐた。雪子の説得が緊張し、熱中するほど、洋之助の落付はとりもどされて、どうやら小馬鹿にしたやうな顔付になつた。彼は懐疑派とは別の意味で、自分の外には信じることの出来にくいたちであつた。

彼はたうたう苦笑した。

「それほど献身的だつたら、あの日、オレがあの人を口説いたとき、なぜ邪魔したんだ。え? いゝ加減なことを言ふな」

「嫉妬があります」

雪子は言葉の鋭さに感動して、くらくらした。

「なに、嫉妬。ふん。献身とくる。嫉妬とくる。自由自在だな。馬鹿にするな。献身なら、嫉妬ぐらゐ、どうにでも押へつけられる筈ぢやないか。子供をだますやうなことを言つて才女づらをするから、キサマは人に可愛がられることがないのだ」

「いゝえ、あなたには女の心がお分りにならないのです。女の心は悲しいものですわ。一途《いちず》に願ひつゞけてゐることのウラハラを、えてして、やりがちなものなのです。私はあなたの仰有ることはどんなことでも、死ねと仰有れば、いゝえ、嘘ではございません。死ねと仰有れば、今、この場でも、死んでしまひます。あなたが芳枝さんをお好きでしたら、どんなことでもして、思ひを遂げさせてあげたいと思ひ決してゐるのですわ。けれども、女はだしぬけに、あんなことを見せられた時には、逆上して、嫉妬せずにはゐられぬものです。なぜなら、私は――それを私に言はせるあなたはむごい方。いゝえ、お分りの筈です。私はあなたのイイナズケの思ひ出もある女です。そして私はあなたをおしたひ申してをりました。私はたゞの女です。だしぬけに、あんなことを見たときに、とりみださずにゐられたら、それこそ不思議といふものですわ」

「お前は女ぢやなくて、キツネなのだ。化かしそこねて、いつもシッポをだしてゐるから、醜悪なんだ。それほど男に惚れてゐながら、男に女をとりもつといふ、馬鹿々々しい、恋にスリ代への手品があるものか」

「いゝえ、恋は手品ですわ。所詮、かなはぬ恋でしたなら。恋しい方のお役に立ちたい一念で、どんなことでもする気になつてしまふものです。恋人の遊ぶ金を貢ぐために遊女屋に身を売る女があるといふではありませんか。おみ足が冷めたければ足袋となつても暖めて差上げたいのが女心といふものですわ。嫌はれゝば嫌はれるほど、女の思ひはつのるばかりのものですもの、お好きな方をとりもつは愚かなこと、お指図ならば、お好きな方の女中となつて、風呂もわかせば、その方の背中を流して差上げることも厭ふものでございませんのよ」

雪子の熱弁は徒労であつた。洋之助はうるさげに、すでに、てんで耳をかしてゐなかつた。然し、にはかに、気色ばんで、威厳深かげな顔付をした。

「もう、いゝ。おい。さつきの話だ。金なら、いつでも、よこすと言つたな。今、よこせ。二言は許さぬ。愚弄はされぬ。今、すぐ、だせ。オレは御承知の素寒ピンだ」

てれたところは、もう、なかつた。見くびつてをり、そして、露骨に貪慾であつた。

15

雪子は遂に徒労をさとつた。そして、はじめて、落胆した。落胆は、又、忿怒であつた。八ツ裂きにしたかつた。われとわが身を。わが心を。

雪子は洋之助に食つてかゝつた。

「お金をくれと仰有るのですか。お金のほかに、命を差上げてもよろしいのですと申上げた筈でしたのに。命よりも、お金の方がよろしいの。お安いことね。そんなに、お金が欲しいんですか。私の所持金なんて、たかゞ知れてゐますのよ。それつぽつちのお金に、れつきとした殿方が、言葉尻をとらへて脅迫なさらなければならないのですか。その女は、命まで差上げますと申してゐる女ですのよ。脅迫の必要が、なぜ、あなたにはあるのでせうか」

「よけいな言葉だ。キサマこそ、惜しいからの抗弁だ。オレは許さぬ。愚弄は許さぬ。キサマが、あげますと言つたから、オレは貰つてやると言ふ。貰つてやるのだぞ。分るか。今すぐ、もつてこい。貰つてやる」

「持つて参りますとも。そして、全部、差上げます。鐚《びた》一文、残さずに」

雪子は立上つて、わが部屋へ行つた。蟇口《がまぐち》からポケットからヒキダシから、あらゆる小銭まで、かきあつめた。千円ちかい現金があつた。

すべてはもはや終つたやうな気がした。すべてが徒労に終つたのだ。然し、一つ、残されてゐる。薬をのんで、死ぬことが。居間をでるときこんなふうになるためにあの薬を帯にはさんだのだらうか。訝しかつた。

雪子は小銭を握りしめて、息をのんだ。あの人の部屋で死ぬのだ。あの人の目の前で死ぬことだつて出来るのだ。

雪子は復讐の衝動に逆流する血のよろこびを感じた。あの人は、たぶん、千円足らずの小金で醜聞を買ふことになるだけだらう。世間はさうとるにきまつてゐる。あの人の肩や腕には血の滲んだ歯型がくひこみ、掌は斬りつけられてゐるのだから。そして、雪子の着物は、むしり裂かれてゐるのだ。あの人は警察へ呼びだされて、取調べを受けるだらう。

ところで雪子は千円足らずの小金にかへて艶聞を手に入れる。世間は何と言ふのだらう？犯されて、自殺したと言ふのだ。

雪子は激しかつたあの抵抗を思ひだして、しばらくボンヤリした。あれは恋を目的とした遊びではなかつた。然し、雪子の一生の最大の遊びであつた。最大の歓喜であつた。それにも拘《かかわ》らず、およそそれは現世に於ては百万分の一すらも恋ではなかつた。ところが、死ぬ。あの抵抗の妖しさを抱きしめて死ぬのだ。すると、人々は考へる。その争ひが逆上的な恋の争ひであつたかのやうに。

雪子は少し、笑つた。然し、人の思惑は、どうでもいゝことだ。あの抵抗をだきしめて、今、死ぬだけで、それでよかつた。すると、それが永遠のもの、自分の勝利に終るやうな気もした。

雪子は洋之助に金を渡した。

「あなたはすぐに外出して。映画でも見にでかけて下さいません？　私はしばらく一人でゐたい。あなたの気配すらも感じたくないのです。憎らしくて、たまらないのですから」

「ふん。よからう。お頼みまでもなく、さつそく御利益にあやかりたいところだからな」

と、彼は即坐に立上つた。

16

雪子は洋之助の寝具をのべた。それから、白紙の上へ催眠薬をあけた。

いつたい、本当に死ぬ気なのだか、疑つた。もはや、復讐も、あの抵抗の妖しさも、死の勝利も、空々しいものゝやうに思はれた。

雪子は椅子により、机上の催眠薬と水とカミソリをむなしく見つめた。雪子はふるへた。絶望だけが、分る。生きる目的が失はれたといふことが。

雪子は静かに考へてゐた。やがて考へてゐたことが分つてきた。家に就て、考へてゐたのだ。もはや、家がないといふことに就て洋之助は、雪子に、淫売、と怒号したのだ。そして、出て行け、と叫び、突きとばしたのだ。

もう、家がなかつた。本当に。なんといふことだらう。あの防空壕に住みうる人も芳枝だから。雪子は薬に俯伏して泣いた。そして、少しづゝ薬をなめた。やがて、薬はなくなり、ぬれた紙と、泣きぬれた雪子が取りのこされた。

この死の時に、英彦に就て思ふことの殆どない心のわけはなぜだらうと考へる。家ぐらゐ、英彦にたのめば、こしらへてくれるのだ。だが、その家は、雪子の家ではないのだらう。つまり、英彦その人が雪子の心に住む人ではないのだらう。雪子はもう考へるのが、うるさかつた。考へる値打がないのだから。

雪子はふと気がついた。洋之助の寝床で死ぬなんて、なんてあさましい考へをしたのだらう、と。この寝床はまるで何もなかつたやうに、片づけておかねばならぬ。自分の寝床で死なねばならぬ。それに着物も、美しい晴着をきよう。むしり裂かれたこんな着物は人目につかぬトランクの底へ押しこむのだ。そして、お化粧も忘れてはならぬ。

雪子は立上つた。突然、めまひがした。にはかに意識がかすんだ。雪子はしばらく彳《たたず》んだ。霞んだ意識はもどらなかつた。薬がきいてきたのだ。雪子の心は怒りに荒れた。呪《のろ》ひに狂つた。

復讐してやる。呪つてやる。みんな、死んで、苦しめてやる。そして雪子は洋之助の寝床の中へ倒れた。

然し、殆どいくばくもなく、伯母が常会から戻つてきて、息子の部屋へきて、昏酔しかける雪子を見出した。

「どうしたのよ？　雪子さん。あなたは」

「えゝ、伯母さま。私、家がなくなつたわ」

「まあ、あなた、何を仰有るのよ。この部屋にねてゐるわけは、なぜですか」

「きいてはいけないことよ。伯母様。私はもう住む家がないのだから。このお部屋、今日だけ私の家と思ひこませて。昔、私、このお部屋に住む夢を見てゐたのだわ。今日一日だけ、昔の夢に生きさせて。ゆるしてちやうだいね。伯母様」

「あなたは、まあ、なぜ、泣くのですか。洋之助は、どうしましたか」

「伯母様。私、死ぬのです。お薬のみましたの。深い意味はありませんのよ。ふと思ひついて、死ぬひとゝき、このお部屋で」

叫びと同時であつた。伯母はのめるやうに手を前方に泳がせて走りだした。雪子は遠ざかる跫音《あしおと》をはかつた。離れは医院だ。命は助かるであらう。すると安堵を踏み殺して、怒りが突きあげた。生き返つたら。今に、今に。私をこんなに苦しめた奴。みんな。目をくりぬいてやる。喉をえぐつてやる。血の中を這はせてやる。

新生

1

冬山はひつそりしてゐた。

鋸《のこぎり》をひくには急ならず緩ならず、当人の呼吸に合つた調子があり、それに乗じて単調な同じ反覆をたもつことが疲労をふせぐ方法だ。身体はすでに同一の動きをくりかへす一つの振子だ。心は別に息づいてゐる。冬山の静かさも分るし、おのづから物思ひが流れこみ、振子をよそに、自然自体の思惟のやうにのびて行く。そのうちにバリバリ音がして木が傾くから、立上つて、倒れる方向を見定めればよかつた。直径四五寸の杉の丸太を伐《き》り倒すのは、なれてみれば、楽なものだ。

修一と芳枝は旅から帰ると空地へ麦をまいた。それからこの山林へこもつたのだが、杉の丸太を伐りだして、牛小屋をつくるためだつた。杉の皮は屋根をふくに屈強なものだ。その皮をはぎ、丸太の寸法をはかつて、仕口に工夫をこらす。

この山林は修一の持ち山だつた。山林の管理をまかせてある農家に泊つて二人はキコリに通ふのだが、近所に牛を飼ふ農家があるので、芳枝は乳をしぼる扱ひ方を見習ひにでかけたり、お弁当もつくつたりする。

修一は知りあひの大工から応急の手引を受けて、あとは書物を手本に、図面をひき、木を伐りだして仕口をほどこして行くのだが、それを組みたてゝ一つの建物になる日を思ふと、大いに無邪気な亢奮《こうふん》を覚える。

それは勤労のよろこびだ。けれどもオモチャを組みたてる子供のよろこびに尚ちかい。この牛小屋に牛を飼ひ、乳をしぼり、人に実費で分かたうといふ大きな目的があるのだけれども、修一の心はその目的のためには一向に亢奮せずに、たゞ材木を組み立てる日の子供の期待があるだけだ。

牛小屋ができてしまふと、牛を飼ひたい慾や情熱もでるのだらうか。牛を飼つて自分で乳をしぼつてみると、人に飲ましてやりたいといふ気持も動いてくるのだらうか、と考へる。献身だ、没我だ、設計の人生だなどゝ、手応へもない言葉ばかりの弄《もてあそ》びで、修一は心細さが身にしみるのだ。

冬の薄日は静寂で、澄んでゐたが、杉林はいつも日陰で冷めたかつた。そこには強い落付きがあつた。こんな無限の自然のなかで、オモチャを組みたてる子供と同じ情熱でたわいもなく打ちこんでゐる自分の心の貧しさに気がつくときの怖しさ、寂しさは、ひどいものだ。それでも今は打ちこめるだけ、まだいゝのだと考へる。牛小屋がたつ。牛が飼はれる。乳をしぼつて、車をひいて、それを人々にくばつて歩く。打ちこむ何物もなく、みたされる何物もないのだ。その虚しさ、その貧しさに堪へうるであらうか。然し、ともかく、やつてみて、たしかめる以外に法がないといふことだけが分るのだ。

落葉をふんで人の近づく跫音がする。生き生きと呼びかけて近づいてくるいつもの芳枝の声がない。たぶんイタヅラでもするつもりだらう。ミリミリ音がして木が傾いた。修一は立上つて、青空をひらいてグッとかしがる梢を見上げた。地響《じひびき》と共に木は倒れた。するとうしろに沈んだ声が話しかけた。

「御精がでますことね」

信子であつた。

2

信子は落付きはらつてゐた。

「あの方は？　芳枝さんは？」

修一は倒した杉の木へ腰を下して、下から信子をジロリと見たが、返事の代りにタバコをとりだして、火をつけた。

「私は喧嘩に参つたのではありませんのよ。そんな不吉な目で睨まれては、カゼをひいてしまひさう」

信子はあたりを見廻して執念深く芳枝の姿をさがした。然し、人の気配もなかつた。

「あの方はどうしましたか。お二方、おそろひの前で、ひと言だけ、おきゝ致さねばならないことがありますのよ。どうせ埒《らち》もないことでせうけれども、ね」

修一は一服吸ひ終ると、腰をあげて、歩き去つた。そして、次の木をひきはじめた。極めてかすかな胸の騒ぎであるが、然し、ひく鋸の緩急が却々《なかなか》ツボにはまらぬ。だが、まもなく、単調な、習慣的な反覆が手応へに戻つてきた。修一は木から木へ、伐り倒しては移つた。疲れとともに熱気がからだにこもつてくる。すると、怒りも、こもつてきた。彼はタバコに火をつけて、信子の方へ歩いた。

「え？　よくもまア、退屈を知らないものだな。くたびれないものだな。高慢ちきな目と鼻のあたりへ鼻眼鏡みたいな憎しみの袋をぶらさげてさ。さぞ肩も凝るだらうよ。たまには、その鼻眼鏡みたいなものを外して、青空でも眺めないのか」

信子は返事をしなかつた。冷めたく修一を見つめつゞけた。

「ふん、よからう。鼻眼鏡も、婆さんの、大事な身だしなみといふわけだな」

修一は又ふりむいて歩き去つた。そして、伐り倒した木の枝を鋸で一つ一つひき落しはじめた。

芳枝の呼びかける声がして、それが山林をかけめぐるやうに木魂した。芳枝は駈けてくるのだ。呼びかける声が駈けてゐた。

修一は一時に身軽くなるやうだつた。呼びかけつゝ駈け寄る明るい魂と、森の日陰に身動きも言葉もなくたゞ咒ひによつて立ちつゞけてゐる魂と、その差の甚しさが、あざやかに胸にしみすぎる。そのあざやかな差によつて、彼は明るさに、めまひする。彼は幸福といふものを、今、手にとらへてゐるやうな気がした。

芳枝は信子を認めて立止つたが、歓声をあげた。

「あらあら、おばさま！」

芳枝は信子をめがけて走り寄つたが、信子はその近づかぬうちに、押しとめるやうな手つきをした。

「芳枝さま。まあまあ、あなた。私はあなたの突撃的な情熱が、実は、きらひなのですよ」

芳枝は衝突するほどの近いところで立ちどまつて、がつかりした。

「むごいことを仰有るわね。おばさまは」

「いゝえ、あなた。何がむごいものですか。お世辞がないといふだけのことですよ」

そんなことには、もう、かまつてゐられないといふやうに、信子は態度を改めた。

3

「私は日のあるうちに帰らなければなりませんから、余談はぬきに、ひとつ、質問に答へていたゞきませう。芳枝さま。私は拝見させていたゞきましたのよ。あなたのお母さま宛のお手紙をね。御立派なことね。見上げたことですわ。牛小屋をつくるのに、この山奥でキコリまでしてね。お困りの方に実費の牛乳を配達してあげなさるさうね。あなたは生き神様よ。雪子からも、あなた方お揃ひで伊豆旅行の顛末、うかゞひました」

信子は今に芳枝が窮して顔色を失ふことを予定して、言葉の効果を一語ごとにたのしむやうな意地の悪さをみなぎらせた。

「御自身の慾を殺して、世のため人のために献身なさるのですから、決心だけにしたところで、大変よ。ひと月前は踊り狂つて、酔ひ痴れて、泊り歩いてゐらしたのですものね。あなた方の高邁な精神は、私などの想像すらもつきませんのよ。ですから、教へていたゞかねばならないことが有るのです。人のため世のため。この上もないことですわね。私どもにも、それぐらゐは分るのですよ。然しですわね。御自身の最も身近かな者に誠意をつくさずに、そして、つくさねばならぬ身近かな者をさしおいて、世のため人のため、それはどこか、まちがつてやしませんか。あなたがと申上げてゐるのではありませんのよ。あなたには、御主人も、御子様もおありでないのですものね」

信子はとるにも足らぬ小娘を飜弄する愚に自らウンザリしてゐるといふ様子を示した。事実、信子は今さら小娘に嫉妬などゝとられては迷惑といふ気持であつた。長い憎しみの年月であつた。むしろ軽蔑しきつてゐた。まるで人類の苦悩をひとり背負つてゐるやうな思ひあがつた深刻づらをひけらかして、俗世の絆を厭悪するのが優越の如くに心得てゐる修一だつた。

然し信子は修一の卑小な根性を見ぬいてゐた。彼が人の苦悩と云ひ、生きることの哀愁と云ふ、たゞその野望の満たし得ざる諦めを合理化せしめるカラクリの咒文にすぎない。又、孤独と云ひ、虚無と云ふ、自ら意志して苦難に向ふ実践力を欠く故に自ら慰めるオモチャにすぎない。信子は思想といふコケオドシの衣裳《いしょう》を笑つた。

信子は修一に相対した。

「私はあなたを良人などゝは思つてをりませんよ。あなたは私が今でもあなたをそんな風に考へて怒つたり憎んだりしてゐるのだとお考への様子ですが、私の方こそ綺麗サッパリその気持はありませんとも。私は然しあなたを憎んでゐます。私に加へたあなたの無礼によつて。良人が妻に対してゞなく、人間同志としてもですよ。その無礼が分りますか。あなたは御自分一人のことしか考へたことがなかつたのです。この上もない無礼ではありませんか。だからお訊ねするのです。人のために献げるといふ御心境に就て、ね」

「違ひます、おばさま。自分のことだけ考へるのは無礼ではありませんのよ。それは神様の隣の座席の苦しみですわ」

芳枝は大きな目を見開いて叫んだ。ふらつくやうに見えるほど、せきこんでゐた。

4

芳枝の顔が紅潮した。

「赤ちやんは自分の慾しかないものでせう。おばさまは赤ちやんを憎みますか。私は憎みます。時々はね。だつて我がまゝすぎるんですもの。自分の慾しか知らないのですもの。でも、おぢさまは違ひますよ。赤ちやんではないのです。人のことも考へることができるのです。けれども、自分のことだけしか考へることができないのです。なぜなら、おぢさまは不完全だから。赤ちゃんは、完全よ。おばさまも、たぶん、完全なんだわ。だから心にもなく人のことが考へられるのでせう。おぢさまは不完全だから、自分のことだけで精一つぱい。病人で、気違ひですわ。人を愛したいくせに、愛することができないのだから。それは気違ひと同じやうに、をかしなものよ。檻の中にとぢこめられて、自分だけしか鏡にうつすことができないのですもの。愛しながら出来ないのは、愛さずに為しうるよりも立派ですのよ」

「できなければ仕方がないではありませんか。あなたのは、たゞ、言葉ですよ。ボタモチの絵が食べられないと同様に、心だけでは、つまり、無よ。無なら無でよろしいとしておきませう。私がお訊きしてゐるのは、身近かな者をさしおいて、世のため人のため。どこか、まちがつてやしませんか、といふのです」

芳枝の顔にひきしまるやうな翳が流れた。

「それが人の悲しさですわ。きつと、さうよ。おばさま。親しい者は愛し合ふか憎み合ふものですもの。親しさ故にですわ。その愛も憎しみも、銘々が銘々だけで処理する以外に仕方がない定めなのでせう。親しい者は、いつも二人だけ取り残されてゐるのだわ。あらゆる親しい人々が、常に取り残されるにきまつてゐます。誰にも見せないほんとの日記をしるすために。だから人は苦しむのです。親しむ者によつて苦しむのですわ」

芳枝は疎開の藁屋根の下で娘を生んで、そのまゝ里子にあづけてきた。だが終戦後上京の後は再び訪れたこともない。芳枝は愛情がもてないのだ。その後、再び妊娠のとき躊躇なく堕胎したが、母性愛といふものゝ自覚が益々縁遠くなるばかりであつた。愛情に就て芳枝の自覚し得ることは、愛し得るものは自分のみであること、人を愛すといふことも所詮自分のためにするにすぎない、といふことであつた。

芳枝が修一に興を惹かれた始まりといへば、彼がその細君に徹底的に憎まれてゐること、そしてそれは彼が肉親を愛することを知らないために受ける報復であるといふ事実であつた。芳枝は愛情にもたれる人を信用することができなかつた。もとより自分を特に信ずることもなかつたが、いはゞ芳枝は半分だけ自分がいやだ。芳枝にとつて、自分とは、たゞヤケなのだ。ヤケクソのかたまりのやうなものだつた。

善意に生き、善意に衰へ、善意に死ぬ。それも亦ヤケだ。そしてヤケとは、芳枝にとつて、自分だけの力によつて、そして精一杯に、生きぬくといふ意味があつた。

5

「おばさまは親しい者をさしおいて、人のために献身するのは、まちがつてゐると仰有るのね。然し私には親しい人がないからと仰有るけれども、私には三ツの子供があるのですわ。里子にだしてあるのです。父なし子よ。ヤッカイ物をすてるやうに、たゞ、生み落してきたゞけよ。母親らしい愛情なんて、その時も今も、もつたためしがないのです。親しい者なんて、死んでくれゝばいゝのよ。ほんとは私が死んぢまへばいゝのかも知れないけれども、私は生きるつもりだから、親しい者が死んでくれゝばいゝのですわ。必要以上にうるさいものは、なくなる方がいゝものなのよ。人のため世のために、なんて、おばさまは如何にも大変なことのやうに仰有いますけれど、私にしてみれば、親しい者なんか死んぢまへばいゝといふことゝ同じことなんですのよ。ともかく私としては精いつぱいですのよ。人のために働きたいのも私のほんとの願ひですわ。然し、三ツの子供に全然愛情がもてないことも私のほんとの気持なのです。その二つを結びつけて、どうかうなんて、私はてんで考へたこともないのですわ。考へることができないのです。なぜなら、私は、ヤケなんですのよ。いつとう大事な晴着をきて歩いてゐるとき泥沼の中で子供が溺れてゐるのを見かけるでせう。飛びこんで助けてしまふわ。その時はヤケなんですわ。よその子供の命と大好きな着物と私にどちらが大事かと云へば、それは着物にきまつてゐます。ですけれど、好きな物なんか無ければいゝと思ふことだつて事実なのです。そして何物が私かと云へば、私はいはゞヤケが好きといふ人間なんですのよ」

三人の言葉がとぎれたとき、修一は鋸をぶらさげて振向いた。そして、杉の木の枝を落しはじめた。

「芳枝さん。あなたは杉の木の皮をはいでくれないかね。まもなく日暮れになつてしまふ」

「えゝ」

芳枝は然し身動かなかつた。修一の身代りの義務を感じたからだ。この人は一言も喋らなかつた。そしてもう鋸をひいてゐる。それは憎い思ひもしたが、ひどくなつかしいものだつた。そしてなつかしさと偕《とも》にある幸福を身にしみる思ひがした。

信子は苦笑して芳枝を見た。

「あなたも御手伝ひあそばせな。幸福の時間は短いものよ」

信子は芳枝に目もくれず、修一の方へ歩いて行つて、その正面へまはつた。

「あなたは人を侮辱する完璧な技術家ですのね。人の真剣な質問にとりあはず、フンとも返事をくれず、のそのそ振向いて鋸をひいて、さだめし溜飲が下ることでせうよ。無言でしてやる手があるのに、ムキになつて喋りまくつてやりこめてやらうなんて、馬鹿げたことだわね。芳枝さんは馬鹿正直なんでせうよ。言ひ忘れましたが、先日雪子が服毒自殺したのです」

ミイラは鎌首をあげたが、信子はそつぽを向いて、とりあはなかつた。

6

「死んだと？　いつ？」

「殺したのは、あなたです」

信子はふいに言ひすてたが、修一はまつたくさうに違ひないといふ気がした。

「然し、命はとりとめましたよ。そして、家を出て行きましたよ」

「なぜ自殺なさつたの？　ほんとですか、おばさま」

「あひにくなことにね。なぜ自殺したか、私に分りやしませんよ。雪子は何ひとつ語らず立去つてしまつたのですから。然し雪子はウハ言を、それを自分は気付かずに、置き残して行きましたのよ。防空壕には芳枝さんが住んでゐるから。さう申したのです。そして、泣いてました。なかば眠りながら」

芳枝はつくり話をきいてゐるそらぞらしさだけ受取つた。自殺といふ事実すらも。

芳枝はいとまを告げる信子を送つて、肩を並べて森を歩くとき、押へかねた怒りをこめて言ひきらずにはゐられなかつた。

「まちがひですわ。おばさま。雪子さんの自殺は失恋よ。それがお分りでなければ、母親と娘なんて、他人以上に心のつながりがないのですわ。私は然し雪子さんが自殺なさるのが不思議なのです。信じられませんのよ。おばさま。雪子さんは生きるためにはどんなことも出来る方です。そのためには、自殺も。目に見えるやうですわ。薬をのむ時のあの方の冷めたい目の色が。自殺が事実なら、狂言ですわ。命をとりとめる精密な計算がたてゝあつたにきまつてゐます。ウハ言だなんて、雪子さんは、ウハ言の中ですらカラクリのできる人、カラクリのある人なんです」

信子の顔の血がひいた。言葉よりも先に手が芳枝のクビをしめ殺すために動きさうな痙攣的な逆上がみなぎつたが、すると芳枝も蒼ざめて、二人はしばらく睨み合つた。信子の理性が先に亢奮を圧《お》し殺した。

「天罰は必ずや訪れますよ。芳枝さん。あなたはあなた自身に就て省ることを忘れてゐますね。私は木村の家内ですが、名目や世間ていから、とやかくあなたを誹謗するのではありませんのよ。私はもつと冷酷に、腹の底から木村を蔑んでをりますから。私はたゞあなたの思ひあがつたウヌボレが憎い。あなたは眼中自分だけしかない方ね。人を人とも思はぬ方です。そのあなたが、人に奉仕の生活とは、あなたは世の人々をオモチャに、愚弄、侮蔑、甚しいではありませんか。神の怒りがあなたの頭上に落ちる時が必ずきます。あなたは八ツ裂きになりますよ。苦痛に痴れて這ひまはる時が、七転八倒する時が、必ず、きます。私から約束致しておきませう」

「お言葉の通りよ、おばさま。私は自分だけしかないのです。奉仕は私の遊び、人は私のオモチャです。昔から私は遊びに命をかけてゐるだけですから、私はかねて天罰を信じてゐます。けれども、天罰には愛情がこもつてゐるものですわ。おばさまの憎しみには冷めたい刃物が隠されてゐるだけ。鬼の憎しみなのね。おばさまは咒つてゐます。然し、私がおばさまの咒ひによつて八ツ裂きにされることはないでせう。なぜなら、その先に、おばさまが咒ひによつて自滅するから」

芳枝はふりむいて、歩きだした。

7

あのとき修一は雪子がすでに死んだものだと思つたものだ。そして、その罪が自分にあるやうに直覚した。

そのとき修一が思つたことは、雪子は自分の生き方に自信をもつてゐなかつたのだ、といふことだ。それ故、父の生き方にもたれ、自分の生き方の自信の欠如を、父への信頼で補つてゐた。あらゆる行路に行きづまり、あらゆる人々に見放されても、父によつては許され、そのふところに迎へられて憩ひうるといふことを力としてゐたのではあるまいか、といふことだつた。

自殺の理由としては極めて薄弱な、有りうべからざることのやうでも、罪の自覚としては極めて強力なものであつた。雪子は父の生き方に信頼を失ひ、自殺した。父を見放した。然し、修一は見放されたといふことが、切ないのではなかつた。それは自殺の真相ですらないかも知れぬ。たゞそのキッカケによつてわが胸に向けた窓がひらかれ、ぬきさしならぬ目によつてわが軽薄な生き方を見つめ、その罪を自覚せずにはゐられなかつた。

戦争の頃を考へる。あのとき、すべての破壊を信じた軽薄な魂に就て考へる。そして、すべてを最も無責任に投げだした。自分の外のすべてを。そしてその時彼によつて投げすてられた一人の少女の定めに就て。

　彼は又ミイラといふ悲惨愚劣な茶利師《ちゃりし》に就て考へる。そしてこの男の娘の友達の少女との道行《みちゆき》に就て考へる。ミイラの思想にも、その道行にも、血肉の苦悩はこもつてゐない。敗戦といふ時代の生んだ絶望感、雰囲気的な時代感情を地盤にして、顔付だけは曰《いわ》くありげな、実は時代の人形であるにすぎなかつた。

「私は今日ほど自分の正しさを自覚したことはありませんのよ。満々たる自信がつきましたのよ、おぢさま」

　芳枝はたしかに生き生きとしてゐた。

「私はおばさまに答へたのです。私は自分のことだけ考へてゐますから、奉仕は私の遊び、人は私のオモチャですつて。ですから、私の頭上には必ず天罰が落ちます。私は天罰に打たれて死にます。いゝえ、私は天罰に殺されたいと思つたのです。私にはもう天罰ほどなつかしいものはないのです。人のことなんか、どうでもいゝのですわ。私は自分のやりたい放題をやるだけなんです。そして突き当つて砕かれてしまふまで駈けて行けばいゝのです」

　然し修一は敗戦の絶望感が生みだした人形の姿を芳枝にも見出さずにゐられなかつた。あらゆる権威が失墜した。その地盤から芳枝が生れてゐるのだが、あらゆる権威の失墜は、芳枝自身が血肉を賭けて突きとめた思想でなしに、混乱の時代感情を地盤にして生えてきた思想の茸にすぎないのだ。

いつたい時代の人形でない人間などがあるのだらうか？　時代的な地盤をはなれて、血肉のこもる思想から生えてきた本当の茸などがあるのだらうか？

修一はわが生き方の軽薄さに絶望せずにゐられなかつた。

8

「私はもう破滅した女ですから、あなたも、つきあつて下さらなければ、いや。でも、あなたも一しよに破滅してとは頼まないわ。あなたは平凡な、あたりまへの方だから、とことんまでの破滅なんて思ひもよらないことだわ。私だつて、おどおどついてくるあなたなんか引きずりながら一しよに破滅するのは堪へられないのよ。あなたは私のために死んでくれることも、悪事をすることも、思ひもよらないことでせう。でも私のやうな女を愛して下さるなら、あなたの最高の限度の犠牲は覚悟して下さらなければ、私はもうこんな生活、いやです」

雪子の新居は老画家のアトリヱだつた。広い部屋に寝台があり、長椅子と三つの大きな肱《ひじ》掛《かけ》椅子があつた。寝台には絹布の布団があり、窓には緋の厚いカーテンがある。それだけの当りまへの家具でも、それを取りそろへるには大金が必要だつた。没落系の大会社の重役である英彦は、相当無理な苦策を弄しなければ、その金を捻出することは不可能だつた。

この部屋に附属してゐた緑のジュウタンは古色蒼然たる物だから雪子は嫌つて、深い緋色のジュウタンが欲しいと云ふが、まだそこまでは手が廻らない。雪子は椅子も寝台も、部屋全体を緋の色にしたがつてゐた。

雪子は白いナイトガウンを羽織つて椅子にもたれてゐる。雪子の化粧が以前にくらべて悪どく変つた様子もないが、顔が一変したやうに思はれるのは、髪の形のせゐもあるが、目つきのせゐだ。

英彦はその目を怖れた。無謀な目だ。雪子は自ら破滅した女だと言ふ。言葉以上のぬきさしならぬ真実を目が突きつけてゐるのだから、英彦は胸がすくんだ。然し、英彦の心がそれよりも尚ふるへてしまふ秘密があつた。

英彦は律儀で実直な男であつたが、案外なヤマ気があつた。青年客気の頃は豪放磊落《らいらく》を気取つて乾児《こぶん》を大事に世話をみたり金をバラまいたりしすぎたもので、その穴うめに株に手をだして失敗して首くゝりの一歩手前の窮地まで追ひこまれたりしたものだが、それに懲りてフッツリ酒をやめてから、物の節度を心得た。その後も後進の面倒はよく見てやり、悩みを察していたはり助けてやるから、地位にくらべて貯へといふものが殆んどできなかつた代りに、実直以外に取り柄がなくとも、一応下からの声望があつた。終戦後、幹部に大変動が起つた時にも、下部の同情が彼を支へ、それに合せて、この実直無能が却《かえ》つて無難だといふ見解が退陣の黒幕連を支配した。そこで彼は思ひがけなく最も中枢の位置へ押しあげられてしまつたのである。

彼が酒をやめてから二十余年になり、その時以来、小心翼々、投機癖をつゝしんだが、実は小さなヤマ気が実直律義の底に封じられ、まるで平凡人の悲しさそのものゝ如く、顔をゆがめて圧しつぶされてゐるのだ。

英彦は雪子の目を見るたびに胸を刺された。彼はそこに彼自らの終滅を読んだ。その目が彼に罪を命じ、彼がその罪を犯すことの絶望的な宿命を読んだから。

9

英彦は平凡人たることを自覚して、かねて自称もしてゐた。然し雪子に見くびられて、あなたは平凡な人だからと言はれる時には、他の何事を言はれるよりも逆上的な衝撃をうけた。そのころ社内でも彼の手腕の凡庸さは定評があり彼が下部からの支持を得たのも、人柄の善良さと同時に凡庸さへの憐憫の情が強かつたこと、策士たちが他の策士への牽制から毒にも薬にもならぬ英彦を押立てゝおのづから落付いたこと、退陣の黒幕連が無難の故に支持を与へたこと、異れる三つの立場が各々凡庸の故に英彦を支持して落付いた。さういふ伝説的な定評があるために、彼にも彼の長所があつて、たとへば穏和、着実、寛容、よく人の意見に耳をかし、学者や先輩の意見に徴してつとめて自説の狭さ浅さから遠ざからうと努めるなどの一応の美点によつても長者の支持を得たことなどは忘れられてゐる。そしてたゞ、たまく無能さ、ひらめきのなさがさらけるたびに伝説が確認されて、凡庸のカリカチュアだけ印象されて行くのである。その公然たる伝説によつて彼の心は傷いたが、彼にも抱負はあつたし、また、若々しい功名慾も事業慾も情熱もあり、傷にたへて立上る意地もあり辛抱もあつた。然し雪子に見くびられて平凡人の判定を受けると、その傷を千倍の苦痛に感じた。

「あなたは骨の髄からの凡人なのよ。五十いくつにもなつて、今まで文学のブンの字も知らなかつたくせに、アンドレ・ジッドの恋愛小説を買ひあつめてアンダーラインをひきながら読むなんて、センチメンタルといふよりも、グロテスクですわ。あなたは一枚のハガキを書くにも、手紙の書き方といふ本を、それも四冊も取りそろへて、ひねくりまはしてゐるのです。それと同じやうに、若い女に恋をして、アンドレ・ジッドを買ひあつめて、あなたはお手本がなければ生涯何一つできない方、あなたは生涯あなた自身の精神を持たないのです。真夜中に寝床に腹ばひになつてアンドレ・ジッドをアンダーラインを引きながら読んで老眼鏡を額にのつけて目を休めてボソボソ咳払ひをして、年寄は咳払ひをするのね。ゾッとするのよ。老眼鏡はあなたの額に虫のやうに生きてゐるわ。あなたの精神は借り物のくせに、額の老眼鏡だのボソボソといふ咳払ひは身の毛のよだつほど不気味な生き物よ。私はあなたの性慾がイヤです。借り物の精神にくらべて本当の生き物だから、毛だらけのケダモノのやうに汚らしいのです。借り物の洒落すらもない凡人だから、なほ、イヤなのよ」

昔の雪子はそんなふうには言はなかつた。英彦がひそかにアンドレ・ジッドを読みだしたころ、雪子はそれを認めて、彼をあはれみ、その平凡さ善良さをむしろいとしんだはずであつた。

そのあはれみはもはや影もとゞめてゐない。英彦はそのあはれみの追惜に縋ることができなかつた。なぜなら、あはれみは肌をなでる微風であるにすぎなかつたが、罵倒には骨をえぐる刃があつた。一気に胸をつきやぶる真実があつた。英彦は耳をたれ尾をまく犬の卑屈な自分の姿を見たが、雪子の怒りはそれによつて掻きたてられるばかりであつた。

10

「あなたはあなたの身についた物で私をみたして下さることはないのです。私の心は破滅した心ですから、真実の力のこもる心だけがみたしてくれます。私の心は空虚ですから、人の心の真実を栄養にして生きなければならなくなつてゐるのですわ。私の味覚は空虚なものと充実したものゝ区別に敏感で潔癖ですから、だまされもできず、甘やかされもできないのです。あなたの魂は、もう、私には栄養ゼロ。それでも私はそのあなたから栄養をとらなければ生きられないのよ。なぜなら私にはあなただけしかないのだから。ですから、あなたは魂のほかの何かで贖《あがな》はなければいけないのだわ。美しい着物や、おいしい物や、日毎日毎の変化や、汚い物の見えないやうなたしなみなどを私に与へて下さらなければいけないのです。そんなものは私の心をほんとに充たしはしないけれども、あなたといつたら、代用食の持ち合せしかないではありませんか。私をどうしてくれるのよ。私はどうすればよろしいのよ。私はもう、あなたの物ではないのですか」

英彦はその首よりも、心が重くうなだれた。雪子の目には容赦がなかつた。言葉以上のぬきさしならぬ不動の何かゞ語られてゐる。みたされる限度がなかつた。

英彦が犯罪に破滅する日の宿命を見つめなければならないのは、その目のためだ。その目の前では、社員として、社会人として、大人として、時にはガンヂーの無抵抗主義だの禅坊主の本まで読んで分相応に思ひつめて修練した長い年月があるのだが、その年月を一跳びに、少年期の幼い心に戻されてしまふ。彼は母の前に立たされてゐるのだ。すべてを見ぬく目の前に。見ぬかれた子供は罪と破滅の宿命だけしか見つめない。そして身動きができないものだ。

英彦は罪、社会的な失脚、破滅に就ておのゝく。それは極度に通俗な恐怖であるが、雪子の目には、その通俗をぬきさしならぬものにする咒縛があつた。要するに、着物もジュウタンもやがてはたぶん宝石すらも買つてやらねばならぬ。そしてその咒縛のために破滅するであらう、といふ単純明快、通俗きはまる宿命にすぎないのだつた。

「僕が平凡と見られるのは、さう見せかけることに成功した手練《しゆれん》のたまものにすぎない。真実平凡な男なら今日の地位につき得るはずがない。僕の肚《はら》には賭博師と山師のヤケな度胸と慎重な策がおしころされてゐるのだ。誰に知られず社金の千万二千万ごまかすぐらゐ朝飯前の仕事なのだよ。たかゞ一人二人の女のゼイタクぐらゐに僕がビクともするものかね」

英彦は屢々《しばしば》かう叫びたくなつた。然し、叫ぶことができない。そして叫び得ぬことの代りに、益々重くその心がうなだれてしまふ。

そのとき彼は一つの顔に脳裡を切られる。男の顔だ。彼の知らない男であつた。平凡、小心な彼は、敗北の兆《きざし》に鋭いカンがあつた。敵があるのだ。さもなければ、女の目が、心が、かう変るはずがない、と。

然し雪子が英彦を軽蔑したのは、あながち男のせゐではない。なぜなら、雪子は真実きりぎしへ追ひつめられて、彼はすでに別人種であつた。然し、たしかに、新たな男も生れてはゐた。

恋でも金でもない

1

雪子が栗原を見たのは引越して三日目だつた。このアトリヱは裏木戸をくぐつたところに入口があるのだが、そこからはいつてきた男が通りすがりに窓をのぞいて雪子を認めると、引返して入口の扉をあけた。

「はてね。あなたはこのお部屋の住人ですか」

彼は物珍しさうに雪子を眺めた。雪子が頷くと、

「では、こゝのお嬢さんで？」

「いゝえ、借家人です」

「アレマア。畜生。シホヅカの婆アめ。してやられたか」

然し一向に口惜しさうな顔付でもなく、たゞ頓狂な悲鳴だけであつた。

「ちよつと上つてよろしいですか。うかゞひたいことがあるものですから」

「いゝえ」

「いえ、変な話ぢやないのですよ。実はなんです。このアトリヱは私が借りる筈だつたんですよ。その時はまだあなたの話はなかつたのでさ。ところが、あなた。やりやがつたね、あの婆アめ。あのとき、チップをはづめばよかつたんだが、忘れたわけぢやないんで、越してからと思つて。いまいましい奴ですよ。あなたはいかほど握らせましたか？　まつたく一代の不覚でしたな」

彼は靴をぬぎかけてゐた。三十前後の身なりの立派な男であつた。顔はのつぺりした、然し苦味ばしつた色男であつた。画家のやうでもなかつたが、悪意ある人とは思はれないので、

雪子は拒まなかつた。

彼はドッカリと遠慮なく椅子に腰を下して、さつそく煙草をつけた。まつたくクッタクがなかつた。

彼はまつたく雪子の先にこのアトリヱを借りる筈であつた。婆アといふのは、この家に同居してゐる商人の後家で、死んだツレアヒが屋台のオデン屋のころ、かれこれ二十年前に、こゝの画伯が最上のオトクイだつた。その後画伯の力添へで食料品店をやつてゐたが、婆アさんはもう六十三で、養子も戦死し、養子の後家と焼跡の青空市場でアメダマと闇の煙草を売つてゐた。栗原は時々こゝで煙草を買つた。そしてアトリヱの話をきいて、借りる約束をむすんでゐた。

然し雪子は別の手蔓で借りたのだ。こゝの画伯は少しは名もある人物だが、この節は画家ぐらゐミヂメなものはめつたにない。泥絵具で進まぬ心を励まして描きあげて画商へ持込んでみても、足もとを見られて、法外に値ぎり倒され、五百円のワクのくらしも危いほどだ。平凡な画家であつたが、単純潔癖な子供のやうな魂の人物で、たゞ世を嘆き咒ふばかり、アトリヱを貸す分別などなかつたのを、婆アさんがすゝめた。その心にはなつても気持がすゝまなかつたのを、昔、英彦が彼の絵を買ひあげてからのパトロンといふほどでもない友達で、偶然路上で会つて、どちらにも好都合、さつそく雪子を住ませたのだ。

栗原は了解して頷いたが、あたりをちよつと見廻して、

「旦那様もこちらに御一緒にお住ひで。イヤ、これはとんだ失礼。生れつきガサツ者で」

「私はオメカケです」

雪子は平気な顔付で答へた。

2

「イヤ、どうも、これは恐れ入りました」

彼は額を抑へて、指の先でかいた。

「イヤ、どうも、実は、僕もね、こゝを借りて、二号だか三号なるものを置く手筈だつた次第で。さうでしたか。絵の先生はそれほどお困りのものですか。それでしたら、これはやつぱり先口《せんくち》の僕の方が、絵の先生にはよかつた筈だが。イヤ、から申しては失礼千万ですが、あなた方を侮辱してゐるのでなしに、僕がバカだといふことを申上げてゐるのです。僕は三千五千、イエ、一万二万のお家賃でも借りるつもりだつたんで。然しその二号なる女人がそれほどまで好きといふ意味ぢやないんで、これはつまり、思想といふ奴の問題ですな。然し、たしかに、お金ではないです。あなたは当然こゝへ住むべき御方でしたよ。いえ、まつたく、あなたは実にお美しい。気品が違ふ。僕の女人なるものは、とうてい及び難しです」

彼は又額を抑へて指先でかいたが、心にもないお世辞をつかふ様子でもなく、たゞなにか恐悦満悦といふ様子であつた。

「そこが、つまり、僕の思想といふ奴なんです。ぞつこん惚れたわけでもない、ザラにある御面相でも結構なんで、別に、惚れ方に相応してお金を払ふわけぢやない。もつとも、全然惚れない女人には、これはめつたに、お金はやりませんや。僕は商人で、ちよつとした商事会社をやつてますが、つまり闇屋でさ、然し、闇の品物でも商品にはお値段がありましてね。ところが、女人は違ひますよ。お値段がないのです。僕は闇の品物をお値段通りに買つて売つてお金をもうけて、それをそつくり女人のために使ひますが、この時には御面相やキップによつてお値段をつけて遊ぶといふことはやらないので、つまり女人は商品ではないです。僕は女人を買はないのです。友達ですな。女人に対しては、僕はお金をさしあげるのですな。別にパトロンだのナイトといふわけでもないんで、つまり、たゞ、僕の方にはお金があつて、女人の方ではそのお金があれば好都合でお喜びだからといふ寸志だけの意味なんでして、お金がいらないといふお方にはお金をさしあげては失礼でさ。女人の方からお前にお金をあげたいといふ御趣旨なら、僕は遠慮なくいたゞくといふ趣旨なんです。これが、つまり、僕の思想といふ奴なんですなア」

彼は腰の両ポケットへ手をつッこんで、百円札でたぶん一万円の束を七ツ八ツつかみだした。

「受取つて下さるなら、置いて行きます。いゝえ、僕はあなたからお金で何も買ふつもりではないですよ。あなたが僕に何かあげると仰有る時だけ、下さる物をいたゞくだけで」

雪子は立上つて入口を指した。

「お帰り下さい。早く。すぐ」

「すみません。すみません。僕はあなたのお言葉に逆ふことは致しません。たゞ間違つてきゝしてしまつたのですから、水に流して下さい。又、うかゞつても、よろしいですか」

「いゝえ、いけません」

「僕はバカです。どうぞ御気持をやわらげて下さい。いちど、お詫びにあがることだけ、きゝとゞけて下さいませんか。ウヰクデーのひるまでしたらよろしいでせうか」

「昼休みには主人の来てゐることがあります」

雪子は言つてしまつた。

「どうも、すみません」

栗原はたゞもう慌てふためいて、横ッとびにすッとんで、逃げて行つた。

3

然し栗原はそれから廿日あまり姿を見せなかつた。すつかりシキヰが高くなつちやつて、と言ひながら訪れてきたが、例によつて朗かで、まつたくクッタクがなかつた。

「あれからちよつと怪我《けが》をしましてね。ここんところを」

彼は顔を指したが、なるほど目のまわりから鼻筋のあたりに薄いアザのやうなものがあり、頬に三寸ぐらゐの斬傷《きりきず》のあとがあつた。

「まだこの傷はやうやくホータイがとれるやうになつたばかりで、汚らしい御面相で、恥さらしで、恐縮です。ダンスホールをでゝきた河岸で五人のヨタモノにかこまれましてね。二人ほど川へたゝきこんだのですけど、こつちも、やられましてね」

「あなたは御一人？」

「えゝ。スポーツをやめてから久しくなるものですから、からだが利かなくなつちやつて。喧嘩なんか止しやいゝんですけど、ヨタモノのタカリなんぞに一文もやるのがイヤな性分なもんで、つい、その、自然に。つまり、バカといふわけなんです」

強さうなところはなかつたが、言はれてみれば、いかにも敏活なからだに見えた。然しさう気付いてのちも、腕力は二の次で、いかにもお金をもうけるに敏活らしく思はれた。

「奥様はおありですの？」

「えゝ、それが一人あるんですよ。子供が三人ときますから、どうも、いさゝか。つまり若げのアヤマチといふ奴で、何も分らずに早いとこ貰つちやつたもんで、然し、これは、もう、ほつときます。サラリーマンなみの給料を支払ひまして、なんです、これはその、女房は自分の所持品ですから、女人ではないので、給料はお安いのです。もうかれこれ、一年半ほど、会はないのですが、別れると言つてくれませんのでね。別れてくれゝば身のふりかたはつけてやります。それはつまり別れてしまへば女人ですからなんで、然し僕の方は、ほつとくだけで、別に気にかけてはゐないんです。もつぱら女人のお友達を巡礼してゐる次第でして、このお友達の方は、何人かあります。然し、独り寝も好きでして、時々旅館や待合で独りで寝ます。時々温泉へ独りで出かけますが、僕は温泉は独りで行くのが好きなんですよ。そのかはり一日二日で退屈してすぐ戻りますけど、それは女人のお友達でも一日中一緒にゐてごらんなさい、退屈しまさ。どつちも、同じやうなものですな。僕は悪い癖がありましてね、お風呂へはいると、天然自然にとてつもない大声で唄がでゝくる悪癖があつて、あらかじめ覚悟をきめても、お風呂のフタをとる時から、天然自然に覚悟を忘れて、つまりこの湯気ですな、湯気といふものはあれは一つの別の国なんで、この世は空気の国と湯気の国と二つの国から出来上つてゐるのです」

雪子はたまりかねて、ふきだした。栗原は恐縮して額に手を当てたが、

「実は、その、僕はビヂネスマンですから、こんなことを申上げるためにお訪ねしたわけぢやアないんで、たゞ口がすべるたちで」

彼の態度は然し一向改まつた様子もない。

4

「これは、その、怒らないで下さい。ビヂネスライクといふ奴なんです。ビヂネスといふ奴は、つまり、イエスかノーかをきゝたゞすことなんですな。すると先方はイエスかノーを答へます。つまりそれでOKなんで、ノーをイエスと言はせるわけには行きませんし、ノーをイエスと言ふ奴もありませんや。人間が二人あつまると、おのづからビヂネスの関係が起る性質のもので、いゝえ、人間は商品ではないですとも。然し一方の意志と他方の意志と、これはつまり、ビヂネスライクなる関係といふものなんで、この関係といふものは要するにイエスかノーをきゝたゞさなければ、いつまでたつてもたゞの無関係ですな。ですから、おたづねするのですが、怒らないで、たゞ御返事だけきかせて下さい。いかゞでせうか、僕のお友達になつていたゞけませんか」

「イヤです」

雪子は間髪を入れず返事をした。あまり早すぎて、ヒヤリとした。

「すみません。すみません。ほんとに、すみませんでした。僕は……」

「いゝえ、あなたのお友達といふ意味がアイマイだからですわ。私はかうしてあなたとお話するだけでお友達のつもりですけど、あなたのお友達はつまり二号とか十号とか」

「とんでもない。僕の場合こそ、いともアイマイ、漠然たるものなんですよ。二号などゝは、とんでもないことです。最もアイマイなお友達といふ意味でイエスかノーを答へて下さる、するとそれに対して、僕は次の問ひかけを致すのです。かうして関係の輪を次第にちぢめて行くわけですが……」

「それは御無理といふものですわ。男と女の場合では、次から次へ問ひつめて行くなんて、それは脅迫と同じことですわ。仰有るやうに、人間は商品ではありませんのよ。お値段がないのですから、イエスやらノーやら、至極漠然としてゐるものが人の心といふものでせう。ですから、問ひかけて下さるには、脅迫にならないやうな自然の時機をお待ちになつて下さらなければ」

「もう、もう、分りました。面目ありません。僕は実にバカでした。僕はあなたといふ方に話しかけずに、ほかの女に話しかけてゐたのです。なぜなら、僕の女人のお友達ときたひには、ダンサーとか芸者とか女給とかオチャッピイのショップガールとか、つまり男女関係をビヂネスライクに扱ふことしか知らないテアイばかりなんですから。あなたはまつたく別な方だ。それを僕が知らないことはないのです。たゞ、それを忘れて習慣通りにやつてしまふほど、僕が下らぬ女に慣らされてゐたのでした。まつたく僕のやり方は、あなたのやうな方にとつては脅迫そのものにきまつてゐます。だが、然し、脅迫以外の方法を僕は実は知つてゐるのだらうか。あなたといふ方は僕には高すぎて、どうしていゝのだか、勝手が分らぬ始末ですよ。ですから、やつぱり、脅迫にならない範囲で、我流を許して下さいませんか」彼は又ポケットへ両手をつッこんで札束をつかみだした。

「分つてゐます。お心は。たゞ、お邪魔でなかつたら、いえ、不快でなかつたら。不快か不快でないか、我慢ができるか、できないか、それだけを規準に、受取つて下さるか、下さらないか」

彼は困りきつて額に手を当てた。

5

「受取ることができるものではありませんわ。今そのわけをお話いたしますから、ともかくポケットへ納めて下さいませ」

栗原は困りきつて、うつむいたまゝ、札束をポケットへねぢこんだ。

「あなたはセッカチな方ね。けれども女は、だしぬけに言はれた方が、嬉しくなることが多いものです。私なんか特別たゞの女ですから、大概はさうなんですけど、然し、だしぬけに突きつけられて、困ることだつて、あります。とても嬉しくても同時に困る気持がある時もあつて、さういふ時は困る気持の方をともかく大切にしなければならないものよ。なぜなら、時機を待つうちには、困らずに、たゞ嬉しがる時がくる筈だからです。女は男の方から嬉しがらせていたゞきたいものよ。けれども中途半端でなしに、いつも一等の有頂天に嬉しがらせていたゞきたいのよ。それは物質や金額の問題でなしに、時機を知ることの問題ですわ。女にとつては、同一のことが、ちよつとした時間の相違で、恥辱であつたり、名誉であつたりするのです。あなたはもつと女の心を本当に遊ばせて下さらなければダメですわ。あなたの我流でよろしいのです。あなたの我流は他の殿方には類のない素敵な我流ですもの。たゞその我流の一撃で、いつもたゞの一撃で、女を倒して下さらなければ。二撃ではダメなんです。急所を外れてはダメですわ。女なんて滑稽なものね。いつもたゞ一撃のもとに倒されることを一筋の生きがひに待ちかまへてゐる動物のやうなものなんですから」

栗原は膝の上に手を伏せて組み合せて、先生の説諭を承るやうに神妙であつた。そして雪子の言葉が終つて、しばらく沈黙がつゞいて、それが終りだといふことがハッキリ分ると、

「イヤ、どうも」

と言つて、ひとつ頭を下げた。それは珍妙であつたが、相手を茶化す気分はミヂンもうかゞはれなかつた。

「この年まで、まつたくクダラヌ女を相手にたゞだらしなく愚行の同じくりかへしで、僕はまつたくアイソがつきてゐるんです。これで相当な心臓ですが、位の高さが自分以上の御婦人に向つて狙ひをつけて近づく勇気がありませんのでね。偶然なことで、あなたのお近づきを得て、まつたく僕の一生がこの日から急に変つてしまふやうな気がするのですよ。急に歩

いてゐる道の見当がつかなくなつたやうで、ボウとしてゐるばかりなんです」

「あらお上手を仰有るわね。どこまで真に受けていゝのやら、いゝえ、からかつてゐらつしやるのよ」

「とんでもない。まつたく、どうも、夢を見る気持とは、これなんでせうなア。僕はたぶん幸福なんでせうな。どうも、考へたつて、なんにも、分らねえや。あゝ、さうだ。僕は仕事に行かなきやならなかつたつけ。頭が急にカラッポになつちやつて、歩く方角も分らないいんぢやないかな。目まひがする」

栗原は立上つて、よろけるのをジッと押へてゐるやうな様子に、雪子がふきだしてしまふと、彼はひどく恐縮して、

「又、うかゞつて、よろしいですか」

「えゝ、どうぞ。私こそ、あなたの来て下さるのを何より待つてをりますわ」

雪子はその言葉を言ふことによつて、胸が軽くなるやうだつた。

6

栗原はそれから又しばらく現れなかつた。数日のうちは雪子はいくらか待つ気持に苦しめられたが、やがて、まれにしか思ひださなくなつた。

待ちこがれる思ひなどが恋ではないといふことをもはや雪子は知つてゐたし、それが恋であるにしても、さすれば恋とは、相手の知れぬ郵便物を日毎に待ちくらすと同じやうなものであるのを悟つてゐた。栗原を待つ心は、英彦を厭ふ心の（だから又愛す心の）比較的なものであるにすぎなかつた。

然し雪子が栗原との接触によつて知つたことは、男女関係を一人と一人のつながりだけに限定するのを道徳的と称するなら、道徳とはつまらぬものだ、といふことだつた。それは理窟からの結論でなく、栗原といふ人間からの結論で、当世悪口の的《まと》の大闇屋であり、無雑作に七八万円の札束をつかみだして一面識の女に投げすてるやうに呉《く》れてしまふ三面記事の立役者のやうな突拍子もない人物が、実は一向に特別の凄味があるわけでもない当りまへの人間にすぎないといふことからの結論であつた。

女房を一年半もほつたらかして女から女へ泊り歩く男が、あんな男なのだらうか。栗原が額に手を当てゝ困りきつて言ふことが本当のことだかデタラメなことだか分らないが、そして彼はいはゆる世間の紳士なみの取り澄したオテイサイは欠けてゐるが、いはゞ世間の紳士である洋之助が一面識の芳枝にいきなり抱きついたりするやうなことを、実際に於て、彼はやらないのだ。それだけの事実が、雪子にとつては、百万言の道徳の屁理窟よりも力のこもつたものであつた。大闇で金をもうけてバラまいて、女から女へ移り歩いて、それが実はあんな男だとすれば、道徳などの説くところは三文の値打もないではないか。

三度目に栗原が来たとき、あなたは女のお友達を、何物のやうに、どんなふうに見てゐますの、と雪子がきくと、さア、それは、栗原は額に手を当てゝ長いこと考へこんでゐたが、

「それは、つまり、その、恋でも金でもない、といふこと、つまり、それは、男にとつては女が全てのものでして、家も着物も自動車も飛行機も海でも山でも空でも雨でも、つまりみんな女のために在るにすぎないものでして、何ですな、宗教の御方が神様がすべてと言ひますが、その神様がつまり男にとつての女でして、だからお金は喜捨するにすぎないのでして、然し、さうですな、どうも神様を口説くといふのも変ですかなア」

「あなたは、悩みはありませんの?」

「悩み? 悩みですか? あの、悩み? あたりまへの、あの、悩み? ですか。悩みはですな。それは、その、僕は。つまり、悩みとは、そもそも、その、考へるところのものなんで、ところが僕はおはづかしい話ですが、考へることがないので、いゝえ、考へる時は、かう、額に手を当てゝ、その時だけ、たゞちよつと、こんなふうに、人マネに」

しばらくギッと考へこんでゐたが、額の手をゆつくり膝へ下して、膝の上に両手の指を組み合せて、静かに顔をあげた。

「こんなことを申上げて、よろしいでせうか」

7

「それではその、ハッキリ申上げますが、実におはづかしいことで、然し、実は、僕の悩みといふのは、たゞ、その、つまり、お金、といふこと、だけなんです。いえ、ほんとなんです。おはづかしいことですが、お金については、僕は日夜悩みますので、お金がなければ、女人があつても仕方がないではありませんか。何も女人に差上げるものがなければ、これはもうゼロでして、心持を差上げるなんて仰有る方もありますが、心を差上げたつて、心なんて、貰つた方でも困つちやつて、どこへブラ下げてみようか、胸のポケットへ、どうも、ハテナ、貰つた筈だと思つたけれども、心つてどんな形をして、ハテナ、どれだつけ、どこかへ消えちやつたのかな、さう言へば摑んだと思つたやうでもあるけれども、摑んだといふ、手ごたへも。……どうも、その。心といふのは、差上げたり、貰つたり出来ないのですなア。だから差上げるものは、お金でして、僕はこの、お金のためにばかりは、日夜心を悩まして、あれこれと計画をたてゝ、いえ、然しその弁解ではありません。かう申したとて差上げるお金の有難味をといて、恩にきせるわけではないので、女人に差上げる時はケチな心はないのですよ。なぜなら、たゞもう、ケチでなく女人に差上げるために、ほんとにたゞもうそのためにです、ケチケチせつせと日夜苦心に及んで、実は、その、恥のついでに申上げてしまひますが、僕は実は頭痛もちでして、ひと知れず、これはどうも、いえ、まつたく頭痛もちなんです」

雪子は思ひだすたびにふきだしてしまふのだが、然し変にせつなくなつた。

恋でも金でもない、といふ。雪子も、さう思つた。恋だの金はどうでもいゝのだ。たゞ、すべてのものを投げだし、だしきつてみたいのだ。然し人は一部のものを投げだすことができても、全てのものを投げだすことは殆どできない。そのもどかしさ、その障碍はどこにあるのだか、雪子は苦しかつた。

七八万の札束を、何も求めずに、なぜなら女はそれを受取つて何一つ要求に応じぬこともできるのだから、いつたい彼はその奥にもつと深い何かを人知れずいだいてゐるのだらうか。もしも要求に応じたら、又は札束を受取るだけで要求に応じなかつたら、今とは別の彼に変つて、どんな姿を見せるだらうか。もしその奥により深い何ものもなく、何の変化もないとしたら、およそ阿呆らしい話であつた。然し、そんな筈はない。道を曲ると突然すばらしい曠野や、深い森林や、静かな湖が眼下にひらけるやうな、何か素敵なものがそこに待ちかまへてゐるやうに思はれた。

そんなふうに思はせるのが彼の手であるのかも知れない。そして要するに、彼はそれだけの人間でしかないかも知れない。

然し雪子は彼の中にかくされた全然見当のつきかねる変化をもとめて、とびこんでみたい魅力にひかれた。

　そのためには、彼の要求に応じるか、札束だけ受取つて要求を拒絶するか、二つの方法がある。札束だけ受けとつて、彼が要求をきりだすたびに、イヤです、いけません、でもお金だけもつとちやうだい、彼のことだから金はだすだらう。ずいぶん小気味がいゝやうだ。けれどもその次には、もう来なくなつてしまふだらう。それが彼の変化だらうか。もしそんなふうに、そんな変化を見せただけで、それなり彼が消え去つてしまふなら、雪子はさびしいと思つた。むしろ、やつぱり、とびこむだけだ。

8

　栗原の奥底に隠されてゐる変化をもとめて飛びこみたいといふことが、だんだん雪子の鋭い決意になつてきた。息苦しいこともある。その決意の息苦しさが、息苦しい生活そのもの、生活の全てのものになればいゝと雪子は希つた。然し人はたゞ辛抱づよく待つことだけによつては、物事の満願の日を見ることはできないだらうと雪子は思つた。

　やつぱりどこかで無理にも踏みきらねばならない。無理にも、とびこまねばならないのだ。

　雪子は英彦には怒りをこめて言ふのだ。

「あなたは平凡そのものゝ小心翼々たる人なんですから、自分を投げだして私に下さることができないのです。私は然しあなたの心を下さいなどゝは申しません。あなたは私と一しよに破滅して下さるなんて、とてもできない方なんですから。けれども、多少の苦痛を忍んで、いくらか分にすぎた犠牲を払つて下さらなければ、いや。美しい着物や、たのしい家具や、日毎日毎の変化のために、多少の無理は重ねて下さらなければイヤなんです」

実際英彦は相当の無理を重ねて雪子のために高価な品々を買ひとゝのへてくれるのだつた。もとより雪子はそれを知らない筈はなかつた。然し英彦が無理を重ねて高価な品々を買ひとゝのへてくれたところで、英彦自身にどんな変化が起りやうもないではないか。もしも変化が起るとすれば、それはたぶん醜悪な変化であるに相違ない。そして、かうして変化もなく、せびればともかく応じるだけで、いつまでたつても、消えて行つてくれないのだ。雪子はその苛立ちに苦しんだ。

雪子の旦那なる人物が大会社の代表者であることを知つたとき、栗原は言つた。

「それは、さうにきまつてゐる。いや、さうです。あなたほどの方の御主人が我々風情の才も名もない男では、それをうけたまはる我々が馬鹿にされるやうなもので、やつぱり、それは、さうでなければいけませんです」

「あら、ほんとにそんなことを思つてゐらつしやるんですの。才だの名だのつて、そんなものが、女のために殿方に必要ですの?」

「いえ、それはいけません。あなた。才と名は、これは鏡にうつる男の姿なんでして。えゝ、これはもう、鏡の中へ同じ姿がうつるやうぢやア男はもうダメなんです。世間といふものは人の姿をうつす鏡でして、こゝで立派にうつらなければ、それはもう、その本人がもともとダメといふわけなんですな。さうですとも。僕なんぞは元々がモグリですから、世間にうつる鏡の中の自分には目をつぶつて見ないことにしてゐますが、それはもう、鏡の中にはえなければ、本当にはえたことにはならないものなんです」

もとよりそんな言葉によつて雪子の心が動く筈もなかつたが、自ら才も名もない我々風情といふ言葉によつて、雪子はむしろこの男の衣裳のひとつに新鮮な新発見をつけ加へた。英彦と栗原の場合に、雪子にとつては、鏡にうつる才と名は、実質に於てはアベコベだつた。額に手を当てたり、戸まどつたり、変テコな言葉つきだの、今までの雪子の目には世間なみな低俗に思はれてゐたこの男の外見が、この新発見をキッカケに、この男の威光のやうに急に光りかゞやいて見えた。雪子は無性にうれしくなつた。

9

そのとき雪子は思つたものだ。今まで世間なみな、いはゞ氏も素性もないといふやうな低俗下品に思はれてゐたこの男の身ぶり言葉つきの特徴が、にはかに彼の威光のやうに光りかゞやくものに見えたといふことは、それは即ち、いよいよ、無理を承知で踏み切つてもよい充分な時機へきたことを語る意味だと。そこで雪子は無性にうれしくなつたのだ。

それはむろん自分で自分を納得させ、うれしがらせてゐるのだと、そんなことも、雪子は気付いてゐた。然し、この男の氏も素性もないやうな特質がむしろ威光のやうに光りかゞやいたといふことには、それをさう思ひこませやうとしてゐるところがあるにしても、その発見の事実として、やつぱり一つの新しい転機であるには相違ない。だから踏切の時機なのだ。いつも何かゞ時間の中から逃げだして、時間の中には埃《ほこり》のやうな後悔だけがつもつてしまふ。雪子は時機をつかまなければいけないのだと思つた。

然し、いつたい、踏切るとは、投げだすとは、どうすればいゝのだらうか。中途半端やケチケチした投げだし方は、この男の場合にはいけないのだと思つた。この男は始めて雪子を見て上りこんで、たつた十分間ぐらゐ喋つたあとで、もういきなり七八万円の札束をつかみだして雪子に与へやうとした。いや、むしろ、だからこそ、逆にケチケチと、彼の気質にはないやり方で、いつも少しづゝ彼をビックリさせてやるのがいゝのだらうか。それがいつまでも新鮮な驚異となつて彼をワクワクさせてくれゝばいゝけれども、彼のことだから忽ち退屈するかも知れない。

やつぱり雪子はだしぬけに全てのものを一時に投げださなければいけないのだと思つた。栗原は雪子が要求しない時に七八万円の札束をつかみだして、雪子に叱られ、もとのポケットへねぢこまされた。然し雪子からやる場合には、栗原に要求させてはいけないのだ。彼が待ちもうけてゐないとき、一時にいきなり全てのものを火焔をふいて飛んで行く大砲弾のやり方で彼の胸へ叩きこんでしまふのである。彼が呆気にとられても構ふものではないのである。彼がタジタジし、フラフラし、ボンヤリしても構はない。いや、彼は途方もなくポカンとしてタジタジするにきまつてゐる。然し彼の頓狂な頭にもだんだんと、否、にはかに事実が分つてくると、呆気にとられた彼の目に突拍子もない変つた光がさしてくる。それからはもうどういふ思ひがけない変化がこの男に起つてくるか、雪子には見当がつかなかつた。然し、今度は、逆に雪子の方が、それからはもう彼によつて目を驚かされ、呆気にとらされ、ボンヤリし、フラフラするのだ。

飛切第一級の奇襲突撃戦法で、彼の胸玉をぶちぬき、目の玉をひつくりかへしてやるには、どんな方法がよいのだらうか。

雪子は考へた。するとそれは雪子にとつては飽くことのない玉手箱の授ける物思ひに思はれた。そして雪子は自分のあらゆる誇りにかけて、飛切第一級の突撃によつて、彼を悩殺惑乱させなければいけないのだと決意した。

10

男を悩殺するには色々の方法があるに相違ない。愛撫、感謝、嬌態、気品、泣訴、然しそのやうなことについて思ひめぐらしてゐるうちに、空想的な表皮の奥深いところから土をはねのけて出てくる植物のやうにして、力のこもつた意慾的なものが首をだし、だんだんふとつて、そのために身動きができないやうになつてきた。

それはこれをキッカケに全然別個な新生活を始めなければ、といふことだ。別な女になりたかつた。然し、今ある自分をそのまゝに残しておいて、別な女になるのだ。なぜ今ある自分をそのまゝに残すかといふと、さもなければ昔の自分が何かにつけて顔をだして、ハッキリ別の女になりきれないだらう。一人二役の二重の性格、二重の生活を使ひわける。同時に二ツの別個のものであることによつて、混入をまぬかれ、ハッキリ別個のものになり得るやうに思はれる。

然し、さういふことよりも、二重の生活がしてみたい。いや、それよりも、二重の性格を持つてみたい。すると雪子の想念は、三重の性格、四重五重の性格、あらゆる可能の限度まで複数の性格を同時に持ちたいと考へた。それは空想と質のちがつた、どんよりと重たいやうな、魂からの何かのやうな深い密度がこもつてゐる。

栗原から部屋を探してもらふ。ある時間雪子はそこで栗原に会ふが、それはもう雪子ではなく全然別個な女であり、その秘密は栗原にも分らない。雪子の想念は栗原との二重生活の甘い計画などに就て長くとゞまることができず、三重四重の生活に就て思ひこんでしまつてゐる。

そして雪子がふと気がつくのは、何重かの秘密の生活によつて、栗原をだましてやるのが、たのしいといふことだつた。栗原の知らない秘密のたのしさではなく、栗原が大金を投じて買ひ得たものは、何人かの女のなかのたつた一人にすぎないのだといふことが、心をみたしてくれる。豪放猪突、全然物質的な栗原の求愛ぶりが、そのために目を打たれても、又、そのために腹がたつ。どんな女でもこの手にかゝつてはダメなんだときめこみ、そして安つぽく見られて小馬鹿にされてゐるやうな口惜しさがあつた。

そして雪子は五重六重の生活の一つに、洋之助に言ひよる極度に可憐な弱々しい性格の女を考へた。それは雪子が今あるよりも極度に女々しく恋々たる性格で、そんなふうに自分を馬鹿にし、羞しめることが、洋之助をもつとひどく小馬鹿にし、飜弄してゐるのだと思つた。もう恋などゝいふものはない。そんなものがまだ有るなら、うんといぢめてやる。その女はいくらでも女々しく洋之助に泣きつくがいゝ。勝手にさうするがいゝのだ。

女々しい奴がそんなこともするから、栗原などは小気味よくからかはれるといふものだらう。英彦も、そして、彼女にふれるあらゆる男たちが。一人の女は闇の女になつてやればいゝ。御随意に。私はもう知らないから。

恋でも金でもない。それは雪子も栗原と同じであつた。然し、別の一人が恋であつたり金であつたりするかも知れぬ。あらゆる性格になりうるやうな気がした。その誰が自分なのだか分らなくなつてくれゝばいゝ。自分の一生は自分の物でも誰の物でもなくなれと思つた。

別な女になる

1

栗原には恋といふ言葉の代りに浮気といふ言葉があるだけだつた。女といふものはいつたいどこが良いのだか、顔だか、肉体だか、姿だか、気質だか、性格だか、教養だか、彼には別に目安もないので、どこか一ケ所気に入ればそれでもよいし、全然好きなところがなくとも一晩の遊びぐらゐは別に気になることもない、彼には好きな女の特別なタイプなどゝいふものがなかつた。

雪子に就てもさうなので、たゞちよつと遊んでみればそれでよく、一日の遊びだけでもたくさんだと思つてゐた。彼が雪子に惹かれたのは、美貌よりも、品格であつた。上品な、知的な、たとへば何々夫人とか令嬢といふ彼には縁のなかつた女だから惹かれたまでのことで、雪子の美貌も教養も気質も、彼の惹かれた当の品格に於てすらも、一貫してゐるものは色気のこもらぬ理知ばかりで、半日も一緒にゐたら相当気づまりのことだらうと思はれるばかり。変にバタ臭い世話女房ぶりや舶来の賢母精神みたいのものを発散されさうで、元々長くつきあふ気持がない。

彼はたゞ女を籠絡することにスポーツ的な興味があり、別してこの品格と色気のこもらぬ理知に対してさうであつたが、何がさて色慾的な魅力にはさのみ惹かれてゐないのだから、女に不自由のわけもなし、よつぽど暇で遊び場所に窮した時でもないと雪子をひやかしに行つてみようといふ気持にもならない。遊びとビジネスは彼の全部で、退屈といふこと、行き場に窮する時間ほど堪へがたいものはない。時には一人で温泉へ行つたり旅館でねたりするけれども、それはそのとき一人になりたい意慾のためで、目的であり、行き場に窮したことではない。

その日栗原はビジネスがなく、男と女、数名の友達とホールで踊つてゐたが、心がはづまぬ。ふと雪子を思ひだしたので自動車をとばせて二三十分口説きに行つてみようと思つた。気ばらしにちよつと一杯飲んだりするよりはいくらかましに思はれたから。ちよつと一時間ばかりお酒をのんでくるからと言つて、自動車をとばせた。

ちやうどその日は英彦がお昼休みに遊びに来て帰つたあとであつた。

雪子は栗原を見ると勇気がわいた。それが次第に大きな力にひろがるやうだから、雪子は栗原を椅子にかけさせておいて、鏡に向つた。ひろがりつゝある力をはかりながら、雪子は戦場の最後の命令を自覚しながら、断案を下した。別の女になる。今、この椅子を立上つた瞬間から。

雪子は実際さうなつたやうな落付きを感じた。そこには確信のやうなものと勇気のやうなものが、たのもしくつまつてゐる。別の女とは、この女だ。雪子は鏡の中の自分の顔を見て、疑らずに見つめてゐることができる。別の女だから、今までやれなかつたことも、言へなかつたことも、平然と、やれもする、言へもする。別の女といふものは、本物よりも気楽のやうだ。

雪子は静かに立上つた。踏切るために無理な力も、もういらない。雪子はにこにこしながらコーヒーをだした。

2

「召上れ」

「や、どうも。実はその、僕はあなたが怖いので。叱られてばかりゐるから、又、お叱りをうけるのが心配でして、先日は頭痛についてお話申上げたやうですが、頭痛の種が一つふへたといふわけなんで、僕はこの病ひといふものに就ては、高貴皇漢薬よりはペニシリンがきくぐらゐのことは信用致してをりますが、お医者様よりは迷信邪教の方を信用致してをります。つまりその、お羞しいことですが、指圧療法とか、例のこの璽光《じこう》様ですか、あれは偉大なるものなんです。あの御方はキチガヒではありませんので、いえ、キチガヒといふことは取るにも足らぬことなんです。あれは力の世界でして、力といふものは何ですな、これ自身が病ひなんです。太陽の力は太陽の病ひでして、つまり、この、万物はその力によつて亡びる、力は悲しい、力は不幸です。日本が亡びたのも、それなんですな。ですから僕は年来無抵抗主義でして、双葉山関、呉先生、御二方もつまりその無抵抗主義者だらうと思ふんですな。ビジネスはつまりこの断行、飛びこみですな、果し合ひに行くのです、賭けるのです、然しこの僕は果し場に駈けこみますが、斬りこむ、刀をふり下す、それをやらないのです。青眼に構へてゐるだけなんでして、するとその先方が僕を斬るか、あるひはこの先方から僕の刀に吸はれてきて勝手に斬られてしまふか、双葉山関、呉先生、御二方の勝負もつまりそれでしたな。御二方の勝負は先方が自分の方から斬られるのでして、天性の無抵抗主義者だつたんです。あれほどの方々になると、力は病気であるといふこの不幸、力といふ病気に就ての御心痛は一方ならぬ筈なんでして、ですから、つまり、あの璽光様ですか、あれはつまり、力を以て力を制すといふ働きの、つまり、その、世界なんです。かう、手を合せて、天璽照妙々々々々、と唱へまして、これがその力の、いやつまり宇宙ですか、宇宙のその中和が行はれる。僕は璽光様を知らなかつたものですから、天璽照妙は唱へませんが、やつぱり、それ式の自分勝手の文句を唱へてゐたのです。それはこの果し場で青眼に構へたときに、斬られるか、相手の方が斬られにくるか、その時に唱へるのでして、ショーショョージイ、コウコウジイ、モウモウジイ、それをこの、こゝのところの、このおヘソの、奥のところの、はてな、この奥の、こゝは、骨がないのかな。昔から、さうだつたのか」

「コーヒーはいかゞ」

「いえ、もう結構。いたゞきました」

「いえ、味はいかゞでしたか」

「それはもう、これほどのコーヒーは、お見事で、これは一流ですな」

「お上手ね」

雪子は笑ひながら立上つた。ちやうど広さの中央のあたりで、雪子は後頭に両手をくんで、けだるい、立像のやうだつた。

「けふはコウコウジイ、モウモウジイをおヘソで仰有らなかつたから、お気がつかなかつたのね。コーヒーに何かゞ。私、いたづらしたのです。入れておいたの。お分りにならなかつた？　味が」

「え？　何が？　何をですか？」

「毒」

雪子の顔も全身もまるでやわらかな羽のつまつた人形のやうに、軽く、ゆらゆらした。

3

雪子は窓際によリ、カーテンにくるまるやうにもたれて、胸に手をくみ、肩を押へた。

「猛毒ではないのよ。三時間ぐらゐは、たぶん、お話できるでせう」

「毒。毒薬」

彼は目をまるくした。かすかな苦悶が顔にゆれたが、それは疑ふべきか信ずべきか、迷ふ意味の苦しみらしい。然し、彼は信じたやうだ。決意があつた。

「毒薬を。私も、あなたも」

「いゝえ、あなたゞけ」

雪子はカーテンをはねて左手を差出した。

「お金ちやうだい。今日はカバンをお持ちだから大金があるでせう。ポケットのいつものお金も。みんな私がいたゞくのです。もともと下さる筈のお金を殺してまきあげるなんて、見当のつかないことだと仰有るところでせう。あなたには見当のつかないことだから、私が、してみせて、教へてあげるのです。あなたはお金で女を買ふことを知つてゐます。女はお金で買へるものだと信じてゐらつしやるのです。ノオといへば強制はしないなんて、そのくせイエスと言ふまでお金をぶらさげて根気よくのこのこ出向いてくるなんて、女を見くびつてゐらつしやるのね。うぬぼれてゐらつしやるのよ。自分のやるのはお金だけ、女から貰ふのはからだゞけ、それですめばあなたの天下よ。だから、教へてあげるのです。時にはお金と一緒に命を貰ふ女もゐるといふことを。あなたの命なんか別にほしくもないのだけれど、誰かゞこらしめてやらなければお分りにならないのだし、あなたのお友達にはこらしめる方もなさゝうだから、私が貧乏クヂをひいてあげたのです。まだ眠くはならないでせう。まだ大丈夫よ。お医者へ行きませうか。お金だけは、置いて行つていたゞきます。私が全部いたゞきますから。命びろひの代金は私が支払つてあげます」

いつもは慌てたり考へこんだり困つたり、いろいろと動きの多い栗原が、全然うごかなかつた。

彼は多くの苦痛に堪へてゐた。混乱はあと一息のところで彼のからだを宙へ浮かしてしまふほど体内のあらゆる場所にブス〳〵泡立ちうづまいてゐた。その混乱にも堪へてゐた。

彼は負けたと思つた。この女め、と激怒もした。彼は色々のことができた。女をひき倒し殴ることも、椅子をふりあげて部屋中あばれまはることも、女をねぢふせて犯すことも、そして医者へ一目散に走ることも。

まつたく彼は、今医者へ一目散に駈け出せば助かるだらう、然し、かうしてこらへてゐると、一秒の手違ひで死ぬんぢやないか、といふ同じ不安が、あとからあとから、波の形でおしかぶさるので、なんともいへぬ奇妙になさけないをかしさがこみあげてきた。

それは全く、なさけないをかしさだつた。そして彼はあばれることも怒ることも張合ひがぬけて、走りだすのをこらへること丶、そのをかしさに苦しむことが精一杯であつた。まだ、大丈夫よ、といふ雪子の言葉はまつたく彼をホッとさせたものだ。彼は疲れてグッタリしたやうな気持であつた。

「負けました。僕はたしかに、やられました。お金は全部さしあげます。然し今日のはいさ丶か大金で、商売の資本なんで、三百七八十万ありますかな、然し、負けた。あげます。おはづかしいが、僕はともかく命の方を買ひとります」

4

そのとき栗原はなんとも云へぬをかしさがこみあげてきた。それはなさけないをかしさと違つて、妙に爽快なをかしさだつた。

これはいつたい敗北の爽快といふのだらうか。まつたく、さうに違ひない。負けましたと言ひ切ることが、思ひもよらず生みだしたをかしさだから。

然し彼はさういふことにこだはる時間はなかつた。大いに早く医者へ行かねばならぬのだから。彼の尻は自然にもはや浮き上つてゐた。三百七八十万はみれん至極、残念至極であつたけれども、浮き上る尻と同時に益々こみあげるラムネのやうなをかしさのために、明日のビヂネスの悲しさ暗さに深くこだはる思ひもなかつた。平均して、つまり彼は、たしかに爽快の方に目方の重みがかゝつてゐたのだ。

「いや、どうも、命がこれほど大事なものだとは。いやはや、実に、ぢや、失礼、僕はこれから駈けだしますから。天璽照妙。いや、どうも、自然にその、つい神様を」

「お待ちなさい。私も一緒に行きますから。これお帽子。あなた、まだ、いけません。ポケットのお金、みんなこのテーブルの上へ出してちやうだい。今日は一文残らずいたゞかなければ承知できないのですから」

「置きます。置きます。こゝには財布。お尻のポケットに蟇口と。却々《なかなか》、ボタンが」

「まだ、大丈夫。一時間二時間で、どうといふ薬ぢやないのです。まだからだが、しびれてだるくなるやうな感じはないでせう。それからでも、まだ助かるのよ。眠くなりかけてからでも助かるのです。あなた。左右のポケットは？　いつもそこに札束があるでせう」

「今日はこのカバンの中にみんなまとめて捻ぢこんできたので、これでもう、それでは愈々《いよいよ》、から、一目散、駈けだしますから」

「私も御一緒に参りますからと申上げてゐるではありませんか。ゆつくりお靴をおはきあそばせな。慌てなさるから、却々、だめなのよ。まだ、大丈夫です。もう歩く力もなくなつて、目がかすんでからですら、助かる見込みはあるのですから」

「それがこの親の因果といふ奴で、親なるものがですな。事もあらうに殿様を、つまりその僕の親なるものは酒屋のデッチでして、恩ある主人を毒殺致しましたです。よつて御仕置をうけましたが、天罰は怖ろしいものですな。後日に及んで生れいでました因果の子供が、手足五体に変りはないが、毒には弱いたちなんで、フグのオサシミをかゝ一ときれなめても、このへんがしびれるたちで、それがつまり僕なんですな」

「そんなに急ぐことありませんのよ。あべこべに毒のまわりが早くなるかも知れないことよ」

「手も足も出ないといふのは、このことですな。どうも然し、自然にこの足が、腰のつけ根のところからバネ仕掛けによつて、かゝヒョイヒョイと。病院は近いのですか」

「えゝ、すぐよ。あと三百米《メートル》」

雪子は遠い病院へ案内した。

5

「この際はなはだ恐縮ですが、例のカバンのお金を、半分ほど、拝借させていたゞけませんか。つまりこの、全額を半々にわけて」

「そんなにお金が欲しいのですか。命の瀬戸際に」

「それがその、命はもう大丈夫だらうと、実はそのまアなんです、ついむらむらと、つまりビジネスなんです。あさましいのは承知の上なんで。命あらば、金が命なんですな。おはづかしい」

雪子はいつか読んだ覚えのあるいくつかの小説を思ひだした。下僕とか従者などゝ恋に走る貴婦人、街の顔役や犯罪人と恋に走る貴婦人。雪子は貴族でも富豪の娘でもなかつたが、栗原と自分との関係に於て、自分は貴婦人の立場であると自覚した。

この日の栗原に雪子が見出したもの、そして雪子が男の魅力に惹かれたものは一つの精神力であつた。栗原は生命への執着を隠さなかつた。彼は雪子に負けたと言ひ、露骨に病院へ急ぐ心を隠さない。雪子はそこに一様ならぬ栗原の心の余裕と肚の修練を認めた。それは大人物に具はるもの、悟入の如きものであり、貴族的なものであるかも知れなかつた。然し雪子が感じたものは、あべこべに、最も下賤なものであつた。

雪子が感じた栗原の精神力は、顔に三寸の斬傷を帯び、女のためには十万円を鼻紙のやうに投げだすくせに、与太者のタカリには一文を惜んで命を争ふ野獣的な闘争力に象徴せられるものだつた。それは下賤な力なのだ。露骨に病院へ急ぎたつ心を隠さぬ栗原は、然しふだんと同じやうに駄洒落まぢりでそのあさましさを告白する心の余裕、諧謔があつた。大事業家や大政治家も同じ余裕があるかも知れぬが、それは事業や政治に命をはつてのことであり、栗原は与太者のタカリに命をはつての余裕と諧謔なのだ。

雪子はその栗原に惹かれるものを下賤な力と感じる故に、自分の立場に貴婦人を感じたのだが、それは又栗原が雪子に就て意識し期待するものでもあり、雪子に課せられた性格が貴婦人でなければならぬといふことを雪子は信じることができた。
下僕と走る貴婦人は下僕の女に堕ちるけれども、雪子は栗原の女でなしに、栗原の貴婦人でなければならぬ。情婦であつても、恋人であつてはならぬ。常に効果を測定し、批判者でなければならぬ。

命あらば金が命なんですな、といふ、まつたくこの男は事業とかビヂネスでなしに金に全てをはつてゐる、いはゞ大泥棒といふ感じであり、下素《げす》な遊びが全部である。この男の金といふ言葉には金のもつ最も下素なあらゆる力がこめられ、ふてぶてしく毒々しく華々しくもある金銭の罪悪性がみなぎつてゐる。その罪悪性も宮廷とか陰謀政治にからまる金の気品はなくて、極めて単純に市井的な罪悪性にすぎない。すべてが下賤だ。その上に君臨すべき貴婦人たるの自覚に、雪子は満足し、闘志を感じ、必勝を信じた。

病院の前へきた。雪子は立止つて、栗原の腕をとつた。

「戻りませう。病院に用はないのです。負けたのは、私なのよ」

6

「私はあなたが好きだつたのです。然し、好きになるのが、くやしかつたのです。あなたは女の自尊心を傷けてゐるのですもの。あなたは男女関係もビヂネスだと仰有るけれども、お金で買はれるのは女はいやです。あいにく私はあなたの気象が好きでしたから、尚さら口惜しくて好きになつてあげまいと思つたのですけど、ほんとに毒でも飲ましてあげて苦しませてあげたいと思つたほどですわ。私はほんとにコーヒーに毒を入れることもできたのです。なぜなら、私は遊びに命を賭けることができる種類の女です。これは面白いなと思へば、どんなことでもやりかねないのよ。お妾になつたのも、さう。なんだか面白さうだと思つたら、その気になつてしまふたちなんです。ですから、あなたのコーヒーに毒は入れない筈だつたのに、あなたが真にうけてしまひなさるのですもの、私もほんとに毒を入れてしまつたやうな気持になつたほどよ。でも、負けたのは、私です。あなたはお勝ちになつたのよ。第一に、四五へんお目にかゝつたばかり、さしたる関係の何一ツないあなたに毒をもるなんて、それをまにうけるあなたは奇想天外よ。精神的にも勇み肌のアンチャンですわ。おまけに、あなたは私に負けた、なんて、毒をもられて、死ぬかも知れぬ瀬戸際に、よくもまア、こんな馬鹿らしい言葉だけしか言へなかつたものですわ。あなたはたしかに堂々たる男ですわ。あなたの毎日の長談儀、私は口から出まかせのいゝ加減なこしらへものだと思つてゐたのですけれども、まるで思想に殉ずる偉大な先覚者のやうに、あなたの身についた本心だつたのですもの、まるでお尻から浮きたつやうにそわそわと病院へ心の飛びたつさなかに、いつもと同じ駄洒落もとびだしてくるのですもの。私は驚きもし、尊敬もしたのです。大金をそつくり投げだしたあなたもさすがですし、病院の手前でねぎりはじめたあなたもさすがですわ。私はあなたに負けてしまつたのです」
「さうですか。すると僕は、あゝなるほど、命の方は大丈夫で。感謝します。あゝ、然し、僕はまつたく命拾ひをしたのです。それに相違ありません。僕は思ひこんでゐたのですからな。危い命を助けていたゞいて、まつたくもう、あなたの方角へ足を向けては眠られません。愈々もつて、僕は完全な敗北なんです。あなたの負などゝはとんでもない。殺されたり助けられたり、まつたくあなたは、不思議な、雄大な。革命の親方を湯殿の中で刺し殺したといふシヤロットのなんとか、コルデさんですか、美人だつたさうですな。あなたは然し、それ以上の御方ですな。僕は夢を見てゐました。魅せられてゐました。茫然です。茫然の自失です。降伏です」

雪子は栗原の片腕を両手で胸にだきしめるやうに歩いてゐた。肩をぴつたりすりよせて、もたれかゝつて押しつけてくるので、道の片側へ押しつめられまいとすれば栗原も肩で押し返す以外に法がない。

栗原はてれた。白昼がくすぐつたい。然し栗原は雪子の情熱が軽快なので驚いた。大胆で断定的だ。理知とは狂気のことのやうな、気品とは媚態のやうな、風の中に舞ふ羽のやうに軽やかな娼婦の感触にくすぐられた。

〔未完〕

解説対談

浅子逸男

七北数人

新原稿発見の経緯

編集部　今回新たに見つかった原稿は、今まで誰もその存在を知らなかった坂口安吾の未発表小説で、本書が初公開となるわけですね。「坂口安吾」と署名は入っていますが、タイトルは付いていませんが——。

七北　安吾はタイトルを完成後に付けることも多かったので、未完で未発表の本作は題未定となるわけですが、本書収録に当たっては便宜上、「残酷な遊戯」と仮題を付しました。作中で使われる語句から採ったもので、ヒロイン雪子の復讐の企てが、雪子にとっては「遊戯」であり、それは誰の目にも「残酷」なものと映る。ちょっとテーマを暗示するというか、安吾作品にはテーマに絡むタイトルも多いので、顰みに倣った次第です。それにしても、原稿用紙四十一枚ものまとまった小説というのは、今までにない大発見ですね。

浅子　しかもあの新聞連載長篇「花妖」（一九四七年二〜五月）の原型で、ヒロイン名も同じ、それが戦前に書かれていたというのは驚きでした。

七北　本当ですね。「花妖」は安吾最大の野心作の一つですし、これを絶讃する人も少なくありません。大井広介は「坂口の小説から代表作を一つあげろといわれれば、私は躊躇なく「花妖」をあげる」と書いてますし、野原一夫も「安吾文学の一つの頂点」と評価しました。あの長篇は完全に戦後の発想だろうと思ってましたから、見せてもらったときは唸りましたよ。

浅子　神保町のけやき書店さんが古書市で見つけられたのが第一のお手柄でした。店主の佐古田さんは無頼派全般に非常に詳しい方ですからね、今までどこにも発表されたことのない小説ではないかと当たりをつけて購入された。それで七北さんや私のところへ本当に新発見の原稿かお聞きに来られて、最終的に私が購入することに決まったわけです。

七北　この原稿を持ち込んだ人の素性はわからないのですか。

浅子　持ち主から最初に購入したのは別の古書店で、素性は聞けなかったんだそうです。誰がどうしてこの原稿を預かったのかがわかれば、いろいろ見えてくることもあったのに、そこはちょっと残念でした。でも、原稿用紙は非常に薄いのに、破れもなく綺麗な状態で、大事に保管されてたのがわかりますね。

坂口安吾

私が諸国に居を移して、轉々と住み歩いてゐたころ、ある町で、美貌をうたはれた姉妹があつたが、妹が姉をピストルで射殺した事件があつた。まもなく私は、遠く離れた別の縣へ引越してしまつたので、この判決がどうなつたか、、それすらも知らないのだが、然し、この事件は、年月を経ると共に、私のうちに、むしろ深い感動を育てた。といふのは、私はその町で一人の文学青年とちかづきになつたが、その男は、この姉妹の家の書生をしてをり、又、事件にも、いくらか関係してゐた。私はこの男から、人の知らない内容もきいてゐたからであつた。殺された姉娘が死際に残したといふ言葉、それは当事者以外に多分私が知つてゐるだけだと思ふが、私はそれを思ひだすたびに、非常に残忍な、けれども

七北　文字も、最も丁寧に書くときの安吾の字ですから、何かに下書きがされていて、清書にとりかかったけれど、四十一枚めまで来て、構想が変化したか、何かが気に入らなくなったかして、プツンと書きさしてしまった、そういう感じでしょうか。

編集部　安吾は下書きをしてから清書するタイプの作家だったんですか。

七北　そういう場合が多かったようです。戦前の原稿やその下書き類は、安吾自身が残すことに無頓着でしたからほとんど残ってないんですが、三千代さんがウチに入られてからは、書きさしの反故まで保管してあったので、それを見ているると清書するタイプだったとわかります。長いものでは確実にそうでした。「火」などは三段階ぐらいにリライトしてるので、それぞれの段階の草稿も残ってて、見比べると面白いですよ（全集第十五巻所収）。

執筆時期の推定

七北　今回の原稿は「盛文堂」の銘が入った原稿用紙に書かれています。一九三六年三月から一九四一年頃まで、安吾はこの原稿用紙を使っているので、本郷の菊富士ホテルに住みついて以降、京都、取手、小田原へと移り住み、蒲田の自宅に戻ってくるまでですね。だから「吹雪物語」やその執筆前後に竹村書房宛に送った手紙なども全部、この用紙でした。その前やその後はまた違った原稿用紙を使うようになりますので、この原稿は一九三六年三月から一九四一年頃までの間に書かれたものと、まずはざっくりと推定できます。

浅子　作中で引用される「燃えに燃えて——」で始まる和歌は、『松浦宮物語《まつらのみや》』に出てくる歌です。藤原定家が書いたかと伝えられる鎌倉初期の擬古物語で、あまりメジャーではないですが、一九三五年に岩波文庫に入ったので、当時は多くの人が読んだんじゃないでしょうか。安吾は一九三八年七月に『吹雪物語』を刊行して、その後古典に親しんだ時期があったので、ちょうどその頃、『松浦宮物語』も読んだようです。一九三九年一月発表のエッセイ「かげろふ談義」の中で、「先日「松浦宮物語」といふものを読みました」といって、かなり詳しくあらすじを紹介しています。「原本は、後光厳院の宸翰《しんかん》」だとも述べていて、このことは岩波文庫版の『松浦宮物語』に書かれているので、やっぱり岩波文庫で読んだ可能性が高い。また、物語の跋文に書かれている漢詩『夜半来テ天明去ル。来如春夢幾時。去似朝雲無覓処』とあるところの「テ」「ル」の送り仮名は、安吾もそのまま引用してるんですが、これは岩波文庫版に収録されている小山田与清「松浦宮物語考」で付けられた送り仮名でした。

七北数人

七北　なるほど。そうすると安吾は岩波文庫版の『松浦宮物語』を読み終えて、少したった一九三九年以降、一九四一年までの三年間に執筆時期が絞れますね。

浅子　はい。「かげろふ談義」と同年同月のエッセイ「想ひ出の町々――京都」でも、題名は出してませんが『松浦宮物語』を紹介しています。琴の音に誘われた少将と麗人が出逢ってすぐ恋に落ちるけれど、麗人は天女なので男と契れば死ぬ定め。それでも一夜の恋を選んで契りを結ぶ。この前半のクライマックスを紹介しています。

七北　そのシーンをピックアップされると、直後に安吾が書いた説話小説の「紫大納言」の世界と似てるのがよくわかります。

浅子　そうなんです。早くに三品理絵さんや牛窓愛子さんが「紫大納言」への影響関係を指摘していました（三品「『紫大納言』――悪戦苦闘としての文学」『国文学 解釈と鑑賞』二〇〇六年十一月、牛窓「『紫大納言』試論」『同志社国文学』二〇一三年十二月)。お二人とも戦後作品のことには触れてませんが、近藤ようこさんの漫画版『戦争と一人の女』を読んでいて、「続戦争と一人の女」で男が女に語る昔物語も『松浦宮物語』だと気がつきました。今回の草稿と同じ「燃えに燃えて」の和歌が引用される「花妖」もそうです。安吾は結構長く、継続してこの物語を愛し続けたんだなとわかります。

七北　安吾にとって、古典取材の時期は大きな転機にもなったでしょうね。「閑山」「紫大納言」と説話小説の傑作を書き上げて、そのあと戯作「殺人とは何歟《か》」を書きはじめますが、構想の複雑さに書きあぐねて頓挫する。

浅子逸男

浅子　「勉強記」附記に書かれてる話ですね。「残酷な遊戯」の冒頭にピストルによる殺人の話が出てくるので、これはもしかしたら探偵小説になるのかな、と初め思ったんですが、この「殺人とは何歟」が本作に当てはまる可能性はないですかね。

七北　その時は、本当に笑えるファルスを書いて世に出す、と意気込んで書き始めてるので、ちょっとスタイルが違いすぎるかと思います。

浅子　安吾はデビュー前からかなりミステリーに親しんでたみたいですから、あるいは「殺人とは何歟」から「不連続殺人事件」の構想へ発展していったのかもしれませんね。

七北　時期的には「不連続」の構想が芽生えてもおかしくない頃ですね。

浅子　一九三九年の五月に取手に引っ越してから、十一月に「総理大臣が貰つた手紙の話」を発表するまで、作品年譜的には半年間ブランクがある。取手で「残酷な遊戯」を書いたのかな、という気がします。

七北　可能性は十分あると思います。翌年一月に小田原に引っ越してからだと、キリシタン資料にのめりこんで歴史小説執筆に集中しますから、こっちを書く余裕はあまりなかったでしょう。ただ、七月に「イノチガケ」執筆を終えたあと、すぐには長篇「島原の乱」の計画に入ってはいない。「島原の乱」執筆準備が始まるのは翌年の一九四一年五月頃からです。その間十カ月ぐらいのブランクがあるので、僕はこの間に「残酷な遊戯」を書いたんじゃないかと思っています。

浅子　うーん、僕はその時期の安吾は歴史モノ一辺倒だったように思いますがね。「残酷な遊戯」は『松浦宮物語』を手もとに置いて書いたと思うんですよ。だから和歌が全句引用できている。とすると、読んでからそんなにたたない一九三九年の取手ではないか、と思ったわけです。

息切れしたような文章

七北　僕が一九四〇年から四一年にかけての時期を推定したのには、実はもう一つ、文体の面からの推測もあるんですよ。安吾はたとえば「白痴」など、どちらかというと一文が長くて、読点が少ない書き方をする。ところが、この一九四〇年から四一年にかけての時期には、異常に読点が多い作品が書かれてるんです。「紫大納言」の初出は一九三九年二月でしたが、一九四一年四月『炉辺夜話集』に収録の際、安吾は読点をかなり増やしました。大納言と天女とのやりとりを大幅に追加して、そこらあたりの文章に来ると、読点が多くて、言葉がつかえる感じがある。胸を突き刺すような痛みを伴う、激しい表現が多くなっています。一九四一年九月の「波子」に至っては、ほとんど一文節ごとに読点を打った部分が頻出します。決然として自分の意志を貫こうとするヒロインを描くための文体、といいましょうか、「風」のイメージの強かった安吾作品に「火」のイメージが加わった時、こうした息づかいを安吾自身が欲したんだろうと思います。一文が短く、読点が多い、この文体は、戦後も「花妖」と、その前月に発表された「恋をしに行く」に見られます。やはり情熱的な「火」の女を描くためでした。「残酷な遊戯」にも、ところどころ同様の文体が見られるので、僕はこの時期を有力視しています。

浅子　なるほど。そういえば、エッセイですが「不良少年とキリスト」（一九四八年七月）も、息切れしたような文章でしたね。あれは安吾自身が熱を発散させている。

七北　あと、作品冒頭に「私が諸国に居を移して、転々と住み歩いてゐたころ、ある町で」とあって、この冒頭部分は作者自身の言葉、という体裁で記した箇所なので、安吾の感慨も混じっているとすると、一九四〇年秋以降、やっと蒲田の自宅に戻った頃ならちょうど当てはまります。

浅子　そこのところは、昔話によくある「昔々ある所に」と似たようなもので、お話の始まりですよ、と告げてるだけじゃないですか。

七北　ああ、そういう見方もできますね。ここは解釈しすぎないほうがいいかもしれません。ただ、こう考えて年譜に立ち戻ってみると、一九四〇年の十一月二十五日から十二月初めまで、新潟へ帰省しているんですよ。この頃までに現存する原稿の大半を書き上げ、構想の続きを練り直すため新潟にも原稿を持参、しかし、考えあぐねて中断し、長兄献吉宅に原稿を置き残した、それで大事に保管されたのかもしれないと、そんな想像もしてみたくなります。一九四二年夏に安吾が新潟滞在した折の書きさし原稿なども、献吉の縁者がきちんと保管していたので、今世紀になって新たに公開されたという背景もあります。

浅子　原稿を誰がなぜ保管していたのか、という謎に絡むわけですね。本来無一物の安吾ですから、自宅の蒲田で書かれた原稿であっても、戦前のものはほとんど残されていないという、先ほどのお話と考え合わせると、新潟に置き残されたという線は説得力がありますね。作品冒頭に記された「ある町」というのも、おそらくは新潟市だろうと七北さんは推定されてるんですよね。

七北　ええ。作中で「小さな都会」と書かれてて、登場人物が東京へ行くのに夜行列車に乗っている。雪子が「深夜に、裏木戸からでゝ、海の方を一廻りしてくることなど時々あつて」

という描写もありますし、自宅の裏がすぐ海へと続いている地方都市の家は、まさに安吾の生家がピッタリ当てはまるなと思いました。もっとも、新潟を背景にした小説は安吾の場合いっぱいあるので、新潟が出てきても、どこで書いたかとは関係ないわけですが――。

浅子　悔しいけど、七北説のほうが有力になってきたかなあ。

七北　まあ、あくまでも説ですので、一九三九年五月から十一月にかけての時期と、一九四〇年八月から四一年五月にかけての時期と、二つの期間が有力、としておきましょう。

「残酷な遊戯」と「花妖」

浅子　小説の内容は、「残酷な遊戯」と「花妖」は実によく似ていますね。原型と呼ぶにふさわしい。

七北　はい。戦前と戦後で物語の背景は変わっていますが、始まりのプロットもよく似ていますし、各人物の性格や人間関係もかなり相似形をなしています。

浅子　雪子が青山という男への恋心を古歌に託して打ち明ける、その歌が先ほどの『松浦宮物語』の和歌ですが、「花妖」では「『燃えに燃えて——』なんとか」となっていたところ、本作では「燃えに燃えて恋は人みて知りぬべし嘆きをさへに添へて焚くかな」と全句が記されています。ちなみに、この歌、『松浦宮物語』原文では第三句の「知りぬべし」は「知りぬべき」になっていました。安吾が意図的に変えたのだとすると、『万葉集』の「色に出でて恋ひば人見て知りぬべし心のうちの隠《こも》り妻はも」の歌を知っていたのかもしれません。ともかく、この歌の全句が読めて初めて、自分の燃えるような恋心を知ってほしいという願いが伝わる場面なので、「花妖」執筆時もこの原稿や岩波文庫が手もとにあったなら、きっと全句引用してたでしょうね。

七北　そう思います。雪子はその歌を妹の千鶴子たちに笑いのタネにされたりした挙句、青山は千鶴子と結婚してしまう。そこから雪子は復讐を企てる。アンニュイな気配をまとう友達の信代に青山を誘惑させ、妹との結婚生活を破壊し、金をむしりとろうとする。ここまでの設定は「花妖」とそっくりです。

浅子　遊び人の青山、「花妖」では洋之助ですが、そういう男がヘタな木琴を趣味にしてるのも完全に同じです。あれは何なんでしょうね。「青鬼の褌を洗う女」だとギターを弾く俗な男が登場しますし、安吾は音楽をやる男に低俗なイメージを付けようとしてるのは、なぜなのかな。

七北　音楽というより楽器をもてあそぶ感じで描かれてますね。浅子さんの学生時代、一九七〇年代ですか、ナンパの男はよくギターなんか弾いて女の子を口説いたりしてませんでしたか。僕は八〇年代ですが、ナンパ師たちは結構、前の世代のイメージを引きずってたように思います。戦前や戦後すぐぐらいではどうだったかわかりませんけど、ナンパ師の手口はそんなに変わらないのかな、と単純にとらえてました。

浅子　モボがいたり、太陽族が出てきたり、確かに、不良やナンパのイメージにはある種のパターンがあるかもしれませんね。木琴というのは特殊な感じですが……。

七北　ジャズですかね。あるいは、ちょっと学芸会っぽさを出したかったのかも。

浅子　「残酷な遊戯」と「花妖」とどちらも未完のせいもあると思いますが、ちょっと求心性が足りないというか、話が拡散していく印象がありませんか。安吾の場合、特に長篇にその傾向がある気がします。

七北　確かに、安吾の小説には拡散する傾向がありますね。初期の短篇もみんなそうですし、「吹雪物語」にも中心点が感じられない。でも、本書にとりあげた作品群は、どちらかというと求心性のあるほうなんじゃないかと僕は思います。特に「残酷な遊戯」では、雪子が妹に射殺されたという話が最初に出てきて、その事件の経緯を過去から説き起こしていく構成になってます。読者は殺されることを頭に入れながら、雪子の復讐の物語を読んでいくわけですが、だんだん殺されることまでが雪子の復讐の段どりだったのかと想像されてくる。あまり長大な作品では使わない手法だと思うので、これは中篇ぐらいの長さで構想されてたのかなと思います。

浅子　なるほど。「花妖」のほうは長篇の構想だったから、人物もシーンもまだ拡散した状態なのは、意図的な部分もあるかもしれませんね。

七北　「花妖」という題名でありながら、まだ花の妖かしのイメージが出てきていない。でも、ここから男を惑わす魔性の女になっていきそうな展開ですね。「残酷な遊戯」の雪子は初めから魔性をそなえています。

花の妖かし、浅間雪子の系譜

浅子 「雪子」の名前は、一九三三年十月頃に書かれたという幻の小説「浅間雪子」が最初ですね。これは発表予定の『文學界』で組み置きまでされてたのに、雑誌廃刊のため未発表に終わって、原稿も行方不明、誰もその内容を知りません。最初、この原稿を見たとき、「浅間雪子」が出てきたのかと思ってドキドキしたのですが、残念ながらそこまで古い時代の原稿ではなかった。一九三四年九月の「麓〔戯曲〕」に浅間雪子が出てくるので、幻の小説はこの戯曲に近い内容を含んでいたかも、と考えることはできます。

七北 「浅間」の苗字にも作品系譜がありますね。同じ一九三三年二月の「小さな部屋」に浅間麻油、一九四二年夏の未発表断片「木暮村にて」にも浅間休太郎という人物が出てきます。木暮村とか黒谷村とか出てくると、安吾の心のふるさとみたいな土地だった松之山が舞台になっていて、松之山と魔性の女のイメージが重なっていることも多いようです。

浅子 「麓」（一九三三年五月〜七月）も「麓〔戯曲〕」も未完なので、未完の系列でもあるという

――。「麓」を収録した『逃げたい心』の序文で、安吾は「麓」が雑誌の事情で未完に終わったのをとても悔やんでましたね。

七北　『逃げたい心』は一九四七年の刊行ですから、「麓」は十四年たってやっと単行本初収録された不幸な作品ですが、安吾は戦後になっても「麓」には自信があったんでしょうね。多彩な人間関係の組み合わせで大きなロマンを書き上げたい、「麓」が完成してれば自分の代表作になったはずで、書くものもその後変わったに違いない、というようなことを語っています。

浅子　安吾は長篇志向でしたからね。「小さな部屋」から始まる本書の構成は、相互につながるイメージがあって、続けて読むことでイメージの変遷がたどれて面白いと思います。

七北　さっきもちょっと言いましたが、「火」のイメージがありますね。「小さな部屋」あたりから「火」の熱気を帯びたヒロインが出てきて、花粉が舞い散るイメージと結びついて、花の妖かしになる。「山麓」（一九三三年四月）や「麓」でも無垢な女の残酷さを描くシーンで「夥しい花粉」が舞いしきって、陶然となる男の心の中まで埋め尽くしてしまう。

浅子　安吾作品には、下賤な男が無垢な聖性をもつ妖しい美女に心奪われる、そういうモチーフが多いですね。

七北　「残酷な遊戯」だと語り手の村田考平が、雪子が命じるなら殺人でも何でもやると宣言してたり、「花妖」だと旦那の井上が雪子を崇めてる。下にいる男を設定することで、怖い女の美しさ、聖性を際立たせるという構造でしょうか。

浅子　「桜の森の満開の下」や「夜長姫と耳男」までつながる構造ですね。

七北　花粉の舞うイメージは「麓〔戯曲〕」の雪子にも受け継がれてて、安吾はイメージの連鎖をかなり意識的に考えていたと思います。だから、戦後の自分の代表作にしたいと願った長篇「花妖」は、そのタイトルがイメージを象徴し、ヒロインは雪子でなければいけなかった。どれもが未完であるだけに、かえって安吾の強い思い入れが伝わってくるようです。

浅子　未完の作品は単行本に収録されにくいので、本書に収めた作品群は珍しいものばかりじゃないですか。

七北　そうです。「麓」と「小さな部屋」が『逃げたい心』に収録されたほかは、「花妖」が没直後に一度刊行されたきりで、あとは安吾全集や複数の巻がある安吾選集以外では読めなかった作品ばかりです。その後「小さな部屋」が講談社文芸文庫の『桜の森の満開の下』に入り、「山麓」が烏有書林の『アンゴウ』に入ってますが、それで全部です。特に「花妖」は、安吾の原稿を誰かが書き写した原稿が坂口家に保管されていて、最新の全集ではこの原稿を底本にしています。『東京新聞』発表版では、乱暴に新仮名に換えられてて、難しい漢字は勝手にヒラかれてました。それも「ちょう笑」だの「じょう舌」だの交ぜ書き表記が多くて読みにくい。「贖罪」が「とく罪」と読み違えられた箇所もありました。今回は初めて全集に則ったオリジナル版で収録しましたので、安吾のつかう旧仮名の独特な味わいも含めて、楽しんでいただけたら幸いです。

（二〇二〇年十二月十六日、春陽堂書店にて）

本書は、『坂口安吾全集』（一九九八〜二〇〇〇年 筑摩書房刊）収録作品を底本とし、全集未収録の新発見原稿「残酷な遊戯」のみ著者直筆原稿を底本として、難読と思われる語句には、編集部が適宜、振り仮名をつけました。

仮名遣いや著者慣用の用字・用語については、すべて底本のままですが、直筆原稿で使われている旧漢字については、『坂口安吾全集』収録作品との統一性を図り新漢字に換えました。

本文中には、今日の観点からみると差別的、不適切な表現がありますが、作品の発表当時の時代的背景、作品自体の持つ文学性、また著者がすでに故人であるという事情を鑑み、底本の通りとしました。


（編集部）

坂口安吾作品集
残酷《ざんこく》な遊戯《ゆうぎ》・花妖《かよう》

二〇二一年 二月一七日 初版第一刷 発行
二〇二一年 二月二五日 初版第二刷 発行

著者 坂口安吾
編者 浅子逸男 七北数人
発行者 伊藤良則
発行所 株式会社 春陽堂書店
〒一〇四―〇〇六一
東京都中央区銀座三―一〇―九 KEC銀座ビル九〇二
直通 〇三―六二六四―〇八九四
造本 上野かおる 中島佳那子
装画 杉浦非水（『非水百花譜』春陽堂刊）より
印刷・製本 恵友印刷株式会社

ISBN978-4-394-90392-5 C0093